충포두

총표두 5

묵필 新무협 판타지 소설

초판 1쇄 찍은 날 § 2004년 10월 23일
초판 1쇄 펴낸 날 § 2004년 11월 3일

지은이 § 묵필
펴낸이 § 서경석

편집장 § 문혜영
편집책임 § 유경화
편집 § 장상수 · 서지현 · 한지윤
마케팅 § 정필 · 강양원 · 이선구 · 김규진 · 홍헌경

펴낸곳 § 도서출판 청어람
등록번호 § 제1081-1-89호
등록일자 § 1999. 5. 31
어람번호 § 제2-0450호

주소 § 경기도 부천시 원미구 심곡1동 350-1 남성B/D 3F (우) 420-011
전화 § 032-656-4452 팩스 § 032-656-4453
http://www.chungeoram.com
E-mail § eoram99@chollian.net

값 8,000원

ISBN 89-5831-280-7 04810
ISBN 89-5505-947-7 (SET)

總鏢頭

Fantastic Oriental Heroes

총표두

묵필 新무협 판타지 소설

5

도서출판
청어람

목차

第一章 신녀문(神女門)

소량(小倆)은 검을 쥔 손이 저려왔다. 그의 사형인 구양(具瀁)의 일검 중 어느 하나도 가벼운 것이 없었다. 비록 같은 스승 아래에 익힌 검술이었지만 그 위력은 소량이 생각하기에도 너무 차이가 났다. 처음 소량은 구양과의 비무에서 오십여 초는 버텨낼 수 있을 것이라 생각했다. 그러나 그것은 단 십여 초가 지났을 때 소량 자신의 자만에 의한 착각임을 알았다.

촤라락!

구양의 검이 변했다. 소량의 얼굴이 일순 당혹으로 일그러졌다. 이 다음 있을 공격의 위력을 누구보다도 잘 알고 있었기 때문이다. 이에 소량은 생각할 것도 없이 급히 뒤로 물러났다.

팡!

결코 검이 낼 수 있는 바람 소리는 아니었다. 자신은 정체하고 있는 사이 그의 사형 구양은 또 한 단계 성장했음을 소량은 알았다. 그러나 소량은 스스로에게 실망만 하고 있을 틈이 없었다. 구양의 검이 집요하게 소량을 따라붙고 있었기 때문이다. 소량은 입술을 깨물었다. 그리고는 구양의 검에 전력을 다해 마주해 갔다. 분명 무모한 행동이었지만 이 순간 소량에게는 딱히 다른 방법이 떠오르지 않았다.

쾅!

구양의 검을 정면으로 받은 소량은 뒤로 일 장이나 밀려났다. 울컥 피를 토했지만 간신히 신형이 무너지는 것만은 막을 수 있었다.

"제법 오기가 있다만은 무림에서 오기만으로는 살아갈 수 없다."

비록 구양이 돌려 말했지만, 정체되어 있는 자신의 실력을 지적하는 것임을 소량은 알고 있었다.

"그렇다고 너무 다급해하지 마라. 조급증은 무인에게 독과도 같으니."

구양의 말에 소량은 얼굴을 일그러뜨렸다. 구양의 말이 백번 옳았다. 하지만 자신과는 달리 정체를 모르고 앞으로 나아가기만 하는 구양이 현재 자신의 마음을 과연 백 분지 일이라도 짐작할지 궁금했다. 분명 알지 못할 것이다. 언제나 주위의 주목을 받는 주인공들은 주인공의 그늘에 가려 관심을 받지 못하는 자신과 같은 사람들의 마음을 알지 못할 것이다. 아니, 그럴 것이라고 소량은 생각했다.

"이번 신녀문의 일은 포기하거라."

소량은 구양의 말에 눈을 감아버렸다. 구양이 자신을 쫓아온 이유가 확실해진 것이다.

"하지만 사형! 이번이 우리에겐 좋은 기회가 될 수도 있습니다!"

소량의 항변에 구양은 고개를 끄덕였다. 그러나 구양의 얼굴은 굳어 있었다.

"그래, 분명 우리에겐 기회가 될 수도 있다. 그리고 너에게도. 하지만……."

소량에게 다음 말을 하려던 구양의 시선이 날카로워졌다. 갑작스런 구양의 변화에 소량은 어리둥절했다. 구양의 시선이 향해 있는 곳으로부터 소량은 어떠한 인기척도 느끼지 못했던 것이다.

"저, 사형. 왜……."

"그만, 모습을 보이시지요?"

승후와 사운화는 신녀문에 조금이라도 빨리 도착하기 위해 지름길을 택했다. 그러나 무산에 거의 다다랐을 즈음 뜻밖에 들려오는 병장기 소리에 승후와 사운화는 병장기 소리를 쫓아왔다.

"너무 일방적이네요."

처음 구양과 소량의 모습을 본 사운화의 말이었다.

"그래."

사운화의 말처럼 대결은 구양의 일방적인 우세였다. 힘과 검술, 그리고 내력 모두 구양이 압도했다. 그러나 구양과 소량 누구에게서도 살의가 느껴지지 않았다. 그리고 대결 와중에도 구양의 검이 결정적인 순간에 기묘하게 그 방향을 틀어 궁지에 몰린 소량에게 숨통을 트여주고 있었다. 더욱이 구양과 소량의 검술이 닮아 있음을 알았다. 비록 끊임없이 이어지는 구양의 공세에 묻혀 소량의 검술은 잘 드러나지 않았지만, 그 형(形)은 분명 구양의 검술과 닮아 있는 것이 분명해 보였다. 그러기에 승후로서는 지금의 상황을 어떻게 이해해야 할지 판단이 서지 않았다.

승후의 궁금증이 짙어질 즈음 또 한 번 구양의 검이 기묘하게 꺾였다. 분명 대결의 승패를 가를 수 있는 일검이었지만, 구양은 단번에 승부를 내지 않았다. 그제야 승후는 구양의 의도를 짐작할 수 있었다. 구양의 검이 변화를 일으킬 때마다 사천의 포정사 양구천과의 비무 때 자신의 모습과 지금 구양의 모습이 겹쳐 보이기 시작한 것이다. 다른 점이 있다면 승후와 비무를 했던 사천의 포정사는 그런 승후의 의도를 깨달은 것이고, 소량은 구양의 의도를 짐작하지 못하고 있는 것이었다. 그리고 승후는 시간이 지날수록 스스로 침몰해 가는 소량을 발견했다. 언뜻언뜻 드러나는 구양의 안타까운 기색에 승후는 확신했다.

꽝!

뒷걸음질치는 소량의 모습이 위태했다. 거친 파공음을 내며 소량을 향해 날아드는 구양의 검은 이전의 기세와 사뭇 달랐다. 승후는 구양의 검술에 진심으로 감탄했다. 세련된 검술에 구양의 힘이 느껴졌다. 원래 구양의 검술이 패도적인지는 몰라도 승후는 구양에게 무척이나 잘 어울린다고 생각했다.

대결이 막바지에 이르렀다. 이미 결과는 나 있었다. 소량은 처음부터 구양과의 비무에서 자신의 실력을 발휘하지 못했다. 소량의 마음속에 자신은 구양의 상대가 되지 못한다는 한계를 이미 그어놓고 있었기 때문이다. 승후는 소량에게서 눈을 뗐다. 그리고는 구양의 검술에 집중했다. 구양과 소량의 검이 마주치는 순간 소량이 밀려나는 모습이 보였다. 울컥 피를 토하는 소량의 모습에서 제법 상세가 중해 보였다. 하지만 소량과 구양의 관계를 어느 정도 짐작한 승후였기에 소량이 걱정되지는 않았다.

"이번 신녀문의 일은 포기하거라."

"음?"

구양의 말에 승후의 눈이 크게 떠졌다. 무산을 향하는 동안 승후는 신녀문으로 향하는 많은 사람들을 볼 수 있었다. 그들 중에는 실력도 없으면서 요행을 바라는 사람도 있었고, 단순히 호기심에 의한 사람도 있었다. 그러나 대부분 무림인들의 눈에는 그 눈에서 승후는 욕심을 읽을 수 있었다. 처음 무산으로 향하는 지름길에서 만난 구양과 소량 역시 그런 범주에서 벗어나질 못할 것이라 생각했다. 그렇기에 구양의 이번 말은 승후에게 의외였다. 승후는 구양이란 사내에게 호감을 가지기 시작했다. 그리고 아무래도 같은 사문의 사형제지간으로 보이는 이들이 신녀문을 찾는 이유가 궁금했다.

"오라버니?"

사운화가 안도하며 승후를 바라보았다. 사운화는 구양의 검술이 은근히 신경 쓰였다. 비록 승후를 믿고 있었지만, 사람이 하는 일이란 왕왕 뜻대로 이루어지지 않을 때도 있기 때문이다. 그리고 한편으로 다시 걱정이 되기도 했다. 팽대악과 비무를 벌여도 결코 누가 낫다고 장담할 수 없을 것 같은 구양이 포기할 정도라면 이번 신녀문의 비무회에 참가할 사람들의 실력이 짐작되지 않았다. 그런 사운화의 걱정을 알았음인지 승후는 사운화의 어깨를 감쌌다.

"저, 서둘러야……."

승후의 행동에 사운화는 얼굴을 붉혔다. 승후의 행동에 익숙해졌음에도 신녀문에 가까울수록 사운화는 승후의 평소와 다를 바 없는 행동 하나하나에 얼굴을 붉혔다. 그러나 승후는 그런 사운화의 변화를 전혀 짐작하지 못했다.

"그만, 모습을 보이시지요?"

구양이 승후와 사운화가 있는 곳을 정확히 알아보며 말했다. 구양의 갑작스런 행동에 사운화는 당황했다. 자신의 낮은 음성이 구양에게 위치를 가르쳐 주었다고 생각한 때문이다. 그러나 승후는 당연하다는 듯 얼굴에 미소를 띠며 사운화의 등을 가볍게 두드려 주었다. 그리고는 구양과 소량을 향해 걸어갔다.

갑작스런 승후와 사운화의 등장에 소량의 얼굴은 당혹감으로 가득했다. 곧 소량은 얼굴을 붉혔다. 조금 전 있었던 구양과의 비무가 생각난 것이다. 타인에게 자신의 못난 점을 보였다는 것이 불쾌했고, 무기력한 자신에 한없이 실망이 들었다.

"대양표국의 총표두 구양이라 하오. 대협의 존성대명을 듣고 싶소이다."

구양의 경계(警戒) 어린 시선을 받은 승후는 미소를 지었다. 멀리서 볼 때부터 결코 평범한 내력을 가졌으리라고는 생각지 않았다. 그러나 가까이에서 대하는 구양의 모습은 승후가 생각한 것 이상이었다. 팔척 장신의 모습에서 마치 거센 비바람에도 흔들리지 않는 잘 다듬어진 바위를 보는 듯했다.

"승후라 하오. 본인 역시 남창에서 조그만 표국을 하고 있소."

승후의 말에 구양과 소량의 얼굴에 호기심이 생기기 시작했다. 요즘 사람들의 입에 오르내리는 남창의 대륙표국이 생각났던 것이다.

"혹, 남창의 대륙표국주 뇌룡신검 대협이 아니십니까?"

"그렇소. 내가 그 뇌룡신검이오."

이전의 경계 어린 시선과는 달리 정중해진 구양의 행동에 승후는 그만 멋쩍어졌다. 스스로는 잘 사용하지 않는 명호가 단번에 경계에서 호감으로 변하는 큰 위력(?)을 가지고 있다는 것이 어색했던 것이다.

"소문으로 듣자 하니 남창표국과 다툼이 있다고 들었습니다만."

당연히 남창에 있어야 할 승후가 이곳 무산에 모습을 보인다는 것이 구양으로서는 선뜻 이해가 되지 않았다.

"작은 다툼이 있긴 했습니다만, 크게 문제가 될 정도는 아닙니다. 한데 소문이 벌써 여기까지 전해졌나 봅니다. 별일도 아닌데 말입니다."

승후는 별일 아니라고 말했지만 중원의 다른 표국에서는 승후와 같이 생각하지 않았다. 현재 욱일승천의 기세로 세를 확장하고 있는 대륙표국을 중원의 모든 표국에서 주시하고 있었다. 중원의 상계에서도 이번 남창의 일을 주시하고 있었다. 그리고 그들로서는 조금 이해가 되지 않는 상황이 벌어졌다. 남창표국과 대륙표국과의 충돌이 있은 후 오히려 남창표국의 움직임이 너무도 조용했던 것이다. 그리고 조용한 남창표국과는 달리 대륙표국은 남창에서 점점 세를 넓혀가기 시작했다. 이에 사람들은 머지않아 남창표국과 대륙표국 간에 대규모 충돌이 있을 것이라 생각했다.

이런 중요한 시기에 국주가 표국을 비운다는 것이 구양은 이해되지 않았다. 그만큼 남창표국과의 대결에 자신이 있다는 것인지. 구양은 그것이 정말로 승후의 자신감이라면 그 배포가 대단하다고 생각했다.

비록 그것이 승후가 의도한 결과는 아니었지만 말이다.

"중원십대표국과의 다툼이 별일 아니라니 국주의 배포가 부럽습니다."

구양의 진심 어린 감탄에 승후는 미소 지었다.

"글쎄요. 아마도 아이들이 저와 놀기 싫다고 도망가는 일 정도가 제게는 아주 큰일 중 하나가 아닐까? 생각됩니다만."

승후의 말에 소량은 그 의미를 알아차리지 못하고 어리둥절했다. 그리고 그것은 구양도 마찬가지였다. 그러나 구양은 그것이 승후의 농이라고 생각하고는 웃음을 터뜨렸다. 구양은 승후의 자신감이 대단하다고 생각한 것이다. 하지만 승후는 진심이었다. 정말로 아이들이 자신을 멀리한다면 그보다 큰일은 없었다. 그런 승후의 말에 사운화는 미소 지으며 머리를 끄덕였다. 아이들을 생각하면 사운화 역시 승후의 마음과 조금도 다르지 않았기 때문이다.

"한데 신녀문으로 향하는 길이십니까?"

"그렇습니다."

현재 승후와 구양이 있는 곳은 무산의 신녀문을 향하는 지름길이었다. 이에 구양은 승후의 목적이 신녀문임을 어렵지 않게 짐작할 수 있었다. 하지만 승후의 곁에 선 사운화를 보며 구양은 조금 의아했다. 그리고는 승후의 얼굴을 바라보았다. 승후는 구양의 시선에서 마치 '아름다운 부인을 두고 욕심을 부리느냐?' 라고 묻는 것 같아 어색한 미소를 지었다. 하지만 승후 역시 구양과 소량이 신녀문으로 향하는 지름길에 서 있는 것이 궁금했다. 분명 이들의 모습은 신녀문의 비무회에 참가하려는 것으로 생각되었기 때문이다.

"구 총표두께서도 신녀문의 소문주에게 관심이 있으신가 봅니다."

"부끄럽지만, 그렇습니다."

사실 구양과 소량은 소문주보다는 신녀문에 목적이 있었다. 하지만 그러한 사실을 굳이 이야기하지는 않았다.

"제가 알기로는 비무회에 참가하기 위해서는 백화검문이나 신녀문의 추천이 있어야 한다고 들었습니다만."

"그렇습니다."

승후의 물음에 대답하는 구양의 안색이 밝지 못했다. 당연한 반응이었다. 이미 추천장의 임자들은 정해져 있었기 때문이다. 그러나 이어진 소량의 말에 사운화는 놀란 얼굴을 했다.

"주인이 정해지지 않은 추천장이 한 장 생겼습니다."

소량의 말에 세 사람은 놀란 얼굴로 돌아보았다.

무산 인근의 옥하객잔(玉廈客棧)은 규모도 작고 신녀문과도 제법 거리가 있어 평소에는 그다지 옥하객잔을 찾는 사람들이 없었다. 무산이 초행인 상단이나 여행객들이 길을 잘못 들었거나, 혹은 은자를 아끼려는 여행객들이 옥하객잔을 찾을 뿐이었다. 그러나 오늘은 신녀문에서 비무회가 열린다는 소문에 숙소를 구하지 못한 사람들이 옥하객잔으로 밀려들고 있었다. 옥하객잔의 주인 모칙(某凧)과 옥하객잔의 하나뿐인 점소이 아구(阿九)는 밀려드는 손님에 정신이 하나도 없었다. 단둘이 손님들을 맞기에는 상당히 힘들었지만, 모칙과 아구는 묵직해져 가는 은자 주머니에 피곤한 줄 몰랐다.

"참으로 표 소협의 결단이 장하지 않습니까?"

소량의 표충영에 대한 칭찬에 사운화의 눈꼬리가 하늘을 치솟았다. 당장이라도 검을 빼어 들 것 같은 사운화의 기세에 승후는 슬며시 사운화의 손을 잡았다.

"오라버니는 어떻게 생각하세요?"

사운화의 날이 선 목소리에 구양의 거구가 움찔했다. 미약하지만 사운화의 음성에서 살기가 느껴졌던 것이다. 구양은 표충영의 이야기만 나오면 격한 반응을 보이는 사운화가 이해되지 않았다. 표충영의 표가장은 정도에서도 이름 있는 가문이었다. 게다가 이번 표충영의 행동은 누가 뭐래도 칭찬받아 마땅했다. 하지만 사운화는 표충영의 이야기만 나와도 안색을 굳혔다. 지금도 주위의 표충영에 대한 칭찬에 사운화의 아름다운 눈썹이 춤을 추고 있었다. 구양은 사운화의 물음에 승후가 어떻게 대답할지 궁금했다.

"아마도, 이번 기회에 명성을 얻어보겠다는 심산이겠지."

"흥!"

"무슨!"

승후의 말에 사운화는 코웃음을 쳤고, 소량은 반발하며 의자를 박차며 자리에서 일어섰다. 표충영의 의도가 순수하지 못하다는 생각을 가진 사운화였고, 또 표충영을 상당히 좋게 보고 있는 소량이었기에 이 둘의 반응은 당연했다. 너무도 상반된 두 사람의 반응에 구양은 쓴웃음을 지었다.

"일단 승 대협의 말씀을 마저 들어보자꾸나."

구양의 만류에 소량은 의자에 앉았다. 그러나 승후를 노려보는 것은 잊지 않았다. 구양은 승후 역시 표충영에게 그다지 좋은 감정을 가지고 있지 않음을 알았다. 하지만 승후의 대답이 궁금했다. 무림에서 인정을 받고 있는 승후였기에 이유없이 표충영을 폄훼하지는 않을 것이라 생각했다.

"지금 객잔의 분위기가 잘 말해 주는 것 같습니다만."

승후는 이번 신녀문의 비무회에 관한 이야기로 가득한 객잔 안을 둘러보며 말했다. 이에 구양과 소량은 머리를 끄덕였다. 이번 신녀문의 비무회가 있기 전까지 표충영은 후기지수들 중에서 두각을 나타내지 못했다. 사룡이라는 걸출한 후기지수에게 가려 표충영의 존재는 그다지 존재감이 없었다. 아니, 이번 신녀문의 비무회가 있기 전까지만 하더라도 표가장은 알아도 표가장에 표충영이 있다는 것을 아는 사람들은 거의 없었다. 그만큼 사룡의 무위가 뛰어났고 대단했던 것이다.

"지금의 분위기라면 거진 반은 표가의 생각대로 이루어졌다고 볼 수 있습니다."

사운화의 안색이 한껏 밝아졌다. 승후는 사운화의 이런 변화에 등골에 식은땀이 흘러내리는 것을 느꼈다.

'여자가 한을 품으면 오뉴월에도 서리가 내린다더니……'

승후는 왠지 사운화가 두려웠다. 아니, 무림의 모든 여인이 두려웠다.

"그럼, 나머지 표 소협의 의도는 무엇입니까? 승 대협."

소량의 목소리가 퉁명스러웠다. 그러나 사운화에 비할 바는 아니었다.

"소 표두나 구 총표두라면 어떻겠습니까?"

갑작스런 승후의 반문에 소량과 구양은 어리둥절했다. 승후의 질문

의도를 깨닫지 못했던 것이다. 그런 그들을 보며 승후는 미소 지었다.

"소문에 백화검문과 신녀문에서는 다섯 명의 후기지수에게 추천장을 주었다고 합니다. 그런데 그들 중 일인인 표충영이 추천장을 공개해 버렸습니다. 그럼 나머지 네 명은 어떻게 행동할 것 같습니까?"

"그야……?"

승후의 말에 대답하려던 소량이 멈칫했다. 이번 신녀문 비무회의 가장 큰 목적은 백화검문과 신녀문의 합병을 기념한 것이었다. 하지만 무림인들은 그런 신녀문의 목적보다는 비무회의 우승자에게 주어지는 소문주의 배우자 자리에 관심을 보였다.

기존의 오파일방과 사대세가로 대표되던 정도무림의 지배 구도가 사천혈사로 깨어졌기에 신녀문 소문주의 배우자라는 자리는 상당히 매력이 있었다. 비록 비무회의 우승자가 신녀문의 장문인이 될 수는 없지만, 누구든 비무회의 우승자가 된다면 그가 속한 문파나 가문은 새롭게 도약할 수 있는 기회를 잡는 것이었다. 그리고 무엇보다도 신녀문 소문주의 미모가 무림의 이화(二花)에 못지않았다.

그런 자리를 쉽게 차지할 수 있는 기회를 마다할 수 있을까?

소량은 머리를 저었다. 자신이라면 선뜻 그러한 결정을 내릴 수 없었다. 하지만 표충영은 그렇게 했다. 그리고 나머지 추천장의 주인들은 어떠할까? 소량은 어려웠다. 표충영이 그러했기에 반드시 네 명도 표충영과 같이 행동하라는 법은 없었다. 그러나 또 생각해 보면 그들 역시 추천장을 공개하지 않을 수도 없었다. 그들이 추천장을 공개하지 않는다면 표충영의 명성은 더욱 높아갈 것이기 때문이다. 즉, 네 명의 추천장 주인이 추천장을 공개한다면 그들이 그렇게 행동할 수 있도록 동기를 만든 표충영을 칭찬할 것이고, 반면 추천장을 공개하지 않는다면 네 명의 추천장을 소유한 사람들을 비난하며 역시 표충영을 칭찬할 것이다. 결국 네 장의 추천장 주인들은 그들의 행위에 상관없이 표충영의 명성을 올려주는 것이었다.

"나머지 네 명의 후기지수도 어쩔 수 없겠군요."

한동안 침묵했던 소량이 한숨을 쉬며 말하자 사운화의 얼굴이 밝아졌다. 그리고 그런 그들의 모습에 승후는 쓸쓸히 머리를 끄덕였다. 아직도 소란스러운 객잔의 무림인들이 명예라는 덫에 한 걸음 담가두고 있는 것으로 보였기 때문이다.

"어쩔 수 없이 나머지 추천장의 주인공들도 표충영과 같은 행동을 할 것입니다. 표가의 명성은 올려주더라도 비난은 받을 수 없는 일 아니겠습니까?"

승후의 확언에 소량의 얼굴은 참담하게 일그러졌다. 처음 공명정대하게 보였던 표충영이 갑자기 간웅처럼 보였던 것이다. 사실, 승후의 짐작이 모두 사실이 아닐 수도 있었다. 하지만 과연 표충영이 아무런 사심이 없어 추천장을 공개했을지는 의문이 들었다. 승후의 말을 듣고 난 소량은 나머지 네 장의 추천장 주인들을 꼼짝 못하게 만든 표충영의 심계에 혀가 내둘러졌다. 하지만 아직은 모르는 일이었다. 표충영이 정말 실력에 자신이 있어 그렇게 행동한 것일 수도 있다고 소량은 스스로를 납득시키고 있었다.

"하지만 승 대협의 말씀을 증명할 증거는 없지 않습니까?"

소량은 끝까지 표충영을 믿어보기로 했다. 하지만 소량의 말에는 힘이 없었다. 이미 절반쯤은 표충영에 대한 신뢰가 무너져 가고 있었던 것이다.

"내일 지켜보면 알겠지요."

소량의 모습에 승후는 자신의 생각을 강요하지는 않았다. 이번 결정이 예전의 잘못을 거울 삼아 새롭게 태어난 사심없는 결단일 수도 있었기 때문이다. 물론 사운화는 전혀 믿지 않겠지만.

"어쨌든 우리에게도 기회가 올 수 있겠군요."

승후의 설명을 들은 구양의 기세가 날카로워졌다. 그런 구양의 모습을 본 소량의 얼굴이 밝아졌다. 자신이면 몰라도 그의 사형 구양이라면 비무회에서 우승할 가능성이 있다고 생각한 것이다. 반면 사운화의 얼굴은 어두워졌다. 조금 전 있었던 구양과 소량의 비무가 떠올랐기 때문이다. 분명 구양은 소량과의 비무에서 전력을 다하지 않았다. 그럼에도 구양의 실력은 성후가 관심을 보일 정도로 대단했다. 이미 신녀문에서의 비무회가 피할 수 없는 상황이었기에 사운화는 승후가 걱정되기 시작했다.

걱정스런 얼굴로 돌아본 승후의 안색은 뜻밖에도 담담했다. 사운화와 시선이 잠시 마주친 승후는 미소를 짓고 있었다. 사운화는 승후의 따뜻한 미소에 마음이 편해졌다. 지금까지 승후는 단 한 번도 자신을 실망시키지 않은 것을 이제야 기억해 낸 것이다.

"이번 결정으로 소가주님의 명성은 사룡을 뛰어넘을 것입니다."

표충영은 자신의 결정을 칭찬하는 흑영의 말에 얼굴을 찌푸렸다. 이번 결정은 결코 표충영 자신의 의지가 아니었다. 그럼에도 마치 그것이 표충영 자신의 결정인 것처럼 이야기하는 흑영의 말에 화가 났다.

물론 흑영의 말처럼 이번 일로 자신의 명성이 올라가는 것은 좋았다. 그러나 쉬운 길을 어렵게 돌아가는 이들의 행동이 이해되지 않았다. 그리고 무엇보다 갈수록 자신의 일에 참견하는 횟수가 부쩍 는 흑영이 못마땅했다.

"내 실력이 못 미더워 그랬소?"

표충영의 음성은 차가웠다. 그러나 흑영은 미소 짓고 있었다. 예전의 표충영이었다면 이번 자신의 결정에 당장 검을 빼어 들었을 것이다. 그동안의 수련이 결코 헛되지 않았음인지 표충영은 이제 제법 자신의 감정을 다스릴 줄도 알았다. 물론 이런 표충영의 변화도 결국 흑영 그들의 노력과 가르침에 의한 것이었다. 점점 예측이 가능해져 가는 표충영의 움직임에 흑영은 미소를 지었던 것이다.

"그럴 리가 있겠습니까. 가주님께서는 보다 확실한 것을 좋아하십니다."

자신의 아버지 표문위(表聞偉)를 거론하며 미소 짓고 있는 흑영의 모습에 표충영은 다시 한 번 얼굴을 찌푸렸다. 표충영은 처음부터 흑영들의 정체가 의심스러웠다. 비록 흑영들의 무공이 뛰어나다곤 하지만, 그들이 표문위의 신임을 받게 된 경위가 뚜렷하지 않았던 것이다. 그러나 표충영의 의심과는 달리 표문위는 흑영들을 진심으로 신뢰하고 그들을 중용했다. 그리고 흑영들이 가문에 온 이후 표가장의 움직임이 은밀해졌다. 마치 무슨 일을 꾸미는 것 같은 이들의 모습에 표충영은 가문과 표문위가 걱정되었다. 자신의 그런 우려를 전하기 위해 표충영은 표문위를 찾았지만 번번이 흑영들에 의해 제지당했다. 흑영의 말로는 그의 아버지가 폐관 수련을 하고 있다고 하지만, 표충영이 보기에는 마치 감시당하고 있는 것처럼 느껴졌다. 결국, 흑영들과 표충영은 한 번의 충돌이 있었고 표충영은 그의 실력이 보잘것없는 것에 비참함을 느껴야 했다.

"결국 나를 못 믿는다는 말이군."

표충영의 목소리에 고저가 없었다. 흑영은 표충영이 지금 극도로 화가 났음을 알았다. 이에 흑영은 침묵을 지켰다. 이제 표충영을 무력으로 제압하기에는 흑영들의 우두머리인 그라도 힘이 들었다.

'호랑이 새끼를 키운 것인가……'

흑영의 얼굴이 처음으로 굳어졌다. 하지만 곧 얼굴을 풀었다. 예전의 표충영이면 모를까 지금의 표충영은 거사를 앞두고 일을 망칠 정도로 분별이 없지 않았다. 하지만 마음 한 켠에 자리한 불안감은 사라지지 않았다. 어쩌면 표충영을 제거해야 하는 일이 좀 더 일찍 올지도 모른다고 흑영은 생각했다.

"내일 몇이나 비무회에 참여시킬 생각이오?"

표충영은 경쟁자가 될 가능성이 있는 참가자를 제거하기 위해 참여할 흑영의 수를 물었다.

"그건 저도 알 수 없습니다."

알 수 없다는 흑영의 말에 표충영의 눈꼬리가 치켜떠졌다. 그리고는 자신의 앞에 선 흑영을 죽일 듯이 노려보았다. 흑영들의 우두머리인 그가 모른다는 것이 말이 되지 않았다. 그것은 명백히 이번 신녀문의 일에서 표충영을 배제시키겠다는 것을 의미했다. 이에 표충영의 매서운 살기가 흑영의 얼굴로 폭사되었다. 그러나 흑영은 전혀 주눅이 든 기색이 없었다. 이에 표충영은 씁쓸한 미소를 지으며 살기를 거둘 수밖에 없었다.

'그래, 아직은 아니다. 하지만 언젠가는 너희들을 벨 수 있는 날이 올 것이다!'

속마음에 서로의 칼날을 숨긴 채 흑영과 표충영은 시선을 교환하고 있었다. 흑영과의 팽팽하던 시선을 피하며 표충영이 말했다.

"알겠소. 흑영들이 하는 일이니 실수는 없을 거라 믿겠소."

"……."

흑영은 표충영의 말 중에 그 실수라는 부분에서 미약하지만 살기를 느꼈다. 마치 표충영은 그들이 실수하기를 바라는 것처럼 느껴졌다. 아니, 분명 그러할 것이다. 하지만 흑영은 그런 표충영의 모습에 피식 미소 지었다. 지금 표충영의 행동이 마치 하기 싫은 일을 억지로 하는 어린아이의 치기 어린 행동으로 보였기 때문이다.

"이모님을 뵈어야겠소."

표충영의 축객령에 흑영은 허리를 가볍게 숙여 보이고는 어깨를 흔들었다. 순간 흑영의 신형이 흐려지면서 표충영의 시야에서 사라졌다. 흑영의 신법을 본 표충영의 얼굴이 굳어졌다.

"음……."

흑영의 신법은 너무도 신비로웠다. 매번 눈앞에서 사라지는 흑영의 신법을 봤음에도 표충영은 흑영의 흔적을 전혀 느낄 수 없었다. 그리고 흑영의 이러한 행동이 표충영은 그들의 무력 시위로 보였다. 경거망동하지 말라는…….

흑영이 사라진 자리를 노려보며 표충영은 주먹을 말아 쥐었다. 흑영에 대한 살기를 억누를 수 없었지만, 아직은 흑영들을 섣불리 칠 수도 없는 노릇이었다. 그리고 훗날 다시 흑영과 충돌이 생긴다면 가장 경계해야 할 것이 흑영들의 조금 전 신법일 것이었다.

"그나저나 내일 일은 귀찮게 되었군."

불쾌한 마음을 접으며 표충영은 내일 있을 비무회를 생각했다. 표충영은 그가 진다는 생각은 결코 하지 않았다. 그만큼 현재의 실력에 표충영은 자신이 있었다. 다만 그것이 표충영이 꺼려하는 흑영들의 도움이라는 것이 못마땅할 뿐이었다. 내일 비무회에 참여할 사룡들보다는 신분을 숨기고 비무회에 참여할 흑영들의 실력이 궁금했다. 당연히 흑영들은 표충영과의 맞대결을 피할 것이지만, 표충영은 가능하면 미리 흑영들의 실력을 가늠해 보고 싶었다. 어차피 부딪칠 것이라면 미리 실력을 가늠해 놓는 것이 여러모로 좋았던 것이다.

표충영은 검을 들었다. 아무래도 기분 전환이 필요할 것 같았기 때문이다. 이미 밖은 짙은 어둠이 내려 있었지만, 주위는 소란스러웠다. 모두들 내일 있을 신녀문의 비무회에 관한 이야기로 가득했다. 간간이 표충영 자신의 이름이 언급되고 그를 칭찬하는 목소리들이 소음을 뚫고 들려왔다.

피식.

표충영은 자신도 모르게 웃음이 새어 나왔다. 결코 자신의 의도는 아니었지만 사람들의 입에 자신의 이름이 오르내리는 것이 결코 나쁘지만은 않았던 것이다.

스르릉.

검이 검집을 벗어나며 기분 좋은 소리를 만들어냈다. 달빛이 검에 물들었다 다시 어둠 속으로 사라졌다. 손을 뻗으면 가질 수 있는 명성과 힘이 눈앞에 있었다. 그 명성과 힘을 잃지 않기 위해 표충영은 검을 든 것이다. 검을 내뻗는 표충영의 손에 점점 힘이 들어가기 시작했다.

길연은 신녀문의 연무장을 걷고 있었다. 신녀문과 백화검문의 제자들이 바쁘게 오가며 오늘 있을 비무회 준비를 하고 있었다. 그런 제자들의 모습에 길연은 삼십여 년 전 자신의 모습을 보는 듯했다.

처음 스승을 따라 신녀문의 제자가 되었을 때 길연의 눈에는 모든 것이 호기심의 대상이었다. 그리고 그것은 지금 한 손으로는 길연의 옷깃을 잡은 채 두 눈을 쉴 사이 없이 움직이는 담사린 역시 마찬가지인 모양이었다. 길연은 담사린의 머리를 쓰다듬으며 그동안 한 번도 잊은 적이 없는 신녀문의 모습을 가슴에 담고 있었다. 삼십여 년의 세월 동안 많은 것이 변했다. 그때는 아직 어리던 사매와 사저들이 지금은 당당히 문파의 어른이 되어 있었다. 그리고 세월은 사람을 변하게 했다. 결코 잊혀지지 않을 것 같던 사저에 대한 원한도, 이제는 그마저도 삼십 년이란 세월의 일부를 차지하는 작은 추억이 되어버렸다.

"신녀문은 변한 것이 하나도 없구나."

길연의 따뜻한 손길에 담사린은 길연을 올려다보았다. 정말로 길연이 이야기하던 신녀문의 모습과 차이가 나지 않았다. 그렇기에 신녀문이 전혀 낯설지 않았다. 다만 자신보다 나이 많은 사질들이 먼저 담사린을 알아보고 아는 체하는 것이 조금 낯설 뿐이었다.

"예. 저기……."

담사린은 무언가 말하기를 주저했다. 길연은 의아했다. 지금까지 담사린의 이런 모습은 처음이었기 때문이다. 낯선 사람들에게는 낯을 붉히거나 어려워하긴 했지만, 길연 자신에게만큼은 그런 일이 없었던 것이다.

"왜 그러느냐? 진아야."

"저, 승…… 아니, 뇌룡신검 아저씨도 오늘 오나요?"

잠시 주저하던 담사린은 단숨에 자신이 하고자 하는 말만 하고는 고개를 푹 숙이고 말았다. 길연은 담사린의 이런 모습에 어리둥절했다. 느닷없이 뇌룡신검이라니. 선뜻 담사린의 물음이 이해되지 않았다. 그러나 곧 담사린이 말한 뇌룡신검이라는 명호를 기억해 낸 길연은 승후와의 만남이 떠올랐고, 이내 얼굴 가득 미소를 지었다. 길연은 지금 애꿎은 바닥의 흙만 발로 차고 있는 담사린의 얼굴빛을 어렵지 않게 상상할 수 있었다. 작은 것에도 얼굴을 붉히는 담사린이었다. 이번 물음에 상당한 용기가 필요했을 것이다. 아마도 잘 익은 감처럼 붉어져 있을 담사린의 얼굴 생각에 길연의 미소는 점점 짙어져 갔다.

"왜? 승 소협이 보고 싶은 거냐?"

"아니… 그게… 꼭……."

길연의 반문은 담사린의 얼굴을 더욱 붉게 만들었고, 한편으로는 말을 잇지 못하게 했다. 길연은 누군가에게 관심을 보이는 담사린의 모습에 이제 겨우 안심이 되었다. 언제나 길연이 담사린을 감싸 안고 살수는 없었다. 이제 담사린도 서서히 사람들과 부대끼며 살아가야 했다. 그런 담사린의 첫 관심의 대상이 승후라는 것이 길연은 다행이라고 생각했다. 그리고 길연 역시 첫인상에 사람을 신뢰하게 만들고 또, 즐겁게 만드는 승후와 한 번쯤 다시 만나보고 싶었다.

승후를 생각하자 길연은 악양 근교의 일이 떠올랐다. 검왕 남궁도

앞에서도 당당하던 승후가 새삼 새롭게 보였다. 그리고 담사린에게는 생명의 은인이기도 했다. 아마도 담사린은 평생 승후를 잊지 못할 것이다. 아니, 어쩌면 길연이 담사린의 나이 또래에 그랬던 것처럼 첫사랑의 열병을 앓기 시작한 것인지도 몰랐다.

승후를 생각하며 미소 짓던 길연의 얼굴이 어두워졌다. 승후가 이번 비무회에 참여한다면 이번 비무회에 드리워진 음모를 해결할 수 있을 것 같은 믿음이 들었기 때문이다. 그리고 애초 비무회에 참가시킬 사람 중에 승후를 추천하지 않은 것이 후회되었다. 남창과 사천은 거리가 쉬지 않고 달려도 닷새는 충분히 걸렸다. 그렇기에 승후의 도움을 청할 수 없는 것이 안타까웠다.

"휴……."

길연은 깊은 한숨을 쉬었다. 밝은 얼굴을 하고 있던 길연의 갑작스런 변화에 담사린이 어리둥절한 얼굴로 바라보았다. 그러나 길연은 그녀의 장문 사저와 백화검문의 장로들이 독에 중독되어 있다는 이야기를 할 수 없었다. 아니, 할 필요가 없었다. 아이에게 괜한 근심을 줄 필요는 없었던 것이다.

길연이 삼십여 년 만에 사문의 부름을 받고 신녀문으로 돌아왔을 때에는 기쁨과 설레임으로 가득했다. 그러나 막상 신녀문에 도착했을 때 길연을 기다리고 있는 소식은 장문 사저의 와병 소식이었다. 그제야 길연은 신녀문이 자신을 다시 사문으로 부른 이유를 짐작할 수 있었다. 길연의 의술로 장문 사저를 치료하기 위함이었던 것이다. 하지만 길연은 장문 사저의 정확한 병명을 알아내지 못했다. 그러나 하나는 알 수 있었다. 모두들 신녀문의 문주가 독으로 쓰러진 것으로 알고 있었으나 결코 독은 아니라는 사실이었다. 시간이 지날수록 장문 사저는 사람들을 알아보지 못했다. 심지어 증세가 심할 때에는 장문제자에게조차 살기를 보였다. 때로는 미친 사람처럼 웃기도 했고, 불같이 화를 내기도 했다. 도대체 종잡을 수 없는 장문의 모습에 신녀문의 장로들은 장문인이 실성했다고 결론을 내리기에 이르렀다. 그러던 신녀문에 백화검문으로부터 사람이 찾아왔다. 이백 년 만에 처음 찾아온 백화검문의 제자는 도움을 청했다. 그리고 백화검문의 제자가 말하는 그들의 장로들과 신녀문 장문의 증상이 일치하는 데 경악했다. 더욱 놀라운 것은 백화검문 역시 벌써 몇 달째 정체를 알 수 없는 단체에 협박을 당하고 있다는 것이다. 이러한 사실을 알게 된 두 문파는 정체를 알 수 없는 적에게 대항하기 위해 임시로나마 문파를 하나로 합치기로 결정했다. 그리고 정도의 도움을 받아 아직 정체조차 모르는 적에 대항하기로 했다. 이번 신녀문의 비무회 역시 조용히 치르려 했던 이유도 여기에 있었던 것이다. 한데 이 모든 것을 표충영이 엉망으로 만들어 버렸다. 표충영이 이러한 사실을 알고 그랬다고는 생각지 않았지만, 표충영의 이 결정으로 신녀문과 백화검문이 당혹스러운 건 사실이었다. 미리 그러한 결정에 대한 언질이라도 주었더라면 표충영을 만류할 수 있었다. 하지만 표충영은 그런 언질조차도 주지 않았다. 이번 일로 표충영 개인은 명성을 쌓았을지 몰라도 신녀문과 백화검문의 앞날은 쉽게 예측할 수 없게 되었다.

"도대체 젊은것들은 무슨 생각인 건지……."

그 누구도 표충영이 일을 벌일 것이라고는 생각지 않았다. 어릴 때부터 표충영을 지켜봐 온 진원원은 애초에 표충영이 신녀문의 비무회에 참여하는 것을 반대했었다. 표충영의 실력은 누구보다도 그녀가 잘 알고 있었던 것이다. 결국 진원원의 만류를 듣지 않은 결과가 이렇게 나타났다. 진원원과 길연은 표충영이 실력으로 비무회에 승리할 수 없음을 알고 이번 기회에 명성을 얻어 보자는 얄팍한 계산으로 이번 일을 벌인 것이라고 생각했다. 그래서 진원원은 지금 표충영을 꾸짖기 위해 신녀문을 떠나 표충영이 머무르고 있는 객잔을 찾아가고 있는 중이었다. 하지만 진원원이 달려간다고 해도 달라지는 일은 아무것도 없었다. 이미 일은 벌어졌고 당사자인 신녀문과 백화검문의 손을 떠나 있었다.

"스승님."

담사린이 길연의 옷깃을 흔들었다. 아직 신녀문이 낯설어서인지 담사린은 길연의 곁에서 조금도 떨어지려고 하지 않았다. 길연은 그런 담사린의 소극적인 성격이 걱정되었다.

"음? 왜 그러느냐?"

"저기."

담사린이 놀란 얼굴을 하며 누군가를 가리키고 있었다. 순간 길연은 담사린만큼 놀란 얼굴을 했다. 마음속으로 바라기는 했지만, 가능성이 없다고 생각했다. 그런데 가능성이 없는 일이 현실로 이루어졌다. 길연의 마음을 환하게 밝혀주는 인물이 지금 신녀문의 정문으로 들어서고 있었다.

"아니! 숭 소협!"

"길 선배님!"

승후와 사운화 역시 길연의 뜻밖의 모습에 놀라기는 마찬가지였다.

"길 선배님이 신녀문에는 어쩐 일이십니까?"

"그건 내가 묻고 싶은 말이에요."

"하하하, 저야 이번 비무회에서 우승해 아름다운 백화신녀문의 소문주를 반려로 맞으려고 찾아왔습니만."

승후의 쾌활한 모습에 길연은 조금 전의 근심이 사라지는 것을 느꼈다.

"옆에 그런 미인을 두고 욕심을 부리는 건가요?"

길연이 곱게 눈을 흘겼다. 그런 길연의 모습에 승후는 그만 머쓱해졌다. 그러나 여전히 농은 그만두지 않았다.

"영웅은 호색하다지 않습니까. 미인은 많을수록… 앗!"

거듭되는 승후의 농에 사운화가 참지 못하고 승후의 옆구리를 힘껏 꼬집었다. 승후는 새초롬한 표정으로 눈을 흘기는 사운화의 시선을 슬그머니 피했다.

"호호호. 내 그럴 줄 알았어요. 사 소저는 승 소협 간수를 잘 해야 될 것 같아요."

"하하. 우리 담 아가씨도 그동안 잘 지내셨나요?"

급히 말을 돌리는 승후를 보며 길연과 사운화는 미소를 지었다. 그러나 담사린은 갑작스레 얼굴을 내미는 승후의 행동에 당황했다. 결국 담사린은 길연의 뒤로 숨어버리고 말았다. 여전히 부끄러움을 많이 타는 담사린의 모습이 승후는 너무도 귀여웠다. 어느새 승후는 담사린의 뒤를 쫓아가 담사린의 작은 머리를 쓰다듬고 있었다. 그런 승후의 손길을 담사린은 뿌리치려고 했지만, 승후의 손길은 담사린의 반항(?)에도 전혀 거칠 것이 없었다.

"선배님, 다음에 꼭 한 번 남창을 들러주세요. 제 아이들이 우리 담 아가씨를 보면 무척이나 좋아할 것 같습니다. 그리고 담 아가씨도 동생이 생기면 좋지 않겠습니까?"

"아니! 아이라니요? 그새 둘 사이에 그런 일이 있었나요?"

승후의 말에 길연이 깜짝 놀라며 승후를 바라보았다. 그리고 그것은 담사린 역시 마찬가지였다. 놀란 듯 동그랗게 뜬 눈으로 승후를 빤히 쳐다보았다.

"그게…… 사정이 조금 있습니다. 그나저나 정말로 선배님께서는 신녀문에 어쩐 일이십니까?"

"후후. 신녀문이 나의 사문이에요, 승 소협."

길연의 얼굴에 씁쓸한 미소한 떠올랐다 사라졌다. 그런 길연의 변화를 승후는 눈치 채지 못했다. 길연이 신녀문 출신이라는 사실이 너무도 의외였던 때문이다.

"왜 그렇게 놀라는 건가요, 승 소협?"

"사실, 여기 화 매가 백화검문의 소문주입니다."

"저, 정말인가요? 승 소협, 아니, 사 소저."

"예."

사운화가 대답하며 길연에게 정중히 허리를 숙였다. 같은 사문의 존장에 대한 예를 갖춘 것이었다.

"어떻게 그런!"

그러나 길연은 사운화의 그런 행동이 전혀 눈에 들어오지 않았다. 너무도 뜻밖의 인연이었던 것이다. 하지만 이 뜻밖의 인연이 신녀문과 백화검문을 어려움에서 구해줄 것 같은 확신이 들었다.

"사부님, 화아(花兒)가 인사드려요."

사운화의 물먹은 음성에 백화선자 주혜(朱慧)의 굳은 얼굴이 미세하게 떨렸다. 사운화의 음성에서 주혜는 반가움과 안도감을 동시에 느낄 수 있었다. 당장이라도 사운화를 가슴에 안고 등을 토닥여 주고 싶었지만, 그동안 단 한 번도 연락이 없었던 사운화의 행동이 괘씸해 애써 마음을 다스리고 있었다. 그런 주혜의 심정을 너무도 잘 아는 백화검문의 제자들은 미소 지었다.

"주 사저, 그만 사질을 용서하는 것이 어떻습니까?"

길연이 미소를 지으며 말했다. 비록 문파는 달랐지만, 자신보다 입문 시기가 빠른 주혜를 길연은 사저라 불렀다. 그리고 그것은 다른 제자들 또한 마찬가지였다.

"그렇습니다, 문주님. 이렇게 무사히 돌아온 것만도 다행 아닙니까?"

길연의 말에 백화검문 출신 장로들이 동조했다.

"하지만 존장의 명을 어기고 무단으로 사문을 떠난 행동은 마땅히 벌을 받아야 합니다."

백화검문의 집법장로 양소빙(楊炤聘)의 말에 모두 침묵했다. 그동안 일부러 굳은 얼굴을 하고 있던 주혜 역시 당황했다. 사실, 그녀는 주변에서 만류하면 못 이기는 척 사운화를 용서하려 했다. 그런데 갑작스런 양소빙의 말에 분위기가 무거워졌다. 그러나 양소빙의 말에도 일리가 있었다. 더욱이 양소빙의 신분이 집법장로였기에 사소한 인정에 끌리지 않은 그녀의 말에 오히려 칭찬해야 옳았다.

"하나, 처벌은 신녀문의 비무회 이후에 결정할 것을 문주님께 건의합니다."

양소빙이 머리를 숙이며 힐끗 길연을 바라보았다. 그리고 길연과 양소빙의 시선이 부딪쳤다. 두 사람의 얼굴에 미미하지만 미소가 떠올랐다 사라졌다. 둘 사이에 어떤 말이 오간 것일까? 그러나 양소빙의 얼굴은 언제 그랬냐는 듯이 처음과 같은 무표정한 얼굴을 하고 있었다.

양소빙의 말에 모두 일단은 안도했다. 그리고 비무회가 무사히 끝나길 바랐다. 아무래도 비무회가 무사히 성대히 잘 끝나면 사운화의 처벌에 대한 문제는 곧 묻혀질 수도 있었기 때문이다.

"그래, 양 장로의 말을 따라 비무회가 끝나면 운화의 처벌을 정하기로 하지. 한데 운화 옆에는 누구신가?"

주혜는 사운화의 옆에 다정히 서 있는 승후의 모습이 계속 신경 쓰였다. 방금 자신의 말이 있자 사운화가 급히 승후와 거리를 만들었지만, 사운화의 얼굴이 붉어진 것으로 보아 보통 사이가 아닌 것으로 보였다. 사문에서 정한 혼담이 싫어 뛰쳐나간 사운화가 승후와 함께 나타난 모습에 주혜는 배신감을 느꼈다.

"승후라고 합니다. 남창에서 작은 표국을 하고 있습니다."

승후의 인사에 주혜는 호기심을 가졌다.

"혹, 뇌룡신검이라는……."

"부끄럽습니다만 그 뇌룡신검이 접니다, 문주님."

스스로 명호를 밝히자니 어색하기 그지없었다. 주혜는 놀란 눈으로 승후를 바라보았다.

"남창표국과 문제가 있는 것으로 아는데 이렇게 자리를 비워도 되는 것이오?"

"아무리 문제가 있어도 처가 될 화 매의 사문이 곤란에 처한 것을 모른 척할 수는 없는 노릇 아니겠습니까? 그리고 앞으로 말씀을 편하게 해주십시오, 문주님."

"그래? 그럼, 그렇게 하지. 한데 화아가 소협의 처가 되다니 무슨 말인가?"

주혜의 눈이 날카로워졌다. 그리고 못마땅한 얼굴로 사운화를 바라보았다. 주혜의 시선을 받은 사운화는 얼굴을 붉히며 머리를 떨구고 말았다. 사운화의 이런 행동에 주혜는 승후의 말이 사실이라고 생각했다. 결국 사문이 정한 혼담을 깨고 자신이 마음에 드는 사내를 데리고 온 것이다. 사운화의 태도에 주혜는 화가 나기보다 씁쓸했다. 그녀의 제자는 스승의 마음을 전혀 모르는 것 같았기 때문이다. 제자의 행복을 위해 명문가의 자제와 혼담을 성사시켰건만, 주혜의 눈에는 너무도 평범해 보이는 승후를 그녀의 제자는 선택한 것이었다. 비록 뇌룡신검이라는 명호를 얻고 있는 것으로 보아 무림에서 조금 인정을 받고 있는 것 같았지만, 고작 작은 표국의 국주라는 것이 못마땅했다.

"주 사저께서는 승 소협의 신분이 못마땅한 모양입니다."

길연은 밝은 미소를 짓고 있었다.

"솔직히 그래요, 길 사매. 승 소협이 비록 강호에서 명성을 얻고는 있지만, 고작 표국의 국주라니… 솔직히 화아의 안목이 실망스럽구려."

주혜의 말에 사운화의 얼굴이 굳어졌다. 지금 주혜의 말이 승후와의 혼인에 대한 반대로 들렸기 때문이다.

"글쎄요. 승 소협은 용문방의 구 방주와 남궁세가의 검왕이 인정한 사내입니다만. 그리고 사룡 중 일인인 남궁세가의 남궁 소협은 승 소협의 상대가 되지 못합니다. 그것은 제 말이 아니라 검왕의 말이었습니다."

"음?"

길연의 말이 뜻밖이었다. 겉으로는 평범해 보이는 승후가 후기지수 중 일인인 남궁세가의 소가주보다 뛰어나다는 것이 선뜻 믿음이 가지 않았던 것이다. 그러나 길연의 말이 아닌 검왕 남궁도의 이야기라면 믿지 않을 수도 없었다. 무림에서 일단 검으로는 당할 상대가 없는 자가 남궁도였기 때문이다. 그리고 남궁도는 남궁천기의 부친이었다. 무엇보다도 남궁천기는 후기지수 중에서도 빼어난 사룡의 일원이었지만, 아직 이렇다 할 명호를 얻지 못하고 있었다. 사실 백화검문이나 신녀문이 강호에 활동이 드물어서 그렇지 승후의 명성은 그녀들이 생각하는 것 이상으로 높았다. 물론, 승후 역시 그러한 사실을 모르기도 했지만 말이다.

'가만, 신검?'

주혜는 승호의 명호 중 신검의 의미가 떠올랐다. 분명 신검은 다음 대에 검왕이나 검황이 될 자질이 있는 신진에게 주는 호칭이었다. 남궁도의 젊은 시절 명호가 옥면신검(玉面神劍)인 것이 떠올랐다.

'녀석, 제법 사람 보는 눈이 있는 것인가?'

주혜는 속으로 미소 지었다. 자신에게 늘 아이 같던 사운화가 주혜의 품을 훌쩍 벗어난 사실을 깨달은 것이다. 그런 사운화의 모습에 주혜는 대견하면서도 한편으로는 섭섭했다.

"그럼, 오늘부터 있을 비무회에 참가해 당당히 운화를 아내로 맞게나."

주혜의 음성은 속마음과는 달리 통명했다. 승후의 실력을 눈으로 직접 확인하고 싶었던 것이다. 그리고 승후의 실력이 길연의 말과 다르다면 더 나은 상대를 찾을 것이었다.

"그렇게 하겠습니다, 문주님."

더 이상 사운화에 대한 추궁이 없는 것을 본 사운화의 사형제들이 사운화의 주위로 몰려들었다. 그리고 사운화의 신분이 백화검문의 소문주라는 사실을 안 신녀문의 제자들도 찾아와 인사하기 바빴다.

승후는 많은 여인들 사이에 혼자 있는 것이 여간 어색한 것이 아니었다. 힐끔힐끔 자신을 살피는 시선에 뒷머리가 따가웠다. 모두 대화 상대를 찾는 와중에 승후는 멀뚱히 그들의 가운데에 홀로 서 있어야 했다.

"아저씨."

담사린이 승후의 옷깃을 흔들었다. 승후는 뜻밖의 구원자가 너무도 고마웠다.

"음? 담 아가씨로군. 한데 아저씨보다는 오라버니라고 불러줬으면 좋겠는데 말야."

승후는 이미 자신이 헝클어놓은 담사린의 머리를 다시 쓰다듬었다. 이제는 승후의 손길을 피하지 않는 담사린은 얼굴을 붉혔다.

"바, 밖으로 나가요."

담사린은 승후를 밖으로 끌었다. 담사린은 아직 사람들이 많은 곳이 적응이 잘 되지 않았다. 길연마저 장로들과 이야기를 나누느라 담사린을 챙기지 못했기에 멀뚱히 서 있는 승후에게 다가온 것이다.

"그럴까?"

"예."

승후의 물음에 담사린이 밝은 얼굴로 대답했다.

"잠깐, 승 소협!"

담사린과 밖으로 나서려던 승후를 길연이 불러 세웠다. 길연의 큰 목소리에 사람들의 시선이 일제히 승후에게로 쏠렸다. 승후의 곁에 있던 담사린은 사람들의 시선에 승후의 뒤로 숨었다. 그런 담사린을 이끌고 승후는 길연을 향해 걸어갔다.

"예. 무슨 일이신지요?"

"승 소협의 의술이 뛰어나다고 들었어요."

"그렇지도 않습니다. 그저 흉내만 낼 뿐입니다."

"그래도 의술을 알고 있겠지요?"

"예? 예."

"그럼, 문주님을 한번 진맥해 봐주세요."

주혜의 안색을 힐끗 살핀 승후는 순순히 길연의 말을 따랐다.

"예. 그렇게 하겠습니다."

승후는 주혜의 미간에 잠깐잠깐 나타났다 사라지는 푸른 기운이 조금 전부터 마음에 걸렸었다. 나중에 사운화를 통해 그 증세를 알아보려 했던 것이 의외로 빨리 다가왔다. 그리고 어쩌면 이번 일로 주혜의 마음을 자신에게로 가깝게 할 수 있을 것이란 생각도 들었다.

"그럼, 문주님, 잠시 실례하겠습니다."

승후의 말에 주혜는 가볍게 머리를 끄덕이며 손을 내밀었다. 옥같이 흰 피부에 승후는 멈칫했다. 도대체 예순에 가까운 노인의 피부라고는 생각되지 않았던 것이다.

'무슨 할머니의 피부가……'

승후가 미간을 찌푸리며 진맥을 하자 모두 긴장하기 시작했다. 유명하다는 의원을 모두 불러와 진맥을 했지만 아무도 주혜의 중독된 증상을 알지 못했다. 그런데 승후는 진맥을 하기 전부터 대뜸 미간을 찌푸리자 긴장한 것이다.

'음?'

분명 조금 전 주혜의 미간에 나타난 푸른 선은 중독된 현상을 가리켰다. 한데 진맥으로는 독에 의한 중독이 전혀 느껴지지 않았다. 이에 승후는 주혜의 몸속으로 진기를 조금 흘렸다. 이질적인 진기의 출현에 주혜의 진기가 반응했다. 승후는 진기를 교묘하게 움직여 주혜의 몸을 구석구석 살피기 시작했다.

"음……"

승후의 신음이 커졌다. 주혜의 뇌에서 중독의 증세가 느껴졌던 것이다. 그리고 주혜의 뇌 일부가 서서히 굳어가고 있었다. 아직 진행 정도가 심하지는 않지만, 독의 침입과 동시에 찾아왔을 두통은 범인이 참을 수 있는 수준은 아니었다. 주혜의 병은 금선충이 뇌에 자리를 잡고 있는 결과에 의한 것이었다.

"그동안 두통이 심하지 않으셨습니까?"

"어떻게……?"

백화검문의 제자들이 일제히 놀란 표정을 지었다. 지금까지 주혜를 진맥한 의원 중 누구도 병세를 정확히 짚은 의원은 없었다. 병명은 고사하고 주혜의 통증에 대한 원인조차도 알 수 없었기에 주혜와 백화검문의 제자들은 걱정이 컸다. 당사자인 주혜 역시 놀라기는 마찬가지였다. 승후의 단 한 마디에 이제는 지긋지긋한 두통에서 벗어날 수 있을지도 모른다는 희망이 보였다. 그러나 승후의 얼굴이 굳어 있는 모습에 잠시 들떴던 마음이 바닥으로 추락하는 것을 느꼈다. 혹시 고칠 방도가 없는 것은 아닐까? 조금 전 보였던 한줄기 희망이 사라지는 것 같았다.

"오라버니, 사부님의 증상이 심각한가요?"

어느새 승후의 곁으로 다가온 사운화가 걱정스런 음성으로 물었다. 승후는 사운화의 말에 머리를 끄덕였다. 승후의 행동에 사운화의 얼굴은 곧 울 것 같은 표정을 했다. 그러나 주혜는 결코 재촉하지 않았다. 아직 승후는 스스로 병명을 말하지 않았다.

"아마 내력의 운용에도 제약이 따랐을 것입니다. 맞습니까?"

이어진 승후의 물음에 주혜는 말없이 머리를 끄덕였다. 비록 승후가 얼굴은 굳히고 있었지만, 주혜는 승후에게 방도가 있을 것이라 확신했다.

"금선충(金線蟲)입니다. 금선충이 문주님의 뇌 속에 웅크리고 있습니다."

"고독(蠱毒)!"

모두 승후의 말에 크게 놀랐다. 승후가 말한 충은 고독을 가리키는 것이었다. 그리고 고독이라면 중원에서는 보기가 힘들었다. 중원에서 고독을 전혀 볼 수 없는 것은 아니었다. 하지만 쉽게 볼 수 있는 것도 아니었다. 독으로 유명한 사천당문이라면 어쩌면 고독에 대한 연구가 있었을지 모른다. 하지만 당문은 얼마 전 사천혈사로 인해 존폐의 위기에 있었다.

묘강의 습지에만 서식한다는 고독의 출현에 백화검문과 신녀문의 제자들은 긴장한 얼굴을 하기 시작했다.

"충이라면 고독의 일종 아닌가요?"

사운화가 다시 확인하듯 물었다. 승후는 사운화의 말에 머리를 끄덕였다. 그리고 승후는 무언가 생각을 떠올리기 위해 애쓰고 있었다. 그런 승후의 모습에 모두 승후의 생각을 방해하지 않기 위해 조용히 숨을 삼켰다.

뜨거운 차 한 잔 마실 시간이 흘렀다. 모두 자리에서 미동도 하지 않았다. 지루하게 시간만 흘려보내고 있었지만, 어느 누구도 먼저 입을 여는 사람은 없었다. 그만큼 이번 일은 중요했다.

'금선충이라…….'

승후는 금선충을 제거하는 방법을 떠올렸다. 인체에 숨어든 금선충을 잡는 방법에는 두 가지가 있었다. 먼저 금선충이 발작할 시간을 기다렸다가 칼로 그 부위를 개봉해 금선충을 직접 제거하는 것이었다. 그러나 지금 주혜에게 그 방법을 쓰기에는 문제가 있었다.

뇌는 민감한 인체 조직이다. 그런데 직접 금선충을 제거하기 위해서는 반드시 뇌의 손상을 동반한다. 그렇다면 금선충을 제거했다고 하더라도 그 후유증이 오히려 금선충이 뇌 속에 있을 때만 못하게 된다.

두 번째 방법은 금선충의 습성을 이용한 방법이었다. 금선충은 암수가 서로 떨어져 있지 않는다. 주혜의 뇌 속에 있는 금선충이 암컷이기에 분명 수컷은 신녀문의 가까운 곳 어디에 반드시 있을 것이었다. 그수컷 금선충을 이용해 주혜의 뇌 속에 웅크리고 있는 암컷 금선충을 밖으로 끌어내는 것이었다. 하지만 과연 누가 금선충을 가지고 있을지 알 수 없다는 것이 문제였다.

"금선충은 문주님도 아시다시피 고독의 일종입니다. 하지만 다른 고독과 다른 점은 금선충은 시술자의 영과 연결되어 있지 않다는 것입니다. 혹시, 문주님의 두통이 신녀문에 도착한 후에는 조금 덜하거나 아예 없거나 하지 않았습니까?"

승후의 물음에 주혜는 머리를 끄덕였다. 확실히 백화검문에 있을 때보다는 신녀문에 있을 때 두통의 횟수가 적었고, 통증도 훨씬 경미했다.

"그랬네."

"그렇다면 범인은 아직 신녀문에 침투하지 못했다는 말이 되겠군요."

"그럼, 본 문에 있을 때 내가 중독되었다는 이야기인가?"

"금선충의 암컷은 여성만이 다룰 수 있습니다. 반면 수컷은 사내만이 다룰 수 있습니다. 하나 신녀문은 사내의 출입이 엄격합니다."

승후는 말을 마치며 주혜의 눈치를 살폈다. 곧 싸늘해진 백화검문 제자들의 시선을 느낄 수 있었다. 승후는 그들의 날카로운 시선을 슬쩍 피했다. 같은 사문의 제자에게 문주가 암습당했을지도 모른다는 승후의 말에 분노한 것이다.

승후가 직접적으로 거론하지 않았지만, 주혜는 승후의 말뜻을 모르지 않았다. 그러나 주혜는 일문의 문주였다. 흥분하려는 마음을 애써 다스리며 일단 머리 속에 든 고독을 제거할 방도를 구했다. 비록 제자들 중 누군가에 의해 암수당했을 가능성이 높았지만, 주혜는 그녀의 제자들을 믿고 싶었다. 설혹 그러한 일이 있었다 하더라도 그것은 자신의 부덕의 소치라고 주혜는 애써 생각했다.

"자네의 말처럼 수컷 금선충을 이용해 나의 머리 속에 있는 금선충을 제거하려 한다면 그 수컷 금선충은 어떻게 찾을 것인가?"

사문의 제자에게 암수를 당했을지도 모른다는 말에도 담담해하는 주혜의 모습을 보며 승후는 감탄했다. 그리고 조금은 편안한 마음으로 앞으로의 일에 대해 말할 수 있었다.

"제 생각입니다만, 그자가 누구든 간에 수컷 금선충을 가진 자는 반드시 이번 비무회에 나타날 것입니다."

"이유는?"

"금선충이란 놈은 암수의 금실이 유난하다고 알려져 있습니다. 그러니 정기적으로 암수가 무사하다는 것을 알려주어야 합니다. 만약 그렇지 않고 암수 중 어느 하나가 잘못된다면 나머지 하나도 오래 살지 못하게 되기 때문입니다. 암수를 가한 자의 목적이 만약 백화검문과 신녀문에 있다면 문주님이 잘못되는 것을 두고 보지는 않을 것입니다. 아무래도 문주님이 금선충에 중독되어 있는 것이 그들에게는 여러모로 유리하기 때문입니다."

"승 소협의 말이 옳아요. 백화검문과 신녀문은 똑같은 누군가에게 협박을 당하고 있어요. 그들이 왜 신녀문과 백화검문과 같은 강호에서 잘 활동하지 않는 문파를 휘하에 두려고 하는지는 몰라도 그들의 목적이 본 문과 백화검문의 장악에 있다면 적은 반드시 나타날 거예요."

길연의 말에 그동안의 사정을 몰랐던 일반 제자들은 크게 놀란 표정을 지었다. 반면 백화검문과 신녀문의 장로들은 고개를 끄덕였다. 승후와 길연의 말에 납득이 갔던 것이다.

"그러면 적을 어떻게 알아볼 생각인가?"

"일단 암수가 서로 교감을 가지기 위해서는 일정한 범위 안에 있어야 합니다. 그 범위가 대략 일 장 정도이니 문주님께서 비무회의 단상에 계신다면 범인을 반드시 잡을 수 있을 겁니다."

순간 승후는 표충영에게 의심이 갔다. 갑작스런 비무회가 커진 것도 그랬고, 또 이번 비무회에 실력으로 이길 자신이 있다고 해도 예전 사운화와 한 번 겨룬 적이 있는 표충영을 생각하면, 그 당시의 실력으로는 이번 비무회에서 우승하기에는 상당히 어려워 보였다. 표충영의 행동이 너무도 무모해 보였다. 그럼에도 당당히 추천장을 공개했다는 것은 그만큼 실력에 자신이 있거나 다른 방도가 있다는 것을 의미하는 것은 아닐까 생각했다.

'하지만 고작 한 해도 지나지 않아 실력이 사룡을 능가할 수 있을까?'

승후는 사룡 중에서도 수위의 실력을 지닌 마평을 떠올렸다. 용문방에서 본 마평의 무공은 과연 발군이었다. 지금의 언천보나 팽대악이라면 어쩌면 그 마평과 동수를 이룰지 모른다. 그러나 언천보와 팽대악이 많은 발전을 했다면 마평 역시 가만히 있지만은 않았을 것이다. 분명 마평 역시 발전했을 것이고, 만약 마평의 실력이 예전보다 성장했다면 아무래도 언천보나 팽대악의 실력은 마평에 비해 손색이 있었다.

그런 마평이 이번 신녀문의 비무회에 참가한다고 했다. 그런 사실을 알면서도 표충영이 추천장을 공개했다는 것이 승후에게 의심을 갖게 만들었다. 하지만 도무지 표충영의 의도를 짐작할 수 없었다.

'결국은 내일 최종 비무까지 기다려야 하나?'

일이 쉽게 풀릴 것 같지 않은 예감에 승후의 얼굴이 조금 찌푸려졌다. 그러나 무언가 할 말이 있는 것 같은 길연과 신녀문 제자들의 표정에 승후는 찌푸렸던 얼굴을 풀며 말했다.

"빠르면 오늘 늦어도 내일이면 문주님의 뇌 속에 있는 금선충의 주인을 찾을 수 있을 것 같습니다."

"그럼, 그 주인만 찾으면 사부님은 고칠 수 있는 건가요?"

"그래."

승후의 확언에 사운화는 주혜의 품 속으로 무너지며 안도의 눈물을 흘렸다. 그런 사운화를 품에 안으며 주혜는 사운화의 등을 따뜻하게 쓸어주었다.

"그 방법 말고 다른 방법은 없나요? 승 소협."

"한 가지 더 있긴 합니다만, 상당히 위험이 따릅니다."

"어떤 방법이기에…?"

"나머지 방법은 수술을 하는 겁니다."

"수술?"

생소한 말에 길연과 주혜는 고개를 갸웃거렸다.

"예. 금선충이 발작하는 시간을 기다렸다가 금선충의 발작이 시작되면 그때 칼로 그 부위를 가르는 것입니다. 그리고 직접 금선충을 뇌 속에서 끄집어내는 것입니다. 그렇게 되면 금선충이 웅크리고 있던 뇌가 손상을 입게 됩니다. 이 방법은 금선충이 침입한 부위가 뇌가 아닌 부위일 때만 사용할 수 있습니다. 그러니 이 방법은 문주님께 그다지 권하고 싶지 않습니다. 최악의 경우가 아니면 말입니다."

승후의 말에 모두 할 말을 잃었다. 말은 간단하게 했지만, 승후의 말처럼 그렇게 간단한 일이 아니었기 때문이다. 그리고 그 고통은 또 얼마나 심할 것인가? 승후의 말처럼 비무회에 적이 숨어 있길 바랄 수밖에 없었다.

"한데, 승 소협."

"예, 말씀하십시오."

승후는 조금 전부터 무언가 할 말이 있는 것 같은 길연을 바라보았다. 길연의 행동에 신녀문의 제자들이 긴장한 얼굴로 승후를 바라보았다.

"내 처음 보는 병의 증상이 있어 그러는데, 혹 소협께서 알고 계신가 궁금해요."

"길 선배님, 이제 말씀 편하게 하십시오. 이제는 남이 아니지 않습니까?"

승후의 부드러운 말에 길연은 미소 지었다. 길연은 승후의 말이 진심임을 알았다. 그리고 또다시 긴장된 분위기를 부드럽게 풀기 위한 승후의 배려라는 것을 말이다.

"차차 나아지겠지요. 그보다 그 병의 증상은……."

길연의 모습에 승후는 허리를 굽혔다. 후배라고 함부로 대하지 않는 길연의 성품이 좋았던 것이다. 그러나 곧 길연의 입에서 병의 증세가 흘러나오자 크게 놀랐다. 그리고 그것은 사운화 역시 마찬가지였다.

"……그러다가 또다시……."

"칠정산!"

경악한 사운화의 음성이 터져 나왔다. 사천의 성도를 떠나오면서 가졌던 혹시나 했던 일이 실제로 벌어진 것이다. 그리고 또다시 일어난 칠정산의 출현에 승후는 이번 신녀문에서의 일이 결코 가볍지 않음을 알았다. 주혜의 뇌 속에 있는 금선충과 신녀문의 장문인을 중독케 한 칠정산, 또 표충영의 갑작스런 행동. 갑자기 승후의 머리 속이 얽힌 실타래처럼 복잡해졌다.

"칠정산이라니? 운화야, 너는 알고 있었더냐? 길 사매가 말한 증상을."

사운화의 놀란 음성에 양소빙이 급히 물었다. 사람들의 시선이 사운화와 양소빙에게로 향했다. 그러나 사운화는 양소빙과 주변의 시선이 눈에 들어오지 않았다. 사운화는 승후에게 설명을 듣기는 했지만, 설마 신녀문에서 칠정산에 중독된 사람들을 보게 될 줄은 몰랐다. 그리고 어릴 적 그녀를 가르쳤던 백화검문의 장로들이 똑같은 증상을 보인다는 사실에 분노했던 것이다.

"예, 사부님. 저보다는 오라버니가 더 잘 알고 계세요."

"소협."

주혜는 이제 완전히 승후를 신뢰했다. 처음 승후를 보며 가졌던 실망감은 기억 너머로 사라지고 있었다.

"예. 칠정산은 사람의 일곱 가지 감정에 영향을 미칩니다. 희.노.애.락.애.오.욕이 그것이지요. 사람의 감정에 영향을 미치는 것이라 엄밀히는 독이라 할 수 없겠지만, 그 미치는 결과를 두고 보면 일반 여타의 독과는 비교가 되지 않습니다. 일반적인 독에 중독이 되면 당분간은 그 독을 내력으로 억제시킬 수 있습니다. 그러나 칠정산의 경우는 독이면서 독이 아니라서 내력으로 감정의 기복을 다스릴 수가 없습니다. 지금 웃다가도 갑자기 화를 내고, 다시 울었다가 애간장이 끊어지는 듯한 슬픔이 밀려오기도 하고… 결국에는 정신 착란을 일으켜 자신을 해하고 말죠. 아니면 다른 누군가를 해치던가… 게다가 칠정산은 스스로는 중독되었다는 사실을 자각하지 못합니다."

승후의 마지막 말에 주혜와 두 문파의 장로들은 머리를 끄덕였다. 그들은 신녀문의 문주와 백화검문의 제자들이 그러한 증상을 보였을 때 실성했다고 생각했었다. 만약 백화검문의 방문이 없었다면 아마도 신녀문은 문주를 폐하고 말았을 것이다. 그런 생각이 들자 정체를 짐작조차 하지 못하는 적에 대한 두려움이 들었다. 그러나 곧 그러한 두려움은 분노로 변했다.

"그럼 치료할 방도는 있는 것인가?"

"불가능하지 않습니다."

승후의 말에 신녀문과 백화검문 제자들의 얼굴이 기쁨으로 물들었다. 그러나 사운화는 승후의 이번 대답에 의아해했다. 그녀는 이미 사천의 포정사에서 칠정산의 해독에 대한 방법을 승후로부터 설명 들었다. 한데 승후는 그 방법을 말하지 않고 그저 불가능하지 않다고만 말하고 있었다.

"오라버니?"

사운화의 부름에 승후는 가만히 눈짓했다. 사운화는 승후의 그런 태도에 멈칫했다. 승후의 낯선 행동에 더욱 의아했다. 하지만 그러한 사정은 묻지 않았다. 승후의 이번 행동에 이유가 있을 것이라고 생각한 것이다.

"이번 비무회가 무사히 끝이 나면 제가 해약을 조제하겠습니다. 일단은 운화를 구해야지 않겠습니까?"

갑작스런 승후의 말에 사운화의 얼굴이 붉어졌다. 그리고 사람들은 승후의 말에 곧 있을 비무회를 떠올렸다. 승후의 말이 끝나기 무섭게 백화검문과 신녀문의 제자들은 비무회 준비를 위해 급히 밖으로 나갔다.

"한데 궁금한 것이 하나 있습니다."

비무회에 대한 일 때문에 일반 제자들이 모두 자리를 비우자 문파의 장로들만 남게 되었다. 그런 그들을 향해 승후가 말했다.

"뭐가 궁금한가?"

사운화의 처벌을 주장하던 양소빙이 반문했다.

"예. 이번 비무회에 내세울 소문주가 누구입니까?"

"그야, 운화로 하기로 하지 않았나?"

"아니, 제 말은 화 매가 신녀문에 도착하기 전에 내세울 소문주를 말씀드리는 겁니다."

장로들의 시선이 누군가에게로 향했다. 승후는 장로들의 시선을 따라갔다. 그리고는 곧 어이가 없는 표정을 지었다. 사람들의 갑작스런 시선에 어쩔 줄 모르고 있는 담사린의 모습이 승후의 눈에 들어왔던 것이다.

신녀문의 정문을 바라보는 마평의 얼굴이 굳어 있었다. 주위에서 마평을 알아본 무림인들이 수군거리고 있었지만 마평의 귀에는 아무런 소리도 들리지 않았다. 마평은 자신이 왜 이 자리에 있어야 하는지 아직도 이해할 수 없었다. 게다가 이번 신녀문의 비무회에서 우승이라도 하게 되면 꼼짝없이 얼굴도 모르는 신녀문의 소문주와 혼인을 해야 했다. 마평은 풍림장에서 잠시 만났던 유소경의 얼굴을 떠올렸다.

"휴우……."

마평의 입에서 참았던 한숨이 흘러나왔다. 그의 부친의 명을 좇아 신녀문에 도착은 했지만, 막상 비무회에 참가하는 것은 아무래도 망설여졌다. 결코 비무회가 두려운 것은 아니었다. 예전에 존재조차 몰랐던 표충영의 이름이 이번 비무회로 갑자기 높아진 것에 대한 질시도 아니었다. 왠지 이번 비무회가 끝이 나면 유소경과는 완전히 멀어질 것 같은 불안감 때문이었다.

마평은 이번 무산행의 원인이랄 수 있는 노승을 바라보았다. 공공신승(空空神僧). 소림은 물론 전 무림으로부터 추앙을 받고 있는 신승이자 마평 역시 존경하는 태사조(太師祖)였다. 그러나 지금 마평은 공공신승과 함께한 이번 무산행이 이해되지 않았다. 공공신승은 소림 입적 후 단 한 번도 속세에 나온 적이 없었다. 그런 그가 마평의 황산 마가장을 찾았고 또 이렇게 여인들만의 문파인 신녀문을 찾았다.

'신녀문의 누군가와 인연이 있으셨던가?'

마평으로서는 당연한 의문이었다. 하지만 마평은 머리를 가로저었다. 백수가 훨씬 넘은 신승의 신상 내력을 마평으로서는 섣불리 짐작할 수 없었다. 그리고 사문의 존장의 행적을 의심하는 것은 불경스러운 일이었다. 더구나 신승은 현 소림방장의 사백이 아니던가.

"황산의 마 형 아니십니까?"

마평은 자신을 부르는 목소리에 생각에서 빠져나올 수 있었다. 마평은 남궁천기가 밝은 얼굴로 자신의 바로 앞에 서 있는 모습에 깜짝 놀랐다. 비록 자신이 잠시 다른 생각에 잠겨 있었다곤 하지만, 바로 앞에 사람이 다가올 때까지 기척을 느끼지 못했다는 것에 당황스러웠다.

"나, 남궁 형이시군요."

마평이 어색하게 웃으며 남궁천기를 바라보았다. 남궁천기의 뒤로 남궁천상과 남궁세가의 무사들이 남궁천기를 따르고 있었다. 마평과 시선이 마주치자 남궁천상을 제외한 남궁세가의 무사들이 가벼운 목례를 해 보였다.

"무슨 생각을 그렇게 하십니까?"

남궁천기의 물음에 마평은 머쓱한 미소를 지었다. 그러나 곧 원래의 모습으로 돌아왔다.

"남궁 형이 이번 비무회에 참가하면 어떡하나 생각하고 있었습니다."

"네?"

남궁천기는 마평의 갑작스런 말에 어리둥절했다. 그러나 마평의 얼굴에 떠오른 미소를 보고는 그것이 마평의 농이었음을 알았다.

"하하하. 농이 지나치십니다. 제가 어디 마 형의 적수나 되겠습니까?"

남궁천기의 손사래 치는 모습에 마평 역시 마주 웃었다. 그러나 예전과는 확연히 차이나는 남궁천기의 기도에 내심 긴장했다. 용문방에서의 일 이후로 마평은 수련을 게을리 하지 않았다. 그럼에도 마평은 지금 남궁천기의 실력을 가늠할 수 없었다. 예전의 남궁천기의 실력에서 두세 단계는 더 성장해 보였다. 어쩌면 그 이상일지도 모르는 일이었다.

"그동안 수련에 많은 성과가 있었던 모양입니다."

"성과가 있었다기보다는 제가 넘고 싶은 무인을 만나기는 했습니다. 아마 그것이 제게 자극이 되었나 봅니다."

뜻밖의 남궁천기의 대답에 마평은 흠칫 놀랐다. 지금 말한 남궁천기가 넘고 싶은 무인이 결코 마평 자신은 아니었기 때문이다. 자존심 강한 남궁천기가 마평의 앞에서 그가 넘지 못하는 무인이 있음을 밝히는 것이 마평으로서는 의외였다. 하지만 마평은 이내 자존심이 상하는 것을 느꼈다.

남궁천기와 마평은 똑같이 사룡에 속해 있었다. 그러나 같은 사룡에도 실력의 차이는 분명 존재했다. 그중에서도 마평과 나머지 사룡의 인물들 간에는 제법 큰 실력 차가 있었다. 지금 남궁천기의 행동은 마치 그런 차이가 존재하지 않는 것처럼 느껴졌다.

"이번 비무회에 화산의 고 형도 참가한다고 들었습니다. 이거 사천의 혈사만 아니었다면 당 형까지 우리 사룡이 모두 모였을지도 모르겠습니다."

마평의 속마음을 아는지 모르는지 남궁천기의 목소리는 여전히 밝았다. 예전에 비해 신경이 굵어진 것인지 아니면 마평과의 실력 차는 아랑곳하지 않는다는 것인지 마평은 지금 남궁천기의 행동이 은근히 신경 쓰였다.

"한데, 마 형."

지금까지와는 달리 남궁천기의 음성이 낮아졌다. 그런 남궁천기를 마평이 의아한 얼굴로 바라보았다.

"앞에 계신 분은……."

마평과 조금 거리를 두고 있던 노승을 조심스레 살피며 남궁천기가 말했다.

"……."

마평은 남궁천기의 갑작스런 물음에 잠시 주저했다. 공공신승은 신분이 드러나는 것을 원하지 않았다. 그러나 여전히 궁금한 얼굴로 마평의 얼굴을 빤히 바라보고 있는 남궁천기의 모습을 모르는 척 떨쳐 버릴 수도 없었다. 하는 수 없이 마평은 입술을 살짝 들썩였다.

[사문의 태사조 되시오.]

갑작스런 마평의 전음에 남궁천기의 어깨가 움찔했다. 그러나 곧 마평이 한 말의 의미를 깨달았다. 남궁천기는 급히 노승을 향해 예를 표했다.

[태사조께서는 신분이 드러나는 것을 바라지 않소.]

남궁천기는 마평의 전음에 흠칫했다. 그러나 이미 굽혔던 허리를 펼 수 없었다. 몰랐다면 모를까 이미 노승의 신분이 공공신승이라는 사실을 안 다음에야 마평의 말처럼 모르는 척할 수 없었다. 그것이 비록 노승의 바람일지라도 말이다.

[편히 하시게.]

신승의 따뜻한 음성이 들렸다. 그리고 곧 굽혔던 허리가 저절로 펴졌다. 노승의 내력이 남궁천기의 상체를 밀어 올렸다. 순간 남궁천기는 자신의 내력을 시험해 보고 싶어졌다. 그러나 그런 남궁천기의 생각은 머리 속에 떠오르는 순간보다 더 빨리 사라졌다. 노승의 내력은 거부할 수 없는 장중함을 담고 있었던 것이다. 신승의 인자한 시선이 남궁천기를 바라보고 있었다. 신승과 시선을 마주한 남궁천기의 얼굴이 붉게 변했다. 부끄러웠던 것이다. 반딧불보다 못한 실력으로 태양에게 시험하고자 했던 자신이 너무 초라해 보였다.

'결국, 나아진 것이 하나도 없는 것인가?'

스스로에 실망한 남궁천기의 머리가 또다시 땅을 향하고 말았다. 그런 남궁천기의 행동에 신승의 미소가 짙어졌다.

[그렇게 자만하지만 않는다면 훗날 검왕을 뛰어넘는 검수가 될 것이네.]

신승의 전음에 남궁천기의 얼굴이 더욱 붉어졌다. 지금까지 남궁천기는 그의 아버지인 검왕 남궁도를 뛰어넘을 수 있을 것이라고는 생각도 하지 않았다. 검왕 남궁도는 그에게 존경의 대상이었지 넘어야 할 대상이 아니었던 것이다. 똑같은 대상을 두고 어떤 생각을 갖느냐에 따라 때로는 자질에 상관없이 스스로의 능력의 한계를 결정짓곤 했던 것이다. 남궁천기는 머리를 들지 못했다. 가르침을 내려준 노승에게 진심으로 감사했다.

남궁천기의 이런 행동에 남궁천상과 남궁세가의 무사들은 영문도 모른 채 신승을 향해 예를 표했다. 그들로서는 남궁천기의 행동에 노승의 신분이 결코 평범하지 않다고만 짐작했을 따름이었다.

"정협공자(正俠公子)다!"

사람들의 웅성거림에 마평은 물론 남궁천기 역시 사람들이 웅성거리는 쪽을 돌아보았다. 그곳에는 표충영이 아름다운 미부인과 함께 걸어오고 있었다. 정협공자. 아직 열리지도 않은 신녀문의 비무회 덕을 톡톡히 보고 있는 표충영의 모습에 마평은 내심 씁쓸했다.

"정협공자라……."

무림인들의 환호에 화답하는 표충영을 바라보며 마평은 표충영의 명호를 되뇌었다. 처음에는 없었던 표충영에 대한 시기와 질투가 슬금슬금 자라나기 시작했다. 그러나 이내 머리를 내저었다. 신녀문의 비무회가 열리면 저런 환호들도 모두 사라질 것이라고 생각한 것이다. 표충영을 바라보는 마평의 주먹에 힘이 들어갔다.

"쳇! 사내들이란."

무언가 못마땅하다는 듯 불만이 가득한 여인의 음성이 들려왔다.

"사매, 너무 그러지 마. 이 사형도 이번 비무회가 좋아서 참가하는 게 아니잖아."

핑계를 대는 듯한 사내의 말투에 사매라 불린 여인의 눈이 날카로워졌다. 그리고 그런 여인의 시선을 받은 사내는 여인의 시선을 피해 허둥댔다.

"하하하. 설아 하고 염 사매는 너무 고 사제를 몰아세우지 마라. 이번 무산행이 어디 고 사제의 뜻이더냐? 고 사제도 사부님의 명을 좇은 게 아니냐?"

그동안 문예설과 왕염의 잔소리를 들어야 했던 고거원(高巨元)에게 그의 사형 임계화(林旮詠)의 말은 한줄기 구원과도 같았다.

"그렇습니다, 사형."

"흥! 그럼 신녀문의 소문주가 아름다워서 이번 비무회에 참가하는 것은 결코 아니라는 말이군요."

왕염의 힐난에 고거원이 움찔했다. 그런 고거원의 모습이 왕염은 더욱 못마땅했다. 지금 고거원의 행동이 신녀문의 정문 앞에 몰려 있는 사내들의 모습과 하등 다를 바가 없어 보였기 때문이다. 그러나 왕염의 물음에 난처해진 고거원을 구한 것은 이번에도 역시 임계화였다. 하지만 고거원을 구원한 임계화는 왕염의 싸늘한 시선을 받아야 했다. 임계화는 왕염의 샐쭉해진 시선에 등골이 서늘해짐을 느꼈다.

"한데, 설아야?"

임계화가 재빠르게 말을 돌리자 왕염은 막 임계화를 향해 내쏘아주려던 말을 삼키고 말았다. 왕염은 얼굴에 불만이 가득했지만 임계화의 말을 가로막지는 않았다. 그런 왕염의 모습을 힐끗 바라보며 임계화는 살짝 미소를 지었다.

"예, 대사형."

문예설의 대답에 임계화는 입맛을 다셨다. 지난 강호행이 있은 후 달라진 문예설의 변화 중 하나가 바로 임계화를 대하는 호칭이었다. 언제까지나 철이 없을 것 같던 문예설의 어른스러운 행동에 임계화는 흐뭇했다. 하지만 그런 흐뭇함은 오래가지 못했다. 시간이 지날수록 문예설과는 거리가 생기기 시작한 것이다. 오누이 같던 그들의 관계가 그다지 재미없는 사형제지간으로 변한 것이다. 그리고 문예설을 이렇게 변하게 만든 뇌룡신검에게 화가 났다. 그래서 임계화는 이번 무산행에 사제들을 이끌고 찾았다. 바로 그 원흉(?) 뇌룡신검을 만나기 위해서 말이다.

"뇌룡신검의 모습은 보이지 않느냐?"

임계화는 문예설이 화산에 돌아와 침이 마르도록 칭찬을 해대던 승후가 궁금했다. 문예설의 지독한(?) 관심을 받고 있는 승후에게 묘한 질투심까지 들 정도였다. 그리고 무엇보다도 문예설과의 관계가 심심해진(?) 것에 대한 것을 따지고 싶었다.

"예. 이들 중에는 보이지 않아요."

문예설의 실망한 목소리에 왕염이 임계화를 바라보며 눈을 흘겼다.

처음 신녀문에서의 비무회 초청장이 왔을 때 문예설은 그다지 관심을 가지지 않았다. 그러나 문일상의 한마디에 문예설의 행동이 돌변했다.

'어쩌면 신녀문에서 승후를 만날 수 있을지도 모르겠구나.'

문예설은 그 이유를 묻지도 않았다. 승후를 다시 만날 수 있다는 그 한마디가 문예설에게는 중요했던 것이다. 그동안 화산에 돌아와 침울해 있던 문예설의 활기찬 모습에 모두 기뻐했다. 그러나 그 이유가 요즘 이름을 날리고 있는 뇌룡신검 때문이라는 사실에 화산의 몇몇 제자는 한숨을 내쉬어야 했다. 그리고 한숨의 의미는 달랐지만 그중 임계화도 있었다.

그간의 사정을 모를 리 없는 임계화의 성급한 행동에 왕염이 질책의 눈빛을 보낸 것이다. 이에 임계화는 슬그머니 왕염의 시선을 피했다.

"뭐, 아버지가 신녀문에서 만날 수 있다고 했으니, 만날 수 있겠죠. 그리고 승후 오라버니는 누구처럼 여인의 미모를 탐하는 음흉한 사내는 아니에요."

"뭣이! 음흉해!"

문예설의 말에 고거원이 발끈했다. 그런 고거원을 보며 문예설은 혀를 살짝 내밀어 보이고는 왕염의 뒤에 몸을 숨겼다. 그런 문예설의 모습에 고거원은 씩씩거리며 문예설을 향해 달려들었다. 그러나 왕염과 임계화는 고거원이 결코 화가 나 그러는 것이 아니라는 것을 알고 있었다. 그들 사형제는 겉으로는 투닥거리는 일이 많았지만, 서로를 지극히 아꼈다. 그랬기에 임계화와 왕염은 문예설과 고거원의 모습에 미소 지을 수 있었다.

고거원과 문예설의 다툼이 그 끝을 보이고 있을 때 즈음 신녀문의 정문에서 신녀문의 제자로 보이는 몇 명이 모습을 보였다. 순간 무림인들의 웅성거림이 멎었다.

수백의 무림인이 모였음에도 아무런 소리가 들리지 않았다. 수백의 시선을 받은 신녀문 제자들의 얼굴에 엷은 홍조가 떠올랐다. 그녀들로서는 이렇듯 많은 사내들의 시선을 받아보기란 처음이었던 것이다.

"흠, 흠. 오늘과 내일 양일간 신녀문의 방문을 허(許)합니다."

그리 길지 않은 말이었지만, 신녀문의 제자는 말을 마치게 무섭게 가쁜 숨을 몰아쉬었다.

"와아!"

갑작스런 환호성에 신녀문 제자들의 어깨가 움찔했다. 신녀문의 정문으로 향하는 무림인들의 물결에 신녀문의 제자들은 당황해 뒷걸음질 쳤다.

"마 형, 우리도 서서히 입장해야지 않겠습니까?"

신녀문으로 대부분의 무림인이 사라지고 난 뒤였다. 이제는 고작 서른 명 남짓의 무림인만 남아 있을 뿐이었다. 그리고 지금 남아 있는 무림인들은 서로의 모습을 발견하고는 흠칫 놀랐다. 비무회에서 만날 것이라고 생각은 하고 있었지만, 그것이 막상 현실이 되자 당황한 것이다.

표정없는 얼굴로 남은 무림인들의 일면을 눈에 담아두던 표충영의 얼굴이 미세하게 떨렸다. 사룡 중 수위의 실력을 지닌 마평을 발견한 것이다. 무심한 표정을 하고 있는 마평의 모습에 표충영은 긴장했다. 겉으로 드러난 마평의 신위는 표충영이 생각했던 것 이상이었던 것이다.

'그러나 이번 비무회의 승자는 나다.'

마평으로부터 시선을 옮기며 표충영은 마음속으로 다짐했다. 그러나 곧 표충영은 그다지 만나고 싶지 않던 남궁천기와 시선을 마주치고 말았다. 순간 남궁천기와 표충영의 머리 속에 예전의 일이 떠올랐다. 두 사람 모두 그다지 떠올리고 싶지 않은 기억이었다. 그러나 그 일을 생각하는 서로의 생각은 달랐다. 이미 사운화를 만나 사과를 한 남궁천기의 마음은 비교적 가벼웠지만, 표충영로서는 잊으려 애쓰던 기억이 되살아나 짜증이 밀려왔다. 남궁천기의 시선을 피한 표충영의 얼굴은 어느새 굳어 있었다. 신녀문으로 향하는 표충영의 발걸음이 그다지 가볍지 못했다. 이런 표충영의 변화에 진원원은 한숨을 쉬었다.

'그러면 그렇지…….'

진원원은 표충영이 사룡에 속한 인물을 발견하고는 자신감을 잃은 것이라 생각했다. 그리고 지금까지 자신있다며 큰소리치던 못난 조카가 한순간에 자신감을 잃어버리자 화가 나는 한편 안타까운 마음이 들었다. 어쨌든 표충영은 그녀의 혈육이었던 것이다.

임계화는 소문으로만 듣던 사룡과 표충영을 발견했다. 그리고 마평을 처음 발견했을 때에는 나직이 감탄했다. 오히려 강호의 소문이 마평의 실제보다 못하다는 생각이 들 정도였다. 마평의 눈은 너무도 맑고 고요했다. 마치 잔잔한 작은 호수를 담고 있는 것처럼 느껴졌다. 마평의 그런 모습에 임계화는 화산의 기재라 불리고 있는 고거원이라도 마평에게는 조금 힘들 것 같다는 생각이 들었다. 소림의 속가제자로서 일흔두 가지 절기 중 세 가지를 익혔다는 소문이 결코 과장이 아니었던 것이다. 아마 내력만 받쳐진다면 훗날 중원에서 손에 꼽을 정도의 실력이 될 것이었다.

"음……."

고거원이 낮은 신음을 흘리며 마평을 뚫어져라 바라보았다. 검을 잡은 고거원의 손에 굵은 힘줄이 보였다.

'후후.'

임계화는 고거원의 모습을 바라보고는 내심 미소 지었다. 비록 어려운 상대라 할지라도 결코 피하지 않는 고거원의 성미가 여실히 드러난 것이다. 그리고 자신이 아끼는 사제에게 강한 경쟁자가 있다는 것에 감사했다. 이번 비무회가 지나면 또다시 성장해 있을 고거원의 모습이 눈에 보이는 듯했다.

마평의 곁에 선 남궁천기의 모습은 한눈에 바라보아도 명문가의 자제라는 사실을 알 수 있을 정도였다. 전신에서 느껴지는 여유와 자신감이 조금도 거만해 보이지 않았다. 위엄이란 인위적으로 꾸민다고 해서 만들어지는 것이 아니다. 그런데 남궁천기는 너무도 자연스러웠다.

아마도 삼류무사 정도는 남궁천기가 내뿜는 위엄에 머리를 숙일 것이었다.

'정협공자라……'

표충영을 발견한 임계화는 의아했다. 드러난 모습만으로는 결코 마평이나 남궁천기, 그리고 고거원에 비할 바가 아니었기 때문이다. 그러나 이번 신녀문의 비무회로 가장 이득을 보고 있는 표충영을 그렇게 쉽게 예단할 수는 없었다. 임계화는 표충영의 모습 하나하나를 눈에 새기듯 담아두기 시작했다. 그리고 오래지 않아 임계화는 머리를 끄덕였다. 표충영의 두 눈 속에는 거친 폭풍이 몰아치고 있었다. 지금 표충영은 의도적으로 실력을 감추고 있음을 임계화는 눈치 챘다. 그러나 고거원은 마평과 남궁천기에 대한 호승심으로 표충영에 대해서는 전혀 신경을 쓰고 있지 않았다. 아마도 마평과 남궁천기 역시 고거원과 같을지 몰랐다. 표충영은 자신의 실력을 겉으로 드러나지 않게 함으로써 상대를 방심하게 만들고 있었다. 다른 비무회 참가자들과는 달리 표충영에게는 이미 비무회가 시작되고 있었다.

임계화는 걱정스런 눈으로 고거원을 바라보았다. 이번 비무회에서 고거원은 어쩌면 힘든 상대를 여럿 만날지 모르는 일이었다. 물론 앞으로 성취를 위해서는 강한 상대와의 비무가 상당히 도움이 될 것이지만, 표충영만은 어딘지 모르게 조금 위험해 보였다. 그러나 임계화는 고거원을 만류할 생각은 없었다. 고거원 역시 사룡 중 일인이었고 또 화산의 기재였다. 임계화는 고거원의 실력을 믿었다.

'하나, 조금 주의를 주는 것도 나쁘지는 않겠지……'

이미 마평에 대한 호승심으로 가득한 고거원에게 충고가 필요할 듯했다. 임계화가 생각하기에 비무회의 최대 변수는 표충영이 될 것이 분명해 보였다.

"대사형! 빨리요."

문예설의 외침에 임계화는 자신이 일행에게서 많이 뒤처져 있음을 알았다. 그 많던 무림인들도 모습이 보이지 않았다. 마평과 남궁세가의 사람들, 그리고 신녀문과는 전혀 어울리지 않는 백미의 노승만이 아직 제자리를 지키고 있을 뿐이었다. 그동안 발견하지 못했던 노승의 존재에 임계화는 의아했다. 그러나 문예설의 재촉에 의문은 접은 채 서둘러 걸음을 옮겨야 했다. 뒤이어 문예설의 투정이 들려왔기 때문이다.

"그래."

임계화는 문예설에게 손을 한번 흔들어준 다음 신녀문을 향해 걸었다. 그리고 아직 신녀문에 입장하지 않은 마평의 옆을 스쳐 지나갔다. 거리를 두고 있을 때보다 가까이에서 느낀 마평의 기도가 더욱 예사스럽지 않았다. 조금 전의 불안이 생각나 임계화는 고거원이 걱정되기 시작했다.

흠칫.

막 마평을 지나쳤을 때였다. 임계화는 자신도 모르게 뒤로 한 걸음 물러났다. 항거할 수 없는 뜨거운 기운이 임계화의 접근을 막아서고 있었다. 임계화의 온몸이 긴장하기 시작했다. 임계화는 자신을 긴장하게 만든 대상을 급히 바라보았다. 조금 전 신녀문과는 어울리지 않는다고 생각했던 노승이 굳은 얼굴을 하고 있었다.

처음에 임계화는 노승의 신분을 짐작하지 못했었다. 임계화는 그 이유를 노승이 걸친 가사에서 알 수 있었다. 노승이 입고 있는 가사가 너무도 낡고 헤어져 있었던 것이다. 임계화는 노승의 가사로 노승이 소림과 연관이 있음을 짐작했다.

'소림?

마평은 소림의 속가제자였다. 하지만 마평과 연관이 있다 하더라도 노승이 신녀문에 있는 것은 의외였다. 소림의 승려와 신녀문이 인연이 있을 것이라고는 쉽게 생각되지 않았다. 조금 전 임계화가 느낀 노승의 기도는 화산의 장문인이라도 결코 내보일 수 없었다. 오대문파의 장문인을 능가하는 내력과 기도를 지닌 인물은 그렇게 흔하지 않다. 그리고 그것이 소림이라면 아마 소림의 현 방장의 사형제 중 일인이거나 어쩌면 그 윗대의 어른들일지도 모르는 일이었다.

"혈향이 너무 짙네, 시주."

노승의 뜻밖의 말에 임계화의 몸이 움찔 놀랐다. 반사적으로 임계화의 몸이 노승과 거리를 벌렸다.

"……"

임계화는 자신의 왼손을 허리 쪽으로 가져갔다. 하지만 임계화의 허리에는 그가 찾는 검이 없었다. 임계화의 왼손이 미세하게 떨렸다. 그런 임계화의 모습에 노승의 얼굴은 더욱 굳었다. 질식할 것 같은 침묵이 노승과 임계화 간에 오갔다.

마평은 임계화의 갑작스런 행동에 이해가 되지 않았다. 조금 전부터 자신을 바라보던 임계화의 시선이 은근히 신경 쓰이던 차였다. 그리고 임계화와 함께 있던 문예설의 존재가 신경 쓰였다. 풍림장에서 언뜻 본 듯했기 때문이다. 그러나 지금은 그의 태사조에게 불경한 행동을 보이는 임계화를 용서할 수 없었다.

"이보시오!"

"대사형!"

마평과 문예설의 음성이 동시에 들려왔다. 그러나 임계화는 여전히 노승의 얼굴에서 시선을 뗄 수 없었다. 문예설은 자신의 부름에 대꾸조차 하지 않는 임계화의 모습에 아미를 찌푸렸다. 그러나 임계화는 여전히 미동조차 하지 않았다. 결국 참다못한 문예설이 임계화의 곁으로 다가왔다.

"빨리 들어가요! 지금 노스님이랑 눈싸움이나 벌일 때가 아니잖아요!"

문예설이 잡아끄는 손길에 임계화는 주춤주춤 신녀문을 향해 끌려갔다.

"죄송해요, 노스님. 저희 사형의 무례를 용서해 주세요."

대답을 듣기도 전에 임계화를 끌고 멀어져 가는 문예설의 모습에 노승은 미소를 지었다. 임계화와는 달리 너무도 맑은 기운을 한 문예설의 모습이 보기 좋았던 것이다. 그리고 그런 문예설의 모습에서 잊었던 누군가가 생각이 나는 듯했다.

'벌써 아흔 해가 지났구나…….'

신승은 잊고 있던 추억에 가슴이 아려왔다.

"오라버니, 왜 칠정산의 해독법을 바로 알려주지 않는 거예요?"

사운화가 조금 전 승후의 행동을 못마땅해하고 있었다. 그런 사운화를 향해 승후는 빙긋 미소를 지었다.

"웃지 말아요. 정들어요."

사운화의 투정에 승후는 어이없는 표정을 지었다. 자신이 쓰던 말투가 사운화의 입을 통해 흘러나왔기 때문이다.

"생각을 해보려무나. 신녀문의 장문인께서 설마 스스로 중독에 이르셨겠느냐?"

"예?"

"신녀문의 장문인은 물론 장로들까지 중독을 당하셨다. 신녀문의 내부에 간세가 있다고 생각해 볼 수도 있지 않겠느냐?"

"……그럼, 중독을 해결할 수 있다는 말을 하면 안 되는 것 아닌가요?"

"그래. 하지만 난 간세가 누군지 궁금하구나."

"그럼?"

"그래, 이미 길 선배님께 이야기해 두었다. 조만간 신녀문에 침입한 적의 간세를 찾을 수 있을 것이다. 어쩌면 백화검문의 간세도 찾을 수 있을지도 모르지."

"그래요?"

사운화의 음성이 살짝 떨려왔다. 승후는 사운화의 음성에 살기와 분노가 함께 담겨 있는 것을 느낄 수 있었다.

"이보게 사위, 들어가도 되겠는가?"

갑자기 들려온 양소빙의 목소리에 사운화의 얼굴이 붉어졌다. 승후역시 양소빙의 사위라는 말이 어색했다. 다른 한편으로는 처음과는 달리 조금 인정을 받고 있다는 생각에 기분이 좋기도 했다.

"예. 들어오십시오."

방 안으로 들어온 양소빙은 가는 눈을 뜨고는 승후와 사운화를 바라보았다. 승후는 양소빙의 시선에 애꿎은 찻잔만 들었다 놓았다. 사운화 역시 얼굴을 붉힌 채 양소빙의 시선을 피했다.

　"손님들이 찾아오셨네. 아마도 자네의 경쟁자들이 될 듯한데, 미리 만나봐야 되지 않겠나?"

　"혹, 표가도 찾아왔나요?"

　사운화의 음성이 딱딱했다. 사운화로부터 표충영과의 일을 들은 양소빙 역시 표충영의 이름을 언급하고는 눈살을 찌푸렸다.

　"그래. 한데 그 표가 녀석이 신녀문의 진 사매의 조카더구나."

　"그런!"

　사운화의 음성에 실망의 목소리가 터져 나왔다. 그러나 사운화의 이런 반응을 예상했는지 양소빙의 얼굴은 웃고 있었다.

　"하지만 정당한 방법으로 녀석의 버릇을 고쳐 줄 수 있지 않느냐?"

　양소빙의 말의 사운화가 눈을 동그랗게 떴다. 그러나 곧 그 의미를 깨닫고는 승후를 바라보았다. 양소빙 역시 승후를 향해 기대의 눈빛을 하며 바라보았다. 두 여인의 무언의 압력이 담긴 시선을 받은 승후는 어색한 미소를 지었다.

　"하하."

　"설마, 내자 될 사람의 원수를 그냥 내버려 두지는 않겠지."

　"그렇게 꼭 원수라고까지야……."

　"무슨! 여인의 미모를 탐하는 것이야 사내들이라면 당연하다 하겠지만, 여인의 마음을 얻으려 하지 않고 부정한 방법을 쓰는 사내는 마땅한 벌을 받아야 당연하지. 내 그 녀석이 사매의 조카만 아니었다면 당장 요절을 냈을 것이네."

"어, 어른의 뜻이라면 따라야지요."

양소빙의 박력에 밀려 승후는 자신도 모르게 말을 더듬었다. 그런 승후가 못마땅한지 양소빙은 미간을 모으며 승후를 향해 말했다.

"내 뜻도 뜻이지만, 그런 놈은 처음부터 그 버릇을 확실히 고쳐 놓아야 해. 그리고 진 사매는 아직 자네를 모르고 있으니 문제가 될 게 없네. 모르고 행한 일을 두고 나무랄 수 없지 않은가. 죽지 않을 만큼만 패버리게."

'죽지 않을 만큼만… 패, 패버려……'

승후는 양소빙의 말에 마른침을 삼켰다. 왠지 앞날이 불안해졌다.

"오라버니, 아셨죠?"

예전에는 그러지 않던 사운화마저 돌변한 모습에 승후는 식은땀이 흘렀다. 승후는 점점 무림의 여인들이 두려워지기 시작했다.

"그, 그래……."

승후의 힘없는 대답에 양소빙이 눈을 부라렸다. 승후는 양소빙의 무서운 시선에 슬그머니 피하고 말았다. 그런 승후의 모습이 마음에 들지 않는지 양소빙이 혀를 찼다.

"쯧쯧쯧, 사네가 그렇게 무뎌서야……."

"하하, 무디다니요. 이래 뵈도 제가 강단은 확실하게 있습니다."

그러나 그런 승후의 강변에도 양소빙은 못 미덥다는 모습이었다.

"사부님, 추천장의 주인들도 찾아왔나요?"

"그래, 표가를 비롯해서 황산 마가장의 마평, 그리고 화산의 고거원, 남궁세가의 남궁천기가 도착했더구나."

"화산에서도 참가했나요?"

"그래, 매화섬전수 임계화가 그의 사제들을 인솔해 왔더구나."

화산파에서도 이번 비무회에 참가했다는 양소빙의 말에 승후는 문일상과 문예설을 떠올렸다. 그동안 잠시 잊고 있던 문예설의 모습이 요즘 자주 떠올랐다. 승후는 이번 신녀문의 비무회가 끝나면 화산에 한번 들를 생각을 했다. 그동안 문예설에게 자신이 너무 무심했다는 생각을 승후는 지을 수 없었다.

"한데, 화산처럼 검법으로 이름난 문파에서, 그것도 장문제자가 수법을 익혔다니 솔직히 의외입니다."

승후의 반문에 양소빙은 고개를 끄덕였다. 그녀 역시 검으로 유명한 문파에서 수법(手法)으로 이름난 임계화의 존재에 처음 이해할 수 없었다. 그러나 매화섬전수(梅花閃電手) 임계화를 무시할 무림인은 그리 많지 않았다. 더욱이 임계화가 완전히 검을 놓은 것도 아니었다. 강호에 떠도는 소문에 의하면 임계화는 좌수검을 익혔다고 했다. 정도에서 금기시되는 검법이었지만, 아무도 임계화의 검법을 직접 대면한 사람은 없었다. 그리고 화산과 같은 정도의 문파에서 좌도방문에 속하는 좌수검을 익힌 제자를 장문제자로 삼았으리라고는 생각지 않았다. 그렇게 임계화에 대해서는 추측과 소문만이 무성했다. 그런 그가 이번 비무회에 참가하게 된다면 아무리 사룡이라도 손색이 있었다. 게다가 아직 승후의 실력을 직접 대면하지 못한 양소빙으로서는 그녀가 아끼는 사운화의 앞날이 걱정되는 것은 어쩔 수 없었다.

"화산이 비록 검문으로 이름이 높지만, 다른 뛰어난 무공이 없으라는 법은 없겠지. 그리고 매화섬전수에게 어떤 문제가 있나 본데 그것까지야 우리가 알 수 없는 노릇 아닌가. 화산 나름의 사정이 있겠지. 비록 매화섬전수가 검을 잡지는 않지만, 화산에서 아무도 그를 경시하지 않는다고 하네. 그러니 자네도 주의하게."

"주의야 하겠습니다만, 매화섬전수가 비무회에 참가할 이유는 없지 않습니까? 그의 사제가 참가하는데."

"글쎄, 그건 모르는 일이지. 이미 비무회가 우리의 뜻대로 되지 않는 이상 만약을 대비해 두어야지."

승후에게 말하면서도 양소빙은 걱정이 놓이지 않았다. 이미 사운화의 마음이 승후에게 완전히 기울어 있는 이상 제발 사운화를 위해서라도 이번 비무회가 무사히 끝나길 빌었다. 게다가 승후는 이번 비무회에서 백화검문의 장문인을 구해야 했다. 과연 의술만큼이나 무공이 뛰어날지 의심이 들었지만, 냉화검 길연이 그토록 신뢰를 하는 승후였기에 양소빙은 길연의 안목을 믿고 지켜볼 수밖에 없었다. 이런 자신의 걱정을 아는지 모르는지 긴장하는 모습이라고는 전혀 보이지 않는 승후가 양소빙은 걱정스럽고 못마땅했다. 그리고 일을 이토록 크게 만들어 버린 표충영 역시 더욱 마음에 들지 않았다. 사운화의 일까지 겹쳐 표충영은 백화검문이나 신녀문에서조차 그다지 신뢰를 받지 못했다. 물론 당사자인 표충영은 그러한 사실을 모를 테지만 말이다.

"승 소협? 계시는가?"

길연의 아름다운 목소리가 들려왔다. 표충영에 대한 불만이 커갈 즈음 들려온 길연의 목소리에 양소빙은 자신의 생각에서 빠져나올 수 있었다.

"들어오세요, 사저."

밝은 얼굴을 한 길연의 모습에 양소빙은 의아했다. 냉화검 길연은 그 표정이 차갑기로 이름 높았다. 그리고 그것은 길연이 신녀문에 도착했을 때에도 마찬가지였다. 그런 길연의 모습에 양소빙은 쉽게 길연에게 다가가지 못했다. 그런 그녀가 승후와 함께할 때면 마치 활짝 핀 장미처럼 미소를 짓는 것이 이해가 되지 않았다. 만약 길연의 연배가 승후와 비슷했다면 길연이 승후에게 다른 생각을 품고 있지 않은지 의심이 들 정도였다.

"양 사매도 같이 있었군요."

사문의 누구에게도 존대를 하는 길연이었지만, 양소빙은 길연의 이런 모습이 여전히 적응되지 않았다.

"예, 사저. 그런데 좋은 일이라도 있는 모양입니다."

길연의 미소 띤 얼굴을 보며 양소빙이 말했다.

"그래요. 아주 좋은 일이 있었지요."

길연의 대답에 승후와 사운화도 호기심이 생겼다. 세 사람의 한결같은 반응에 길연의 미소가 짙어졌다.

第二章 공공신승(空空神僧)

중년의 미부인이 침상에 누워 있었다. 백옥보다 하얀 미부인의 손을 잡은 주름진 노승의 손이 너무도 대조적이었다. 미부인의 맥을 짚은 노승의 손이 가끔씩 가는 경련을 일으켰다. 노승의 모습을 지켜보는 주혜와 진원원의 시선 역시 노승의 손과 같은 움직임을 보였다. 이미 승후에게 들어 병은 알고 있었지만, 공공신승은 승후의 말에 대해 아무런 언급도 하지 않았다. 그것이 주혜는 속이 탔다. 행여나 승후의 진맥이 잘못되지 않았나 걱정되었다.

"신승께서 보시기에는 어떻습니까?"

"음······."

궁금증을 참지 못한 진원원의 물음에 공공신승은 신음 소리를 냈다. 처음 진묘량(晉昴亮)이 칠정산에 중독되었다는 말에 공공신승은 내심 당황했었다. 칠정산은 오로지 공공신승의 가문에서만 대대로 전해져 왔기 때문이다. 공공신승은 칠정산의 증세에 대해 들어 알고 있었다. 하지만 가문의 몰락과 함께 칠정산의 제조법과 해약은 사라졌었다.

칠정산의 출현도 믿기 어려운데 더군다나 칠정산을 알아보고 또 그 처방을 알고 있다는 뇌룡신검의 신분이 의심스러웠다. 멸문한 독고세가의 혈육은 공공신승이 유일했기 때문이다. 처음 공공신승은 칠정산의 제조법이 유출되지 않았나 의심이 들었다. 그러나 독고세가의 모든 전각은 불에 탔다. 또 다른 생존자가 살아남았으면 모르지만, 거의 백 년 만에 나타난 칠정산의 출현을 어떻게 생각해야 하는지 공공신승은 판단이 서지 않았다.

"칠정산이 확실하네, 시주."

공공신승의 대답에 주혜의 얼굴이 밝아졌다. 승후의 진단이 맞다면 승후가 알고 있다는 칠정산에 대한 처방도 확실할 것이라는 생각이 들었다.

"뇌룡신검… 음… 그러니까 승 시주라 했었소?"

공공신승의 물음에 주혜가 대답했다.

"예."

주혜의 공손한 대답에 공공신승의 얼굴이 굳어갔다. 독고씨가 아닌 제삼자가 칠정산을 알고 있을 가능성은 없었던 것이다.

"장문인, 승 소협이 도착했습니다."

길연의 목소리에 공공신승의 백미가 꿈틀댔다. 그러나 공공신승의 이런 변화를 주혜와 진원원은 눈치 채지 못했다.

"어서 들어오게."

신녀문 장문인의 거처에 들어섰을 때 승후는 거센 압박을 느꼈다. 그리고 그 압박감의 한가운데에는 백미의 노승이 있었다. 그 노승이 소림의 삼신승 중 제일 어른인 공공신승임을 승후는 어렵지 않게 알 수 있었다.

"신승께 양소빙이 인사드립니다."

양소빙의 정중한 인사에 공공신승은 머리를 조금 끄덕여 보였다. 그리고는 곧 승후를 바라보았다.

"승후라고 합니다."

승후의 간단한 인사에 공공신승을 제외한 모두가 얼굴을 찌푸렸다. 승후의 행동이 상당히 무례했기 때문이다. 하지만 승후는 지금 인사도 겨우 하고 있었다. 공공신승의 내력이 승후를 거세게 압박하고 있었던 것이다.

"사위! 예를 지키게! 이분은……."

양소빙은 승후에게 질책을 하던 것을 급히 삼켰다. 승후의 신색이 편하지 않음을 알아본 것이다. 그리고 그것이 공공신승이 내뿜는 내력에 의한 것임을 금방 알아차릴 수 있었다.

방 안의 공기가 무거워졌다. 시간이 지날수록 공공신승의 내력은 점점 더 거세어졌다. 공공신승의 기세가 거세어질수록 승후의 장포가 부풀어 오르기 시작했다. 주먹을 쥔 승후의 손에 땀이 맺히기 시작했다.

공공신승과 승후의 갑작스런 대치에 좌중은 어리둥절했다. 공공신승의 갑작스런 행동이 이해되지 않았다. 그리고 공공신승과의 대치에서 단 한 걸음도 물러나지 않는 승후 역시 이해되지 않았다.

공공신승이 자리에서 일어났다. 이제는 방 안의 모든 사람이 공공신승의 기세를 온몸으로 느낄 수 있었다. 거센 압력에 지금까지 버틴 승후가 대단하게 여겨질 정도였다. 모두 승후의 내력에 감탄하고 있을 때 공공신승이 승후를 향해 한 걸음 내디뎠다. 그리고 승후 역시 처음으로 걸음을 옮겼다. 그렇지만 공공신승과는 그 방향이 달랐다.

'젠장, 다짜고짜 왜 그러는… 헉!'

공공신승이 한 걸음 다가오자 승후는 허둥댔다. 지금까지 느껴지는 압박과는 차원이 달랐던 것이다. 할 수 없이 승후는 뇌령심법을 팔성 가량 운용해야 했다. 거세게 느껴지던 압박이 뇌령심법의 운용으로 잠시 가벼워졌다. 그러나 곧 공공신승의 백미가 꿈틀거리는 것에 승후는 다시 긴장해야 했다. 승후의 긴장이 헛되지 않아 곧 공공신승의 입에서 불문의 사자후가 터져 나왔다.

"갈!"

공공신승과 승후와의 거리는 단 세 걸음 남짓이었다. 공공신승은 승후가 내력을 운기하자 너무도 익숙한 뇌령지기에 분노했다. 결코 잊을 수 없는 독고세가의 독문심법이었던 것이다. 그리고 이 순간 공공신승은 눈앞의 승후가 독고세가를 멸망케 한 원흉의 후손이라고 단정 지었다.

공공신승의 우권이 승후의 어깨를 날카롭게 잡아갔다. 그러나 이미 어느 정도 대비를 하고 있던 승후는 공공신승의 갑작스런 출수에도 간발의 차이로 뒤로 한 걸음 물러날 수 있었다. 승후의 너무도 신속한 대응에 공공신승은 속으로 감탄했다. 결코 자신의 출수가 실패할 것이라고 생각지 못했기에 그 놀라움은 더욱 컸다. 공공신승은 곧 재차 승후의 어깨를 잡아갔다.

'갑자기 왜!'

승후는 공공신승에게 갑자기 이러는 이유를 따지고 싶었다. 그러나 승후는 말을 할 수 없었다. 공공신승의 무거운 기세에 제대로 숨을 쉬기도 힘들었던 것이다. 그리고 말로 공공신승의 행동에 대한 의문을 해소하기에는 공공신승의 기세가 너무도 흉흉했다. 이대로 제압당했다가는 어떻게 될지 모른다는 생각이 절로 들었다. 승후는 필사적으로 신법을 밟았다.

공공신승은 승후의 낯선 신법에 더욱 확신을 가졌다. 그리고 승후의 신법이 결코 소림에 뒤떨어지지 않음에 놀랐다. 공공신승은 짧은 시간 내에 승후의 신법을 깰 자신이 들지 않았다. 결국, 공공신승은 무턱대고 승후의 어깨를 잡아가던 것을 그만두고 소림의 금나수법을 펼치기 시작했다. 공공신승의 우수가 호랑이의 발톱 모양을 하고는 승후의 완맥을 향해 쇄도했다.

"대력금나수(大力擒拿手)!"

길연이 공공신승의 금나수를 알아보고는 소리쳤다. 그리고 길연의 외침에 좌중은 크게 놀랐다. 비록 소림의 일흔두 가지 절기에는 속하지 않지만, 근접 거리에서 대력금나수를 상대할 금나수법은 없었다. 강호에 존재하는 거의 대부분의 금나수들이 소림의 금나수를 바탕으로 한 것이었다. 그렇기에 그 원형이랄 수 있는 대력금나수를 대면하게 된 주혜와 양소빙, 그리고 진원원은 공공신승이 펼치는 금나수에 넋을 놓고 있었다.

'대력금나수?'

승후 역시 대력금나수를 모르지는 않았다. 승후의 머리 속에는 대력금나수가 기억되어 있었다. 하나 직접 겪기는 처음이었다. 그랬기에 승후는 대력금나수를 어떻게 상대해야 할지 몰랐다. 더구나 지금 방 안은 몹시 비좁았다. 작은 방 안에 일곱 명이나 되는 사람이 있었기에 신법을 펼치기도 힘들었다. 더구나 공공신승이 금나수를 펼치므로 해서 승후는 자신의 절기인 장법을 마음껏 펼치는 것도 힘이 들었다. 공공신승은 승후가 장법을 펼칠라 치면 승후의 완맥을 집요하게 노렸기 때문이다.

　'젠장맞을! 절대 내 탓이 아냐!'

　더 이상 수세에 몰리는 것이 위험하다는 판단을 한 승후는 반격을 하기로 결심했다. 그러나 세수(世壽)를 알 수 없는 노인을 향해 폭력(?)을 행사한다는 것이 승후는 내심 꺼려졌다. 하지만 공공신승은 승후의 이런 바람을 전혀 짐작하지 않았다. 재차 호랑이 발톱을 한 신승의 우수가 승후의 좌수를 잡아왔던 것이다. 승후는 오성의 뇌령지기가 담긴 장법을 펼쳤다.

　파파파팟!

　공공신승은 승후의 우수를 거의 잡아챘을 때 펼쳐진 승후의 장법을 보고는 코웃음 쳤다. 비록 승후가 전력을 다한다고 하더라도 단 한 번의 장력으로는 자신의 우수를 피할 수 없을 것이라고 생각했다. 하지만 승후의 장은 한 번이 아니었다. 내력으로 승후의 장력을 누르며 승후의 완맥을 잡아채려던 공공신승의 의도는 깨끗이 어긋났다. 단순한 장력으로 생각했던 승후의 장법 속에는 다섯 번의 변화가 담겨 있었던 것이다.

승후의 장에 격중된 신승의 우수가 찌릿찌릿했다. 공공신승은 그것이 독고세가의 독문심법인 뇌령심법 때문이라는 것을 잘 알고 있었다. 가문의 심법에 오히려 당한 자신에 공공신승은 어이가 없었다. 그러나 승후의 이 한 번의 장력으로 공공신승은 승후가 대단하다는 생각을 하지 않을 수 없었다. 독고세가의 독문신법인 뇌령심법을 장법에 운용할 수는 없었다. 그러기에는 뇌령지기가 너무 강했기 때문이다. 한데 승후는 아주 자연스럽게 둘을 동시에 운용하고 있었다. 이런 승후의 장법을 겪은 공공신승은 승후의 자질에 감탄했다.

어느새 세 걸음 거리를 벌린 승후가 조심스레 공공신승의 눈치를 살피고 있었다. 신승은 갑자기 승후에 대해 호기심이 생기기 시작했다. 아니, 정확히는 승후가 방금 펼친 장법에 호기심이 생겼다.

이번 단 한 번의 겨룸으로 처음 승후에게 가졌던 적의가 많이 사라졌다. 공공신승은 방금 승후가 펼쳤던 장법을 떠올렸다. 단 한 번의 공격이라고 여겼던 것이 다섯 번이나 이어졌다. 그리고 승후의 기색을 보아하니 전력을 다한 것 같지 않았다. 아마도 자신을 위한 배려였으리라. 갑자기 공공신승은 승후가 악인은 아닐지도 모른다는 생각이 들었다. 그리고 백화검문의 문주가 승후를 신뢰하던 모습이 떠올랐다.

공공신승은 승후의 모습을 찬찬히 살폈다. 여전히 긴장한 채 자신을 주시하고 있는 승후의 모습에 신승은 어이없는 한숨을 속으로 내쉬었다.

'허허허, 어린 후배와 다투다니… 구십 년 수양이 헛되었도다. 아미타불……'

독고세가의 멸문이 있은 지 백 년에 가까운 시일이 흘렀다. 젊은 시절 공공신승은 가문의 멸문을 잊을 수 없었다. 가문을 멸문케 한 원수의 정체를 알 수 없었던 공공신승은 조상들에게 송구했고, 혈육들에게 죄를 지었다고 생각했다. 그러한 번뇌를 조금이라도 덜고자 공공신승은 소림의 제자가 되었다. 그럼에도 젊은 날의 공공신승은 혈기를 누르지 못해 밤잠을 이루지 못했다. 하지만 세월이 약이라는 말이 있듯 공공신승의 은원도 세월이 흘러감으로써 차차 신승의 기억에서 잊혀졌다. 그리고 이제는 완전히 잊었다고 생각했다. 하지만 조금 전 승후와의 일로 공공신승은 분명히 알 수 있었다. 은원을 잊은 것이 아니라 가슴속에 억눌러 두었다는 것을.

"사문이 어찌 되시는가, 시주?"

공공신승의 뜻밖의 물음에 승후는 당황했다. 전혀 예상치 못한 물음이었던 것이다. 그리고 다시 긴장했다. 공공신승에게 자신이 뇌문의 제자라고 말하기에는 무언가 꺼려지는 것이 있었다.

"저, 그게……."

승후는 잠시 공공신승에게 자신이 이곳에 오게 된 경과를 말하고 싶은 충동을 느꼈다. 그러나 과연 공공신승이 자신의 말을 믿어줄지 의문이었다. 그리고 무엇보다 자신의 그런 사정을 알게 된다면 지금 이 자리에 모여 있는 사람들이 자신을 어떻게 대할지 승후는 자신할 수 없었다. 그래서 승후는 공공신승의 물음에 잠시 주저했다.

"일인 전승문인 뇌문의 제자입니다."

결국 승후는 자신이 갑자기 이곳 중원에 떨어졌다는 사실을 밝히지 않기로 마음을 굳혔다. 승후의 이런 대답에 공공신승의 백미가 찌푸려졌다. 신승의 이런 모습에 승후는 한 걸음 더 물러났다. 지금까지 느끼지 못한 공공신승의 매서운 노기가 승후의 살갗을 파고들었다. 승후의 어깨가 움찔했다. 공공신승의 기세에 밀려 물러난 승후의 등이 벽에 닿은 것이다.

승후는 공공신승의 분노가 이해되지 않았다. 공공신승의 물음에 승후는 특별히 거짓을 말하지 않았다. 승후가 익힌 심법이 뇌기를 지니고 있어 뇌문이라 말한 것뿐이었다. 그리고 비록 독고황과 사마도운의 무공을 익히기는 했지만, 그것이 공공신승과 연관이 있을 것이라고는 전혀 짐작하지 못했다. 그리고 독고황이 일가를 이루었는지 독고세가의 일원이었는지 단 한 번도 생각해 본 적이 없었다. 그런데 공공신승의 모습은 승후의 대답에 문제가 있는 것으로 보였다. 아직 전신의 실력을 가늠할 수 없는 신승이 어떻게 나올지 몰라 승후는 긴장했다.

"심법과 장법 모두 뇌문의 무공인가, 시주?"

"예……."

재차 확인하는 공공신승의 물음에 승후는 난처했다. 왠지 공공신승이 자신의 무공의 내력을 알고 지금 추궁하고 있다는 느낌을 지울 수 없었다. 섣불리 대답했다가는 공공신승을 더욱 화나게 할 것 같아 승후는 어떻게 말해야 할지 잠시 생각에 잠겼다.

공공신승은 자신의 물음에 제대로 답을 하지 못하는 승후를 보며 마음의 결정을 내렸다. 승후가 직접 이야기하지 않으려 든다면 그 자신이 직접 확인해 볼 요량이었던 것이다.

"확인해 보면 알겠지."

공공신승의 말에 승후는 어리둥절했다. 그러나 공공신승의 확인이라는 말이 승후의 머리 속에 경고성을 울렸다. 그리고 이미 공공신승의 신형은 승후를 향하고 있었다. 이번에는 신승의 양손이 갈고리 모양을 하고 있었다. 게다가 조금 전의 기세와는 사뭇 달랐다. 승후는 전력을 다해 신법과 장법을 펼쳐야 했다.

우르릉.

승후의 장영이 어지럽게 노승을 향해 날아들었다. 황룡의 잔상이 나타나 공공신승의 눈을 어지럽혔다. 승후의 무공을 처음 접하는 공공신승과 주혜 등은 생전 보지도 듣지도 못한 승후의 무공에 크게 놀랐다.

'천둥의 울음을 토하는 장법이라니!'

방 안의 인물 중 양소빙의 놀라움은 이루 말할 수 없었다. 조금 전까지 양소빙은 은근히 승후의 실력을 못 미더워하고 있었다. 그러나 지금 승후의 모습에서 승후의 명호가 왜 뇌룡신검인지를 이해할 수 있었다.

'만약, 검을 든다면.'

검을 들지 않은 장법의 위력만으로도 승후의 무공은 대단했다. 그러나 양소빙은 검을 든 승후의 모습이 쉽게 상상이 되지 않았다. 다만 방안이 온통 승후가 만들어낸 황룡으로 가득해지고, 그에 비례해 천둥 소리가 커지는 것으로 미루어 승후의 검법이 결코 평범할 것이라고는 생각되지 않았다. 갑자기 승후가 믿음직스러워졌다. 그리고 겉모습만 보고 사람을 판단한 자신이 부끄러웠다.

'최선의 방어가 공격이랬지, 아마.'

공공신승을 상대로 수비만 한다는 게 얼마나 어리석은 일인지 승후는 지금 뼈저리게 느끼고 있었다. 공공신승의 금나수법 하나에 쩔쩔매고 있는 자신의 모습이 한심스럽게 느껴졌다. 웅혼한 내력이 가득한 공공신승의 금나수가 쇄도해 올 때면 승후의 등골은 서늘한 식은땀이 흘렀다.

승후는 자신이 익힌 무공에 자신이 있었다. 게다가 그동안 놀고만 있지 않았다. 그러나 지금의 상황은 자신의 모든 실력을 쏟아 붓는다 하더라도 공공신승에게 승리를 장담할 수 없었다. 아니, 공공신승을 향해 백 초라도 버텨낼 수 있다면 다행이라는 생각이 들었다. 그것도 검을 들었을 경우에 한했을 때 이야기였다. 다행히 공공신승은 승후를 상대로 전력을 다하지는 않았다. 공공신승의 이런 행동이 승후에게는 다소 위안이 되었지만, 어차피 좁은 방 안에서 검을 빼어 들 수는 없는 노릇이었기에 승후의 패배는 시간문제였다. 그러나 승후로서도 쉽게 당할 생각은 없었다. 어차피 필패하는 상황이라면 그동안 깨우친 공부들이라도 공공신승을 통해 확인해 보고 싶었다.

우르릉.

찰나지간의 결심이었지만, 승후의 행동은 그러한 결심보다 빨랐다. 승후의 장력이 조금 전 수세에 몰려 있을 때보다 더욱 짙어졌다. 그리고 승후의 신형이 어지럽게 흔들렸다.

그동안 피하기만 하던 승후가 돌연 반격해 오자 공공신승은 내심 놀랐다. 천천히 시간을 두고 승후의 내력을 알아보고자 한 자신의 의도가 깨어진 것이다. 승후의 미꾸라지 같은 신법은 공공신승으로서도 쉽게 어쩌지 못했다. 승후의 신법이 너무도 신묘했던 것이다.

공공신승의 우수가 변화를 일으켰다. 공공신승은 승후의 장력에 의해 만들어진 황룡의 급소를 잡아갔다.

크르릉.

공공신승의 의도를 짐작이라도 했는지 황룡의 울음소리가 조금 전보다 사나워졌다. 마치 살아 있는 영물인 것마냥 공공신승의 공격을 요리조리 피하며 공공신승의 빈틈을 찾아 파고들었다.

콰르릉!

흐릿하기만 하던 황룡이 이번에는 그 형상을 모두 갖추었다. 날카로운 이를 드러낸 채 쇄도해 오는 황룡의 모습에 공공신승은 태만히 대할 수 없어 전력을 다해 마주 장을 펼쳤다.

콰콰쾅!!!

엄청난 굉음이 들려왔다.

"음……."

"쿨럭!"

이번 충돌로 공공신승은 세 걸음 물러난 반면 승후는 무려 다섯 걸음이나 밀려났다. 그것도 벽이 저지해 주지 않았다면 승후는 더욱 밀려났을 것이었다.

공공신승과 승후의 충돌과 함께 발생한 굉음에 사람들은 귀를 움켜잡았다. 아직도 귀가 울렸다. 곧 드러난 공공신승과 승후의 모습에 그들은 놀란 경악성을 터뜨렸다. 비록 승후가 다섯 걸음이나 밀려 겨우 벽에 몸을 기대어 버티고 있었지만, 공공신승을 물러나게 만들었다는 것이 믿어지지 않았다.

공공신승은 붉은 피를 토하는 승후를 보며 복잡한 표정을 지었다. 분명 이번 승후의 장력에 뇌령지기가 느껴졌다. 독고세가 무공의 부활에 기뻐해야 했지만, 아직 승후의 신분을 정확히 알 수 없었다. 승후가 악인이 아니라면 다행이지만, 만약 그렇지 않다면 지금 이 자리에서 확실히 제압해 두어야 했다.

승후를 향해 공공신승이 한 걸음 내디뎠다. 그때였다.

"아!"

누군가의 감탄성이 터져 나왔다. 공공신승은 의아한 생각으로 감탄성을 터뜨린 주인공을 찾았다. 주혜와 길연이 공공신승의 소맷자락을 바라보고는 놀란 눈을 하고 있었다.

"허허허."

공공신승은 새카맣게 타버린 자신의 소맷자락을 보며 어이없는 웃음을 흘렸다. 승후는 이미 뇌령심법을 극성으로 익힌 것이다. 다만 그 내력이 아직 공공신승에게 미치지 못해 그다지 큰 피해를 입히지 못한 것이다.

"도대체가……."

"어떻게……."

양소빙과 진원원의 입에서 뒤늦게 억눌린 신음 소리가 흘러나왔다. 그러나 그녀들은 다음 공공신승의 행동에 아연실색했다. 소림의 절기 중 그 수위에 속한다는 백보신권(百步神拳)이 공공신승에 의해 펼쳐졌던 것이다.

"백보신권!"

누가 먼저랄 것도 없이 네 명의 입에서 동시에 경악성이 터져 나왔다. 모두 이곳이 환자가 있는 방임을 잊고 있는 듯했다. 백보신권이라는 말에 승후 역시 당황하기는 매한가지였다. 공공신승이 펼쳐 낸 권의 흔적이 전혀 느껴지지 않았던 것이다.

승후와 공공신승과의 거리는 대략 여섯 걸음 정도였다. 지금 승후에게 이 여섯 걸음은 안전 거리였다. 한데 방금 공공신승이 장난처럼 떨친 권의 흔적을 승후는 전혀 느낄 수 없었다. 승후는 간신히 들끓는 기혈을 다스린 채 온 신경을 공공신승에게 집중했다.

　"흐읍!"

　느닷없이 나타난 공공신승의 일권이 승후의 가슴을 후려쳤다. 가슴의 뻐근한 통증에 승후의 안색이 일그러졌다. 전혀 기척조차 느낄 수 없는 권이라니! 승후의 얼굴에 떠오른 당혹감에 주혜와 길연 등의 얼굴도 함께 어두워졌다. 소림의 삼신승, 아니, 중원의 삼신승 중 가장 어른인 공공신승이 승후처럼 새파랗게 어린 후배를 핍박하는 이유를 알 수 없었다. 그것도 백보신권이라는 전설의 절기로 말이다.

　승후는 가슴에 내력을 퍼뜨렸다. 욱신거리던 가슴의 통증이 곧 가벼워짐을 느꼈다. 그러나 아직 마음을 놓을 수는 없었다. 이번 일권은 공공신승의 승후에 대한 시험의 성격이 짙었던 때문이다. 어느 정도 통증이 가신 듯하자 공공신승은 승후를 향해 일권을 뻗었다. 승후는 본능적으로 한 걸음 옆으로 물러났다. 그러나 승후의 황급한 대처에도 아무런 변화도 일어나지 않았다. 승후의 얼굴이 부끄러움으로 달아올랐다.

　'허, 허권(虛拳)인가?'

　승후의 생각을 놀리기라도 하듯 재차 공공신승의 우권이 뻗어졌다.

　'망할! 아주 가지고 노는군!'

　공공신승의 헛손질에 승후는 이리저리 움직였다. 춤을 추는 인형이 된 것 같은 기분에 승후는 화가 났다.

'헉!'

전력을 다한 공공신승의 권이 연거푸 쏟아졌다. 승후의 어깨가 자신도 모르게 움찔했다. 승후의 본능이 위험을 감지한 것이다.

'어떻게! 이렇게나 빨리!'

공공신승이 권을 떨치는 것을 본 승후는 급히 대비를 했었다. 그러나 그런 승후의 대비를 비웃기라도 하듯 어느새 공공신승의 권이 승후의 가슴을 또다시 격중시키고 있었다.

텅!

마치 속이 빈 나무를 때린 듯한 울림이 들렸다. 승후의 얼굴이 무섭게 일그러졌다. 전신에 골고루 분배했던 진기의 흐름이 일순간 끊어졌다. 순간 승후의 다리가 풀렸다. 지금 이 순간 승후의 다리는 승후의 명령을 따르지 않고 있었다. 자신도 모르게 주저앉아 버린 승후는 공공신승의 얼굴을 멍하니 바라보았다.

'허허.'

귀신에게 홀린 것만 같았다. 승후의 머리 속은 너무도 혼란스러웠다.

휘익.

펑!

서늘한 기운이 승후의 귓가를 스쳐 지나갔다. 곧이어 거친 충돌음이 들렸다. 순간 승후의 머리 속을 스쳐 지나가는 것이 있었다.

'시간 차 공격!'

승후의 얼굴이 밝아졌다. 지금까지 공공신승의 공격이 시각의 차이를 둔 공격법이라고 승후는 단정 지었다. 그러나 승후의 생각은 삼 할 가량만 맞았을 뿐이었다.

당연히 백보신권이 승후의 생각처럼 시각의 차를 두고 공격하는 단순한(?) 방법 따위는 결코 아니었다. 백보신권의 무서운 점은 권이 펼쳐질 때 그 기척을 느낄 수 없다는 것이었다. 그러니 눈을 뜨고도 당하는 것이 대부분이었다. 그러나 백보신권에도 문제점은 있었다. 권이 강맹하고 은밀하기는 하나 신속하지 못하다는 것이었다. 백보신권이 펼쳐지면 그 영향권에서 벗어나기만 하면 백보신권을 피할 수 있었다. 물론 지금 승후가 처한 상황에서는 조금 힘이 들었지만 말이다. 여하튼 지금 승후는 백보신권에 대항할 모종의 방법이 떠올랐다.

승후의 얼굴이 밝아진 것을 본 공공신승은 의아했다. 승후의 밝은 얼굴에서 자신감을 엿본 것이다.

공공신승은 백보신권의 단점을 모르지 않았다. 그러나 지금과 같은 좁은 방 안이라면 백보신권은 거의 무적에 가까웠다. 하물며 평생을 백보신권에 매진해 온 공공신승이었다. 공공신승은 승후가 어떻게 나올지 궁금해졌다.

"아니!"

"저런!"

"승 소협!"

"저런, 무모한!"

갑자기 승후가 공공신승을 향해 신형을 날리자 사람들은 크게 놀랐다. 공공신승 또한 승후의 이번 행동이 이해되지 않았다. 백보신권에 대항하기 위해서는 거리를 두는 것이 정석이었다. 물론 백보신권이 강호에 그다지 출현한 적이 없었기에 그에 대한 대처법이 따로 있는 것은 아니었다. 하지만 근접 공격에서 최고의 위력을 내는 백보신권에 오히려 거리를 줄여주는 지금 승후의 행동은 위험천만했다.

주혜와 길연, 그리고 양소빙과 진원원은 도대체 승후의 의도를 짐작할 수 없었다. 지금 승후의 행동은 마치 불 속으로 뛰어드는 부나방과 같아 보였다. 그러나 조금 전 승후의 밝은 얼굴을 떠올린 공공신승은 결코 태만할 수 없었다. 공공신승은 어느새 지척에 다가선 승후를 향해 또다시 권을 뻗었다.

퍽!

승후의 장과 공공신승의 우권이 부딪쳤다. 공공신승은 승후가 뜻밖에도 백보신권을 막아내자 흠칫했다. 처음으로 백보신권이 승후의 장법에 가로막힌 것이다. 공공신승은 돌연한 승후의 행동의 이유를 짐작할 수 있었다. 백보신권이 근접 거리에 탁월한 위력을 가지고 있다면, 그 거리를 더욱 줄여 애초 백보신권이 펼쳐지는 것을 봉쇄하겠다는 것이 승후의 생각인 듯했다. 다행히 승후의 생각은 그다지 틀리지 않았고, 공공신승의 백보신권에 맞설 수 있었다.

우르릉.

파파파파팟!

예의 천둥음을 토하며 승후의 연환장법이 쏟아져 나왔다. 성난 폭포의 기세처럼 승후의 연환장법은 끊이지 않았다. 그러나 공공신승의 웅혼한 내력이 담긴 단 일 권의 백보신권에 맞서기에도 승후의 장법은 힘에 겨워 보였다. 점점 그 형상을 갖추어가고 있는 황룡이 공공신승의 권에 막혀 용틀임하고 있는 모습이 너무도 구슬프게 보였다.

크와왕!

승후는 자신이 성급했다고 자책했다. 공공신승의 내력을 간과한 것이다. 지금 승후는 공공신승의 백보신권을 도무지 밀어낼 수가 없었다. 그렇다고 지금에 와서 물러나기도 힘이 들었다. 지금 공공신승과 승후의 거리는 너무도 가까웠다. 어느 정도 위험은 감수할 생각이었지만, 지금은 승후가 감수한다고 해서 감당이 될 위험이 아니었다.

'아직, 절반도 펼치지 않았어!'

결국, 승후는 끝을 볼 생각을 했다. 사실, 현재 승후에게 그 외에 마땅한 방법이 없기도 했다.

승후 연환장법이 십여 장을 넘어가자 공공신승은 감탄했다. 이제는 되었다고 싶어 권에 담은 내력을 흩은 순간이었다. 그러나 승후의 장은 처음의 그 기세로 여전히 공공신승의 백보신권을 두드리고 있었다. 마치 틈만 보인다면 그 틈을 뚫겠다는 승후의 비장한 기세가 느껴졌다. 공공신승은 할 수 없이 재차 우권을 뻗었다.

퍼펑!

새로운 백보신권에 승후의 신형이 휘청이며 뒤로 한 걸음 물러났다. 그럼에도 승후의 장법은 멈출지 몰랐다. 또다시 십여 장이 이어졌다. 이번에는 승후의 연환장법에 의해 공공신승의 권이 옅어졌다. 지루한 공방전이었지만 공공신승은 즐거웠다. 지금 승후와의 대결은 일종의 내공의 대결이었다. 순수한 내력의 대결이라면 결코 공공신승이 승후에게 패하는 일은 없을 것이다. 그러나 지금 승후에게는 연환장법이라는 공공신승조차도 감탄하게 만든 절기가 있었다. 그 한 장 한 장의 위력이 전혀 차이가 나지 않았다. 아니, 오히려 시간이 지날수록 승후의 장력에 힘이 들어가고 있었다. 무모한 승후의 모습에 공공신승의 젊음의 패기를 느꼈다. 아직 다듬어야 할 것이 많다고 공공신승은 생각했다. 그리고 그 부족분을 자신이 채어줄 수 있을 것이라 생각했다. 그러자면 지금 승후에게 현실을 맛보게 해줄 필요가 있었다.

공공신승이 한 걸음 물러나며 구 할의 백보신권을 펼쳤다. 백보신권을 수련한 후 처음으로 전력을 다해 펼쳤다. 승패를 조기에 결정짓기 위한 방법이었지만, 승후가 이번 권을 무사히 막아낼 수 있을지 걱정이 되는 것은 어쩔 수 없었다.

공공신승의 지금까지와는 전혀 다른 위력의 백보신권에 승후는 입술을 깨물었다. 너무도 세게 깨물어 승후의 입술에서 붉은 피가 흘러내렸다. 그러나 지금 승후는 입술의 통증 따위는 느낄 여유가 없었다.

쿠르르릉!

크와왕!

승후의 양손이 보이지 않았다. 도대체 한 번에 몇 번의 장을 펼쳐 되었는지 이제는 헤아릴 수도 없었다. 승후의 장력은 끝없이 영원히 이어질 것 같았다. 승후의 전신으로 뇌령지기가 퍼져 나가기 시작했다. 그리고 어느 순간 승후의 두 눈이 금빛으로 물들기 시작했다. 승후의 눈빛이 금빛으로 변하는 순간 공공신승은 현재 승후의 상태가 정상이 아님을 알았다.

'설마 뇌령심법이 십성에 이르렀는가?'

공공신승은 승후가 펼치고 있는 연한장법이 십성의 뇌령심법을 버텨낼 수 없을 것이라 생각했다. 세상에서 가장 강맹한 기운이 뇌기였다. 비록 부드러운 것이 강한 것을 꺾는다고 하지만, 모든 경우가 그러한 것은 아니었다. 승후의 장법이 비록 부드럽고 온유했지만 뇌기의 사나운 기세를 모두 포용하기에는 모자란 감이 있었다. 그리고 뇌령심법은 뇌제의 검법을 펼칠 때 비로소 최고의 효력을 발휘되는 것이었다.

번쩍!

공공신승이 승후에 대해 우려하고 있을 때 섬광이 번쩍였다. 승후의 연환장법의 마지막 서른여섯 번째 장이 모두 펼쳐졌다. 너무도 밝은 섬광에 공공신승마저 잠시 두 눈을 감고 말았다. 만약 눈을 감지 않았다면 공공신승이라도 시력을 상할 정도의 섬광이었다.

콰쾅!

컥!

벼락이라도 내리친 것처럼 공공신승과 승후 사이의 공간은 시커멓게 변해 있었다. 그리고 공공신승의 양팔과 낡은 가사도 검게 탔다. 승후를 가볍게 여긴 공공신승은 무공을 익힌 이래 처음으로 타인에게 손해를 경험했다. 하지만 공공신승에 비하면 승후의 모습은 그야말로 참담했다.

승후의 머리는 삐쳐 나와 봉두난발이었고, 두 눈은 마주하기에도 무서울만치 시뻘겋게 변해 있었다. 그리고 얼굴의 칠공(七孔)에서는 쉴 새 없이 검붉은 피가 흘러나왔다. 마치 지옥의 악귀와도 같은 승후의 모습에 주혜와 길연 등은 경악했다. 그리고 전혀 예상하지 못한 결과에 입만 벙긋거린 채 할 말을 잃고 있었다.

승후의 신형이 힘없이 무너졌다. 의식을 잃지는 않았는지 승후의 입술이 무언가를 말하려는 듯 달싹였다. 하지만 공공신승의 눈에는 승후의 그런 모습이 눈에 들어오지 않았다.

'아미타불… 아미타불……'

수십 번의 불호를 되뇌어도 공공신승의 마음은 편해지지 않았다.

"으……."

승후의 미약한 신음 소리가 들려왔다. 공공신승은 그제야 승후의 상세가 엄중함을 떠올렸다. 그리고 조금 전에는 보지 못했던 승후의 입술이 무언가 말하듯 달싹거리는 것을 볼 수 있었다.

"사위!"

"승 소협!"

승후는 주혜와 길연의 외침이 귀에 들어오지 않았다. 전신에 들끓는 기혈에 숨을 쉬기에도 벅찼다. 공공신승의 도움으로 겨우 가부좌를 튼 승후는 내력을 운기했다. 그러나 승후의 단전은 한줄기 내력도 없이 텅 비어 있었다. 승후는 다급했다. 이러다간 곧 있을 비무회에도 나가보지도 못하고 끝날 것 같았다. 승후의 마음이 다급해할수록 들끓는 기혈은 제각각 승후의 통제에서 벗어나고 있었다.

"음……."

갑자기 웅혼한 내력이 승후의 빈 단전을 채워왔다. 지금 승후의 온몸은 뇌령지기로 가득했다. 승후의 심법의 특성상 결코 다른 내력을 받아들일 수는 없는 일이었다.

[진기를 단전으로 이끌거라.]

공공신승의 음성이 승후의 머리 속에 울렸다. 어느새 공공신승은 승후에게 하대를 하고 있었다. 그러나 승후는 공공신승의 그런 변화를 전혀 느끼지 못했다. 지금 승후의 머리 속에는 공공신승의 내력이 어떻게 자신의 단전에서 반발하지 않는지 그 생각만으로 가득했다. 그런 승후의 복잡한 마음과는 달리 공공신승의 마음은 편안했다. 승후가 어떻게 독고세가의 심법을 익혔는지 알지는 못했지만, 이젠 더 이상 승후가 남이라는 생각이 들지 않았다. 짧은 시간이었지만 승후가 결코 악인은 아니라고 생각했다. 게다가 젊은 나이에 이룬 성취 또한 가벼워 보이지 않았다. 만약 승후가 검을 들었더라면 지금과 같은 일은 벌어지지 않았을지도 모르는 일이었다. 독고세가의 뇌령심법은 그 검법과 함께 펼쳐져야 제 위력을 발휘하는 법이었다.

'어, 어떻게……'

공공신승의 도움을 받아 운기를 할수록 승후의 놀라움은 컸다. 분명 승후의 뇌령심법의 뇌령지기는 다른 진기와는 반발하는 성격을 가지고 있었다. 한데 공공신승의 내력은 별 거부감 없이, 마치 승후의 그것인 것마냥 자연스럽게 단전으로 모여들고 있었다. 그리고 뒤늦게 공공신승이 자신을 대하던 모습을 떠올렸다. 그동안 이해할 수 없던 공공신승의 행동들이 어떤 생각에 조금씩 가까워지기 시작했다.

'큭!, 서, 설마……'

승후는 공공신승이 사문을 묻던 것을 다시 떠올렸다. 공공신승이 자신이 뇌문의 제자라 이야기했을 때 화를 낸 사실도 기억했다. 모든 것이 앞뒤가 맞았다. 승후는 확신했다. 공공신승은 뇌제 독고황과 관련이 있었던 것이다.

'망할!'

승후는 왜 진작 그러한 생각을 하지 못했는지 자신을 질책했다. 진작 공공신승과 독고황과의 관계를 짐작했더라면 자신이 이렇게 고생할 일은 없을 것이었다.

'젠장 할! 그, 그… 러면 그… 렇다고 이야기를 할… 것이지!'

승후는 공공신승 모르게 짜증을 냈다. 승후는 공공신승을 향해 따질 수도 없었다. 무엇보다도 지금 승후의 상태가 너무 좋지 않았다. 아니, 그보다 공공신승의 무공이 너무 두려웠다.

[어디다 한눈을 파는 것이냐!]

공공신승의 꾸짖음에 승후의 어깨가 움찔했다.

[이, 이렇게 된… 데에는 신승… 어, 어른께도… 저, 절… 반의 책임이 있다구요!]

승후의 힘겨운 투정에 공공신승은 어이없는 얼굴을 했다. 내력이 들 끓고 있는 상황에 투정이라니! 이것이 어디 가당키나 하단 말인가!

[뭣이! 누가 사문을 속이라더냐!]

[그, 그게… 속… 인 게 아, 아니라…….]

[갈!]

머리 속에 울린 공공신승의 고함 소리에 승후는 머리가 어지러웠다. 그리고 승후는 처음으로 전음이 공격(?)의 한 방법으로 쓰일 수도 있음을 알았다.

[어서 기혈이나 다스리거라. 네 녀석에게 묻고 싶은 말이 너무 많다.]

[서, 설마… 모른다고… 조금 전과 같이 저… 를 패, 패… 대기치지는 않으… 시겠지요.]

[이 상황에 농이 나오느냐? 이놈!]

승후의 전음에 공공신승은 어이가 없었다. 그리고 다급한 상황과 전혀 어울리지 않는 소리를 하는 승후가 못마땅했다.

[네놈을 보아하니 나의 도움 따위는 필요없을 듯싶구나.]

공공신승이 내력을 거두려 하는 움직임이 느껴지자 승후는 다급히 소리쳤다.

[아, 아… 닙니다요. 그, 그리고 이… 왕 주실… 도움이라… 면 끝, 끝까지 주셔야……]

[그 입만은 여전히 살아 있구나.]

승후는 공공신승의 말에 입맛을 다셨다. 그리고는 운기조식에 힘쓰기 시작했다.

"장, 장문인! 무슨 일이십니까!"

방 안의 소란스러움이 바깥까지 전해졌는지 신녀문의 제자 하나가 다급히 물어왔다. 그제야 사람들은 지금 그들이 있는 장소가 신녀문 장문인의 처소이자 환자의 처소라는 것을 알았다. 황급히 침상에 누워 있을 진묘량을 살핀 주혜는 안도했다. 다행히 진묘량은 그 소란 속에서도 편안히 잠들어 있었던 것이다.

"장문인께서는 괜찮으시니 바깥 비무회나 신경 쓰거라."

주혜의 음성에도 신녀문의 제자는 장문인의 거처를 떠날 줄 몰랐다. 조금 전부터 들려오기 시작한 굉음들이 아무래도 신경이 쓰인 모양이었다.

"내일쯤이면 장문인의 병세를 고칠 수 있을 것이다. 그리고 지금 이 방에는 공공신승께서도 함께 있으니."

"아, 알겠습니다."

신녀문의 제자가 마지못해 물러나는 것을 느낀 주혜는 깊은 한숨을 내쉬었다.

지금 승후의 상태는 너무 좋지 않았다. 지금 공공신승의 하는 행동으로 보아서는 그나마 잘 해결된 것 같았다. 물론, 주혜로서는 아직까지 왜 승후와 공공신승이 이토록 큰 다툼을 벌여야 했는지 그 이유를 알지 못했다.

'그러나저러나 비무회가 걱정이군……'

지금 승후의 상태로 과연 비무회에나 나갈 수 있을지 걱정되었다. 승후의 상태를 보아서는 비무회에 참가하는 것을 만류해야 했다. 하지만 사운화의 앞날을 생각하면 승후가 반드시 비무회에 참가해 우승해야 했다. 다행히 오늘 비무회는 예선전이었고, 내일 있을 비무회가 본격적인 비무회라 승후가 오늘만 잘 버텨주길 바랄 수밖에 없었다. 그리고 조금 전 승후의 장법이라면 지금 자신의 바람이 그렇게 헛된 것이라고는 생각되지 않았다.

第三章 비무초친(比武招親)

"사형, 자신은 있는 거예요?"

문예설의 물음에 고거원이 멀뚱한 눈으로 바라보았다. 한 가지 생각에 골몰해 있을 때면 나타나는 고거원의 반응이었다. 문예설은 그동안 자신의 말을 귓등으로 흘린 고거원을 향해 눈을 흘겼다.

"뭐, 뭐라고 했지, 사매?"

뒤늦게 문예설의 눈초리가 심상치 않음을 느낀 고거원이 당황한 음성으로 말했다. 또다시 시작되는 문예설과 고거원의 다툼에 왕염은 짙은 미소를 배어 물었다. 그러나 사제들의 모습을 바라보는 임계화는 속으로 한숨을 쉴 수밖에 없었다. 화산을 떠나오기 전 문일상의 당부가 떠올랐던 것이다. 품속에 있는 뇌룡신검에게 전하라는 서찰을 쓰다듬으며 임계화는 화산에서의 일을 떠올렸다.

"신녀문에서 승후를 만나거든 이 서찰을 꼭 전하거라."

"뇌룡신검에게 도움을 청하는 것입니까?"

"그래. 예전에 승후가 지금 장문인의 증세와 같은 일을 언급한 적이 있다. 반드시 도움이 될 것이다."

"한데, 남창으로 가지 않고 왜 신녀문입니까?"

"가보면 알 것이다. 그리고 그 서찰은 당분간 너와 나만 알아야 한다."

임계화는 가슴이 답답했다. 아직 화산에 드리운 암운을 모르는 사제들은 곧 있으면 벌어질 비무회에 정신이 팔려 있었지만, 임계화는 그럴 수 없었다. 어느 날 갑자기 변한 스승과 장로들… 마치 한날 동시에 실성이라도 한 것과 같은 그들의 모습을 떠올릴라 치면 아직도 가슴 한 구석이 서늘했다. 살기에 번들거리는 그들의 눈 속에 사문의 사형제는 물론 사제지간도 없었다. 핏빛에 물든 스승이 휘두르는 검에는 화산의 매화검법도 장중한 내력도 없었다. 마치 백정과 같은 칼의 휘두름에 임계화는 넋을 잃었었다.

'휴우… 과연 뇌룡신검이 도움이 될는지…….'

솔직히 임계화는 뇌룡신검이 과연 문일상의 기대에 부흥할지 의심이 들었다. 그러나 현재 화산이 기댈 수 있는 곳이라고는 어디에도 없었다. 강호에서 이름난 의원이라고는 모두 불러보았지만, 모두 머리를 내저을 뿐이었다. 문일상의 확신이 제발 현실로 이루어지길 바랄 뿐이었다.

'어둠이 몰려오는 것인가?'

그동안 무림은 너무도 평안했다. 마교의 멸망 이후 흑도는 숨어들었고 무림은 정도의 치세였다. 그러나 그것은 어디까지나 겉으로 드러난 모습일 뿐이었다. 오파일방과 오대세가, 그리고 무림의 명숙들은 결코 마교의 뿌리가 뽑혔다고 생각하지 않았다. 단지, 평화가 좀 더 오래가기를 바랄 뿐이었다.

"대사형, 걱정이 있나요?"

왕염의 아름다운 목소리에 임계화는 생각에서 빠져나올 수 있었다. 임계화의 눈에 의아한 얼굴을 하고 있는 왕염이 보였다.

"글쎄다. 저 덤벙대는 사제 녀석이 걱정되지 않는다면 거짓말이겠지. 후후."

아직도 문예설과 아웅다웅하고 있는 고거원을 보며 임계화는 미소지었다. 아직은 화산의 상황을 사제들에게 말할 수 없는 임계화는 말을 돌렸다. 무언가 다른 생각이 있는 듯한 임계화의 모습에 왕염은 잠시 미간을 모았지만 곧 머리를 끄덕일 수밖에 없었다. 요즘 고거원과 문예설이 다투는 횟수가 부쩍 늘었던 것이다.

"앗!"

문예설의 놀란 목소리가 들렸다. 그리고 비무회장에 운집해 있는 사람들의 시선이 일제히 비무대로 향했다. 복식이 다른 두 중년의 여인이 모습을 보였던 것이다. 그중 녹색의 궁장을 한 미부인의 복식에 문예설의 눈이 빛나기 시작했다. 사운화와 처음 만났을 때 입고 있던 복식과 같았던 것이다.

운기조식을 하고 있는 승후의 모습은 평온해 보였다. 그러나 승후의 운기조식하는 모습을 지켜보는 사람들은 괴이한 표정을 짓고 있었다. 지금 승후의 머리는 봉두난발이요, 상의 여기저기에는 붉은 혈흔 자국이었다. 마치 생사대적이라도 만난 것 같은 승후의 겉모습과는 달리 승후의 편안한 기색은 도무지가 어울리지가 않았다.

"도대체가……."

갑자기 들려온 굉음에 사운화는 급히 굉음의 진원지를 찾았다. 언젠가 들어본 적이 있는 승후의 무공이 생각나서였다. 그리고 사운화가 보게 된 광경이 바로 지금의 상황이었다.

사운화는 승후의 지금 모습을 도무지 이해할 수가 없었다. 조금 전까지도 멀쩡했던 승후가 한순간 이렇게 변한 것이 직접 눈으로 보고서도 쉬이 믿어지지 않았다. 지금 승후의 운기를 돕고 있는 공공신승의 가사가 검게 그슬려 있는 모양에 공공신승과 승후 간 다툼이 있었음을 알 수 있었다. 하지만 사운화가 알기로는 승후와 공공신승이 다툴 이유는 전혀 없었다. 백 년에 가까운 세월 동안 소림을 떠나지 않은 공공신승과 승후 간에 도대체 어떤 악연이 있을 수 있겠는가 말이다.

그것은 비단 사운화의 생각뿐만 아니었다. 조금 전 승후가 운기조식에 빠져들자 비무회 준비로 자리를 비운 주혜와 진원원 역시 같은 생각이었다. 그리고 지금 호법을 서고 있는 양소빙과 길연의 생각 역시 사운화와 크게 생각이 다르지 않았다. 어서 빨리 승후가 깨어나 자신들의 궁금증을 해결해 주길 바랄 뿐이었다.

[놈! 언제까지 신선노름을 하고 있을 것이냐!]

승후는 벌써 두 시진 동안이나 운기조식을 하고 있었다. 그것도 승후 본신의 내력은 운기하지 않은 채 공공신승의 내력만을 이용했다.

처음 공공신승은 까마득한 후배에게 과하게 손을 쓴 것에 대한 미안한 마음에 자신의 공력을 아끼지 않고 베풀었다. 하지만 시간이 지날수록 이상했다. 분명 공공신승의 내력과 승후의 내력은 그 성질이 같았다. 공공신승의 내력이 승후의 단전을 자극하면 승후의 단전에서는 내력이 생겨야 했다. 그럼에도 승후의 내력은 가뭄에 논이 마르듯 한 줌의 진기도 느껴지지 않았다. 처음 공공신승은 자신의 과도한 출수로 승후의 단전에 이상이 생긴 것으로 생각해 적잖이 당황했었다. 그러나 시간이 지남에 따라 자신의 생각이 틀렸음을 알았다. 지금 승후는 그동안 공공신승에게 당한 것을 승후 나름대로 복수(?)하고 있었던 것이다. 생각이 이에 미친 공공신승은 일백 년 수련이 물거품으로 변함을 느꼈다.

[갈! 네 녀석이 진정…….]

[너무 소리 지르지 마십쇼! 제가 지금 누구 때문에 이렇게 된 것입니까!]

승후의 항변에 공공신승은 어이없었다. 물론 자신이 조금 과하게(?) 손을 쓰긴 했지만 그것은 합당한 이유가 있었다. 그러나 지금까지 승후에게서와 같은 대접을 받아본 적이 없는 공공신승은 일순 할 말을 잃었다.

공공신승이 어떤 말을 하건 말건 승후는 전신의 기감(氣感)을 밖으로 좀 더 확장시켰다. 승후의 이런 행동은 자연 내력을 좀 더 많이 요구했다. 승후의 행동에 잠시 멈칫했던 공공신승은 어쩔 수 없이 승후의 단전에 불어넣는 내력을 좀 더 늘일 수밖에 없었다.

[두고 보자, 이놈!]

공공신승의 노한 전음이 들려왔지만, 승후는 득의의 미소를 지을 뿐이었다.

[흐흐흐. 두고 보자는 사람치고 무서운 사람 못 봤습니다그려.]

남창의 석가장에서 깨우친 공부들을 승후는 지금 확인하고 있었다. 남창에서는 아이들의 방해와 내력의 부족으로 충분한 기감의 확장을 이룰 수 없었다. 하지만 무궁무진한 내력을 지원하고 있는 든든한 후원자(?)가 있었기에 승후는 주저하지 않고 최대한의 기감을 발했다. 그리고 오래지 않아 비무회 준비로 오가는 많은 사람들의 움직임이 느껴지기 시작했다. 승후는 서서히 비무회장으로 기감을 확장시켰다.

'음?'

비무회장에는 뜻밖에도 뛰어난 능력을 가진 이가 몇 있었다. 그리고 그들 중에는 음습한 기운을 소유한 인물들도 곳곳에서 느껴졌다. 아마도 그들이 백화검문과 신녀문에 암습을 가한 인물들일 것이었다. 승후는 그들이 자리하고 있는 위치를 대강 가늠해 보았다. 어느 순간 승후는 곧 의아한 생각이 들었다. 탁한 기운의 주인들이 어느 한 기운을 중심으로 포진하고 있었던 것이다. 한데 그 포진한 모습이 승후가 생각하기에는 상식 밖이었다. 분명 몇 명은 호위를 하는 듯한 형세였고, 또 몇은 호위를 받고 있는 인물을 견제하고 있는 형세였던 것이다.

'무슨… 헉!'

잠시 생각에 골몰해 있던 승후는 갑자기 썰물처럼 빠져나가는 내력에 당황했다. 승후가 잠시 한눈을 판 사이 공공신승이 내력을 거두어 버린 것이다. 충만하던 진기가 갑자기 사라져 버리자 승후는 일순 현기증을 느꼈다. 공공신승의 갑작스런 행동에 불만을 토로할 여유도 없이 승후는 본신의 내력을 급히 운기해야 했다. 그러나 단전을 가득 메우던 내력들이 빠져나가는 속도가 너무도 빨라 공공신승의 내력의 공백을 미처 매울 수가 없었다. 더구나 승후는 본신의 내력은 전혀 끌어올리지 않은 상태였기에 더욱 당혹스러웠다. 급히 공력을 운용하긴 했지만 승후의 이마에는 어느새 굵은 땀방울이 맺히기 시작했다.

그동안 평온한 표정을 하고 있던 승후의 안색이 갑작스럽게 변하자 승후를 지켜보고 있던 사운화는 당황했다.

"오, 오라버니……."

[허, 헉! 너, 너무하시는 거 아닙니까!]

'……'

승후의 다급한 목소리에도 공공신승은 어떤 말도 하지 않았다. 괜히 승후와 말을 섞었다가는 또다시 승후의 말장난에 말려들 것 같았기 때문이다. 자신의 말에 아무런 대꾸도 없는 공공신승이 승후는 괜히 불안했다. 잠시 잊고 있던 공공신승의 무서운 무공을 떠올린 것이다.

[쳇! 신승이란 양반이 그깟 일로 토라진 겁니까!]

[뭣이!]

승후의 말에 공공신승은 또다시 노한 음성을 터뜨렸다. 승후를 만나고 나서 벌써 몇 번인지 모를 화였다. 공공신승의 창노한 음성에 승후는 내심 찔끔했지만, 겉으로는 아무렇지도 않은 척 행동했다. 어차피 공공신승이 승후에게 볼일이 있는 한 조금 전과 같은 출수를 하지 않을 것이라는 생각이 들었기 때문이다. 하지만 승후는 지금의 일로 공공신승에게 응분(?)의 대가를 치러야 함을 알지 못했다.

승후의 등에서 손을 뗀 공공신승은 노한 눈으로 승후를 노려보았다.

"간이 부은 녀석이로다."

결국 공공신승은 어이없는 한숨을 내쉬고 말았다. 또한 차마 입에
담을 수 없는 말이 신승 자신도 모르게 흘러나왔다. 공공신승의 이런
모습에 사운화와 양소빙, 그리고 길연은 두 눈을 동그랗게 떴다. 그녀
들로서는 신승의 입에서 그런 말이 흘러나올 것이라고는 상상도 못했
던 것이다. 그러나 누구보다도 당황한 사람은 공공신승 본인이었다.
소림에서의 수행이 승후의 앞에서는 도무지 도움이 되지 않았던 것이
다.

"흠, 흠……."

놀란 표정으로 자신을 바라보는 세 쌍의 시선에 공공신승은 애꿎은
헛기침만 해댔다. 속세에 나온 자신이 너무도 후회됐다. 과거의 인연
을 떨쳐 버리지 못해 신녀문을 찾긴 했지만, 왠지 소림에 돌아갈 때까
지 결코 평탄하지 않을 것 같은 불길한 마음을 지울 수 없었다.

"이제 그만 눈을 뜨지 그러느냐."

잠시 옛 상념에 빠졌던 공공신승은 아직도 운기를 하고 있는 승후를
노려보며 말했다. 공공신승의 말에 승후의 상체가 눈에 보일 정도로
흔들렸다. 공공신승의 목소리에 잔뜩 날이 서 있었기 때문이다. 내력
을 모두 갈무리한 승후는 뒤늦게 공공신승의 눈치를 살피고 있었던 것
이다.

번쩍.

순간 승후의 금안이 나타났다 사라졌다. 잠시 방 안이 환해진 것 같
은 착각이 든 사람들은 어리둥절했다. 그러나 공공신승만은 승후의 눈
이 금안으로 변한 것을 놓치지 않았다. 그리고 지금 승후의 몸에서 일

어난 변화의 이유를 알고 있었기에 머리를 끄덕였다. 승후의 내력이 한 단계 더 깊어졌던 것이다.

"놈! 할 말이 많으니."

"저도 신승 어른과 나누고 싶은 말씀이 많습니다. 하지만 지금은 비무회 때문에……."

비무회가 열리고 어느 정도 시간이 지났다. 아마 지금쯤이면 내일 있을 결선 비무회에 오를 몇 명이 정해졌을지도 모르는 일이었다. 내일 결선 비무회는 단 네 명만이 참가할 수 있었다. 승후는 반드시 그 네 명 중 일인에 속해야 했다.

"젊은 놈이 그렇게 색을 밝혀서야!"

승후의 말에 공공신승은 버럭 화를 냈다. 조금 전 양소빙이 승후를 사위라고 부르던 것을 떠올린 것이다. 이미 내자를 둔 승후가 또 다른 여인을 탐한다는 것이 불문의 제자인 공공신승은 못마땅했다. 이는 승후의 사정을 모르는 공공신승으로서는 당연한 행동이었지만, 당하는 입장인 승후는 조금 억울했다.

"무슨 말씀을 그리하십니까! 제가 이래 봬도 일편단심 한 여자만 마음에 품고 있는 사람입니다!"

승후의 외침에 사운화의 얼굴이 붉어졌다. 그러나 공공신승은 너무도 당당한 승후의 행동에 어이없는 표정을 지었다.

"신승 어른께서 잠시 오해가 있는 모양입니다."

길연이 급히 승후와 공공신승 간 중재를 하고 나섰다. 공공신승은 길연의 오해란 말에 마땅찮은 표정을 지었다. 지금 이 자리에 있는 모든 사람이 승후를 위한다는 생각이 들었던 것이다.

"사실……."

길연은 승후와 사운화의 관계부터 설명했다. 그리고 사운화가 현재 처해 있는 사정을 자세히 설명했다. 길연의 말에 공공신승은 잠시 백미를 찌푸렸지만, 이내 머리를 끄덕였다. 그리고 비무회에서 앞으로 있을 계획을 듣고는 승후를 새롭게 보게 되었다.

'흠…….'

하지만 여전히 진중하지 못한 승후가 공공신승은 못마땅했다. 그리고 승후에 대해 가졌던 호감도 어느 정도 가시는 것을 느꼈다. 길연의 설명에 점점 득의에 찬 모습을 한 승후가 공공신승은 못마땅했다.

"저 역시 신승 어른과 나누고 싶은 말씀이 많습니다만, 일단은 비무회 먼저 무사히 끝내야 되지 않겠습니까?"

"좋다. 한데 칠정산에 대한 해약은 있는 것이냐?"

"다소 시간이 걸리긴 합니다만, 처방은 확실히 알고 있습니다."

승후의 자신에 찬 목소리에 공공신승은 머리를 끄덕이며 진묘량을 바라보았다. 공공신승의 얼굴에 잠시 회한의 빛이 떠올랐다 사라졌다. 그러나 아무도 공공신승의 그런 행동에 대한 이유를 묻지 못했다. 더 이상 승후와 공공신승 간 다툼이 없길 바랄 뿐이었다.

"큭!"

망산오귀(邙山五鬼) 중 첫째인 임질악(妊佚惡)은 어깨에서 느껴지는 화끈한 고통에 신음을 토했다. 무표정한 얼굴로 서 있는 구양의 모습에서 임질악은 짙은 살의를 느꼈다.

"일귀! 그대는 패했소."

임질악은 구양의 말에 얼굴이 달아오름을 느꼈다. 그의 사형제들이 구양의 똑같은 수법에 당한 것이 떠오른 것이다. 이름조차 없는 표국의 표사에게 자신이 당했다는 사실이 도무지 믿어지지 않았다. 그러나 어깨에서 느껴지는 통증은 엄연히 현실임을 말해 주었다. 그것은 임질악에게나 그의 사형제들에게 참을 수 없는 수치였다. 변변한 별호조차 없는 상대에게 사형제 중 셋이나 중상을 입었다는 것은 임질악의 자부심을 산산이 부숴놓은 일이었다.

"갈!"

구양의 말에 분노를 참지 못한 임질악의 신형이 활처럼 튕겨졌다. 임질악의 응조수(鷹爪手)가 새파랗게 빛났다. 그러나 이미 익숙해진 임질악의 응조수는 더 이상 구양에게 위협이 되지 못했다. 벌써 망산오귀 중 셋이 구양의 손에 패하고 신음하고 있는 모습이 그러한 사실을 잘 말해 주고 있었다. 그러나 임질악만은 그러한 사실을 잠시 잊은 듯했다.

쐐애액!

끼기깅!

구양의 내력이 실린 검과 임질악의 내력이 담긴 응조수가 비스듬히 스쳐 지나갔다. 순간 소름 끼치는 소리가 들렸다. 임질악의 얼굴이 창백하게 질렸다. 내공에서만큼은 자신의 우세를 확신했었기에 조금은 방심한 탓이 컸다. 그리고 그 방심의 결과는 눈앞의 결과로 나타났다.

파팟!

사방으로 붉은 선혈이 점점이 흩날렸다. 임질악의 표정이 일그러졌지만 아무도 임질악을 동정하지 않았다. 지금 구양이 나타나기 전까지

망산오귀는 구양보다 더 잔인한 방법으로 도전자들을 상처 입혔던 것이다.

"이익!"

다시금 임질악의 얼굴이 붉게 달아올랐다. 사람들의 비웃음 소리가 들려왔던 것이다. 임질악은 유난히 붉은 그의 입술을 깨물었다. 한줄기 붉은 선혈이 임질악의 턱을 따라 흘러내렸다. 임질악의 입술에서 흘러나오는 피가 왠지 불길해 보였다.

임질악의 우수가 기묘한 호선을 그리며 구양의 검을 마주 잡아갔다. 너무도 뜻밖의 출수였다. 맨손으로 검을 마주 잡아가다니! 비무를 관전하던 사람들은 임질악의 의도를 알 수 없어 고개를 갸웃거렸다. 지금 임질악의 수법은 상식을 벗어난 것이었다. 임질악의 출수에 구양 역시 적잖이 당황했다. 지금 임질악의 모습은 비무가 아닌 마치 생사를 결할 것 같은 기세를 전신에 내뿜고 있었기 때문이다. 그리고 임질악의 이런 기세는 조금 시간이 흐른 후 비무를 관전하고 있는 사람들에게도 느껴졌다.

동귀어진(同歸於盡)!

지금 임질악의 공격은 자신의 생명은 도외시한 동귀어진의 수법이었던 것이다. 뒤늦게 임질악의 공격 방법을 깨달은 사람들은 낮은 신음을 흘렸다.

"아!"

그러나 사람들은 뒤이은 구양의 검법에 조금 전 임질악의 수법과는 다른 의미의 감탄의 탄성을 다시 질러야 했다.

구양의 풍월검이 매서운 바람을 뿜으며 임질악의 응조수를 베어간 것이다.

팡!

구양의 거센 풍압에 비해 임질악의 웅조수는 너무도 초라해 보였다. 적어도 겉으로 보기에는 그랬다. 모두 구양의 우세를 점쳤다. 하지만 구양의 얼굴은 밝지 못했다. 비록 이번 임질악의 공세를 막아낼 수는 있겠지만, 구양 역시 부상은 면치 못할 것이 분명했다. 아직 한 번의 승리를 더 거두어야 하는 구양으로서는 상당히 곤혹스런 일이 아닐 수 없었다.

"쇄망(鎖網)!"

임질악의 입에서 최후의 초식이 터져 나왔다. 묵빛의 검은 그물이 촘촘히 구양의 전신을 에워쌌다. 임질악의 신형이 구양에게로 무서운 속도로 쇄도했다. 순간 구양의 신형이 잠시 둔해졌다. 구양의 움직임을 바라보는 임질악의 눈이 매섭게 빛났다. 구양은 언뜻 임질악의 입술이 자신을 비웃고 있다는 착각이 들었다. 조금 전 임질악의 턱을 타고 흐르던 소름 끼치도록 붉은 피가 떠올라 불안했다. 순간 또 하나의 초식이 임질악의 입에서 터져 나왔다.

"맹룡파천(猛龍破天)!"

임질악의 붉게 물든 좌수가 구양의 가슴을 노렸다. 지금까지 임질악의 우수는 구양의 검을 봉쇄하기 위한 눈속임일 뿐이었다. 아니, 어쩌면 애초 임질악은 구양을 향해 동귀어진의 수법을 사용하지 않으려 했는지도 모르는 일이었다. 갑작스런 기세의 변화에 구양과 비무를 관전하던 사람들은 당황했다. 하지만 조금 전 동귀어진의 수법이 단순히 눈속임이라고 여기기에는 그 기세가 너무도 사나웠다. 임질악의 간악

한 술수에 사람들은 혀를 찼다. 아무래도 구양이 위태해 보였던 것이다.

"사형!"

소량의 걱정스런 목소리가 들려왔다. 구양은 입술을 굳게 깨물었다. 사람들 앞에서 소량이 실망하는 모습을 보고 싶지 않았던 것이다.

"풍월합벽(風月合壁)!"

구양의 검이 바람의 벽을 쌓기 시작했다. 이미 구양의 움직임이 임질악이 펼친 쇄망에 갇혀 있었기에 구양으로서는 다른 방도가 없었다. 하지만 임질악의 또 다른 한 수를 막기에는 아무래도 늦은 감이 있었다.

'살을 내어주고 뼈를 취한다!'

구양은 한순간의 방심으로 궁지에 몰린 자신을 질책했다. 그리고 지금 비무회의 승부 따위는 중요하지 않았다. 지금 시급한 것은 이번 임질악의 공격에서 살아남는 것이었다.

투두두둑!

구양의 가슴에 혈선이 늘어갔다. 임질악의 붉게 물든 두 눈이 웃고 있었다. 공격이 성공한 것을 확신한 것이다.

"창룡일성(蒼龍一聲)!"

구양의 풍월검법이 힘겹게 한 번 더 변화를 일으켰다. 그러나 단 한 번의 검이 베어졌을 뿐이었다. 하지만 비무를 관전하던 사람들 중 구양의 마지막 초식을 눈으로 확인한 사람은 열이 넘지 못했다. 임질악역시 구양의 마지막 초식을 눈으로 보지는 못했다. 다만 가슴이 서늘한 기운에 의해 차갑게 식어가는 것을 느꼈을 뿐이었다. 어느 순간 임질악의 눈이 놀람으로 부릅떠졌다. 구양이 만들어놓은 풍벽과 임질악이 펼친 쇄망이 점점 사라져 가고 있었다.

픽!

서걱!

둔탁한 소리와 섬뜩한 소리가 동시에 들려왔다. 그러나 구양과 임질악이 만든 묵빛의 그물과 풍벽은 아직 완전히 가시지 않았다. 사람들은 과연 어떤 일이 벌어졌을지 숨을 죽이며 기다렸다.

"아!"

"어떻게……."

"저런!"

임질악의 쇄망이 걷히고 또 구양이 만든 풍벽이 완전히 자취를 감추었다. 비무를 관전하던 사람들은 크게 놀랐다. 결과가 너무 참혹했던 것이다.

구양의 가슴은 임질악의 좌수에 관통당해 있었다. 고통을 참고는 있지만, 구양의 일그러진 얼굴이 구양의 상태가 매우 중함을 말해 주었다.

"큭!"

구양이 신음 소리를 내뱉었다. 그때였다. 임질악의 신형이 서서히 비무대의 바닥으로 무너지기 시작한 것이다.

쿵!

비무대 바닥에 무너진 임질악은 절명해 있었다. 자신의 죽음을 인정할 수 없는지 임질악의 얼굴은 놀람으로 부릅떠 있었다.

파파팟!

뒤늦게 임질악의 신형에서 피가 솟구쳤다. 너무도 참혹한 모습에 신녀문의 제자들과 백화검문의 여제자들은 비무대에서 얼굴을 돌리고 말았다. 비무장 안이 싸늘한 정적으로 변한 순간이었다.

"음… 검사인가?"

임계화는 구양의 마지막 초식에 안색을 굳혔다. 대양표국의 총표두라는 구양이 검사의 경지에 이르렀을 것이라고는 생각지 못했던 까닭이다. 더군다나 사룡 중 일인인 고거원 역시 아직 검사를 펼치기에는 미숙했다. 지금 임질악의 시신에 나 있는 검사의 흔적으로 보아서는 구양이 검사의 단계에 이른 것이 하루 이틀이 아님을 알 수 있었기에 임계화의 마음은 무거웠다.

'어쩌면… 이번 비무회가 파란이 될 수도…….'

이번 비무회의 가장 강력한 우승 후보라 할 수 있는 사룡과 표충영의 굳어 있는 모습을 살핀 임계화의 소감이었다. 처음 신녀문의 비무회에 가졌던 가벼운 마음은 어느새 사라졌다. 왠지 고거원의 참가를 막아야 할 것 같은 생각이 들었다.

"흠……."

고거원의 모습을 살핀 임계화는 자신의 생각을 접을 수밖에 없었다. 주먹을 쥔 두 손이 부들부들 떨리고 있는 고거원이 지금 호승심을 억누르고 있다는 것을 잘 알고 있었던 것이다.

'섣불리 말렸다간 역효과만 나겠지…….'

결국 임계화는 자신의 마음을 접었다. 만약 자신이었더라도 지금의 비무를 본 이상 물러날 생각은 없었다. 그것은 화산의 자존심이었고 또, 검을 잡은 무인의 본능이었다.

"이번 비무의 승자는……."

진원원의 굳은 목소리가 들려왔다. 어느새 임질악의 시신은 치워지고 없었다. 그리고 망산오귀의 모습도 보이지 않았다. 아마 서둘러 신녀문을 떠난 모양이었다. 누구에게도 위로를 받지 못하고 도망치듯 떠난 그들의 모습에서 임계화는 임질악의 마지막이 너무도 허망하다고 생각했다.

"이제 구 총표두께서는 한 번의 승리가 남았어요. 계속 비무를 할 생각인가요?"

진원원의 우려 섞인 물음에 구양은 미간을 모았다. 지금의 상세로는 서 있기도 벅찼다. 이대로 물러나는 것이 아쉽기는 했지만, 현재 구양의 상태로는 여기까지였다. 실망한 소량의 얼굴이 보이는 듯했다. 하지만 구양은 최선을 다했다고 애써 자위했다. 아마도 오늘 그의 신위를 본 사람들에 의해 앞으로 구양의 이름은 알려질 것이다. 그리고 구양의 대양표국 역시 사람의 입에 오르내리게 될 것이다. 비록 처음 의도한 것과는 많은 차이가 있었지만, 지금의 결과도 그렇게 나쁜 것만은 아니었다.

"아……."

구양의 무거운 입술이 열렸다. 모두 구양의 입술을 뚫어져라 쳐다보았다. 연속해서 다섯 번을 이겨야 내일 결선에 오를 자격을 얻게 되어 있는 것이 이번 비무였다. 지금까지 구양은 망산오귀 중 넷과 겨루어 모두 승리했다. 이제 한 번만 더 승리하면 내일 있을 결선 비무에 오를 수 있었다. 하지만 지금 구양의 몸 상태로는 내일 결선 비무에 오른다

하더라도 승리는 힘들어 보였다. 사람들은 모두 구양의 입에서 포기의 말이 흘러나올 것이라 생각했다. 그리고 구양의 생각 역시 그랬다. 하지만…

"아, 아니……."

무언가 말하려던 구양의 입이 황급히 닫혔다. 사람들은 의아한 얼굴로 구양을 주시했다. 갑자기 구양이 품속에서 무언가를 꺼내기 시작했다. 붉은 옥병이었다.

"계속 비무를 하겠습니다."

구양의 뜻밖의 말에 진원원은 놀란 눈을 했다. 지금 구양의 행동이 전혀 이해되지 않았던 것이다. 가슴이 관통당해 있는 구양의 상세로 봐서는 지금껏 비무대에 버티고 있는 것도 대단하다고 생각했었다. 그러나 구양은 진원원과 사람들의 의혹 어린 시선에도 붉은 옥병에서 꺼낸 붉은 환단을 삼키며 가슴의 상처를 지혈하기 시작했다. 지혈을 끝낸 구양은 처음 비무회에 나섰던 그 자세로 다음 비무 상대를 기다렸다. 그런 구양의 자세가 너무도 당당했다. 조금 전 구양이 보여주었던 신위가 사람들의 뇌리에 되살아났다. 또다시 비무장에 침묵이 찾아들었다.

대략 반 각의 시간이 흘렀음에도 구양과 비무를 하겠다는 사람은 나타나지 않았다. 무엇보다도 명예를 중시하는 무림인들이기에 상세가 중한 구양을 상대로 비무할 생각을 하지 못하는 것은 어쩌면 당연한 일이었다. 누군가 뻔히 속이 보이는 구양의 심산이라고 비웃었지만, 다른 한편으로는 구양이 방금 먹은 붉은 환단에 신경이 쓰였다. 전설의 영단까지는 아니더라도 혹, 일시적으로나마 상세를 덜어줄 수만 있다면 쉽게 구양이 다음 비무에서 패할 것 같지는 않았다.

"그럼, 구 총표두께 도전할 분이 없는 것으로 알겠습니다."

다시 일각이 지나도 구양의 비무 상대가 나타나지 않자 진원원이 말했다. 내일 결선 비무에 오를 첫 후보자가 정해진 순간이었다.

"우와!"

뒤늦게 누군가 환호성을 질렀다. 그리고 그 환호성을 처음으로 모두 구양의 승리에 박수를 치기 시작했다. 사람들의 환호성에 구양의 얼굴이 붉게 상기되었다. 그러나 지금 구양의 머리 속은 상당히 복잡했다. 비무를 포기하려던 찰나 갑자기 날아든 전음의 의도를 이해할 수 없었던 것이다. 조금 전 먹은 붉은 환단도 단순한 내상을 다스리는 약이었을 뿐이다. 하지만 그가 괜한 소리를 하는 것은 아니라고 생각했다. 마지막 전음에 왠지 믿음이 생긴 구양은 두 주먹을 불끈 쥐었다.

'하나, 과연 내일 비무대에 설 수나 있을는지……'

욱신거리는 가슴의 통증을 애써 참으며 구양은 걱정스런 얼굴을 하고 있는 소량을 향해 걸음을 내디뎠다. 한 걸음 옮기는 것에도 숨이 찼다. 그러나 구양은 소량의 두 눈에 자신에 대한 자부심이 가득한 것을 발견하고는 이내 발걸음이 가벼워졌다.

'녀석 하고는……'

소량의 모습에 구양은 마음이 포근했다.

내일 결선 비무에 오를 네 명 중 일인이 대양표국의 구양으로 정해졌다. 이제는 세 자리만 비어 있었다. 그러나 선뜻 비무대로 향하는 사람들은 없었다. 조금 전 구양의 신위가 사람들의 뇌리 속에서 떠나지 않았던 것이다. 사람들의 머리 속에 공통으로 떠오른 생각은 하나였다. 적어도 검사의 경지가 아니면 비무대에 오를 생각은 말라는!

웅성웅성.

갑자기 사람들이 소란스러워졌다. 흑색 경장을 입은 서른 전후의 사내가 사람들을 가르며 비무대로 향하고 있었다. 누군가 흑색 경장의 사내를 알아보고는 소리쳤다. 그리고 사내의 신분이 드러난 순간 그 웅성거림은 더욱 커졌다.

"흑우선(黑羽扇) 겸우(兼優)."

흑우선이라는 그럴듯한 명호와는 달리 겸우는 강호의 이류무인에 속했다. 검은 현철로 만든 흑우선이라는 기병(奇兵)을 사용하지만, 무림인들은 겸우를 경시했다. 단 한 번도 겸우가 흑우선을 펼치는 것을 본 적이 없었던 것이다. 그런 겸우를 무림인들은 허풍선(虛風扇)이라고 불렀다. 그런 겸우가 당당히 사람들을 가르며 비무대로 향하고 있었다.

"에잇! 퉤!"

누군가 겸우의 출현을 보고는 바닥에 침을 뱉었다. 그리고 그것이 시작이었다. 여기저기에서 겸우를 비웃는 목소리가 흘러나왔다. 한결같이 겸우 때문에 비무회의 수준이 떨어진다고 비아냥됐다. 그러나 겸우는 사람들의 비아냥거리는 시선에 상관없이 묵묵히 비무대로 향할 뿐이었다. 사람들은 겸우의 모습에 고개를 저었다. 과연 이번 비무회에서는 겸우가 흑우선을 펼칠 수나 있을지 궁금했던 것이다.

"겸우라고 합니다."

흑우선 겸우가 주혜와 진원원을 보며 정중하게 포권했다. 겸우의 포권을 받은 주혜와 진원원은 조금 머리를 끄덕여 답례했다. 소문에 들리는 실력이야 어떻든 지금 겸우의 모습은 나무랄 곳이 없었던 것이다.

"그럼, 흑우선 겸……."

"내가 상대하겠소!"

진원원이 미처 겸우를 소개하기도 전에 누군가 비무대 위로 신형을 날렸다. 진원원의 아름다운 아미가 잠시 찌푸려졌다. 그리고 겸우의 앞에 선 칠 척 장신의 사내를 바라보았다.

"산서성에서 온 상대광(尙大光)입니다."

자신을 상대광이라 밝힌 사내는 줄곧 겸우의 왼손에 들려 있는 흑우선에서 시선을 떼지 않았다. 상당히 무례한 행동에 진원원의 얼굴에 잠시 노기가 떠올랐다.

"상 소협! 예의를 지키세요. 여기는 신녀문의 비무회장입니다."

진원원의 따끔한 호통 소리에 상대광은 그제야 진원원을 바라보았다. 그러나 상대광은 고작 진원원을 향해 머리만 살짝 숙여 보일 뿐이었다. 상대광은 지금 겸우는 안중에도 없었던 것이다. 상대광의 그런 모습에 진원원은 화가 치솟았다. 그러나 상대광의 눈에 떠오른 탐욕을 읽고는 속으로 한숨을 쉴 수밖에 없었다. 신녀문의 성격상 그다지 사람을 상대해 본 경험이 없는 진원원으로서는 상대광을 상대할 마땅한 방법이 떠오르지 않았던 것이다.

"시작하세요."

진원원은 맥이 빠진 음성으로 말하고는 자리에 앉아버렸다. 그런 진원원의 등을 주혜가 가만히 쓸어주었다. 주혜 역시 지금의 상황이 불편하기는 마찬가지였다. 그런 그녀를 대신해 수고하는 진원원이 무척이나 안쓰러웠다.

"고마워요, 사저."

대답하는 진원원의 목소리에 힘이 하나도 없었다. 그리고 진원원의 목소리는 상대광의 기합 소리에 곧 묻혀 버렸다.

"합!"

퍽!

"커억!"

너무도 간단히 승부가 나버렸다. 상대광은 진원원이 비무 개시를 선언하자마자 겸우를 향해 달려들었다. 그리고 그 순간 상대광의 눈에 떠오른 것은 겸우에 대한 비웃음이었다. 그러나 겸우의 안면에 상대광의 주먹이 격중되었다고 생각된 순간이었다. 상대광은 갑작스런 고통에 영문도 모른 채 비명을 질렀다.

투두둑.

상대광의 입에서 부러진 이가 쏟아져 나왔다. 그러나 상대광은 지금의 현실이 믿기지 않는지 멍한 모습이었다. 이 뜻밖의 상황에 사람들은 조금 당황했다. 이류무인 겸우에게 단 일수에 패하다니 그만 어이가 없었던 것이다. 하지만 가장 충격을 받은 사람은 상대광 본인이었다. 분명 겸우가 출수하는 것을 보지 못했던 것이다.

"퉤!"

뒤늦게 자신의 실태를 안 상대광이 거칠게 침을 뱉었다. 부러진 이가 타액과 섞여 비무대 바닥에 아무렇게나 나뒹굴었다. 어느새 상대광의 얼굴이 퉁퉁 부어 있었다.

"한 가지 재주는 있는 모양이군."

입가의 피를 닦은 상대광은 싸늘히 말했다. 그러나 그런 상대광의 모습은 아무런 위협이 되지 못했다. 비무를 관전하던 사람들은 그런 상대광의 모습에 실소를 자아냈다. 상대광의 모습이 마치 파락호(破落戶)의 행동과 같았던 것이다. 강호의 이류무인과 파락호의 대결. 사람들은 조금 전 구양의 비무와는 다른 흥미를 느껴 대결에 집중하기 시작했다.

'지랄맞을!'

애써 담담한 겉모습과는 달리 상대광의 속마음은 부끄러움과 겸우에 대한 분노로 복잡했다. 겸우를 노려보며 상대광은 속으로 욕지거리를 연신 내뱉었다. 사람들의 비웃음 소리가 또렷이 들려왔던 것이다. 그리고 애써 마음을 다스렸다. 이류무인도 무인은 무인. 상대광은 자신의 방심을 질책했다. 그러나 겸우와의 비무에서 자신이 패할 것이라고는 여전히 생각지 않았다. 겸우를 노려보는 상대광의 기세가 자못 심상치 않았다.

처음 구양과 임질악의 비무를 지켜본 상대광은 비무회에 참가할 생각을 버렸다. 검사라니! 현재의 상대광에게는 꿈의 경지였다. 처음 신녀문을 찾았을 때에는 신녀문의 소문주와 혼례를 치르는 달콤한 꿈을 꾸기도 했었다. 하지만 눈으로 직접 본 검사의 경지, 그리고 망산오귀 중 첫째인 임질악의 죽음은 상대광이 전의를 잃게 만들기에 충분했다. 적어도 강호에 이류무인으로 소문난 흑우선 겸우가 나타나기 전까지는 말이다.

상대광은 지금의 결과가 자신이 너무 방심해서라고 생각했다. 그리고 자신을 향해 수군거리고 있는 비웃음도 조금 후면 사라질 것이라고 확신했다. 아직 상대광은 전신의 실력을 펼쳐 보이지 않았다.

'흥! 조금 있으면 대접이 달라질 테지.'

상대광은 겸우를 노려보며 짙은 살기를 흘렸다. 그러나 상대광을 바라보는 겸우의 얼굴에는 아무런 변화도 없었다. 겉으로 드러난 모습만으로는 마치 조금 전 구양과 임질악의 비무를 보는 착각이 들었다. 순간 상대광의 입에서 살기가 가득 담긴 목소리가 터져 나왔다.

"노호출동(怒虎出洞)!"

상대광의 등이 호랑이가 기지개를 켜듯 움츠렸다 펴졌다. 바닥을 한 번 가볍게 찬 상대광의 신형이 겸우를 향해 쇄도해 갔다.

"노호권(怒虎拳)!"

누군가 상대광의 무공을 알아보고 외쳤다. 노호권은 산서성(山西省) 태원(太原)의 상씨 무관의 무공이었다. 대대로 무관의 가문인 상씨 가문은 지금 상대광의 조부 대에 태원에 낙향해 무관을 열었다. 비록 오파일방에 비할 바는 아니었지만, 관부와 태원 일대에서는 인정을 받고 있었다. 상대광은 그런 상씨 무관의 소관주였다.

몇몇 산서성 출신의 무림인들이 머리를 끄덕였다. 비록 상대광의 노호권이 후기지수들의 모임인 사룡이나 표충영의 상대로 조금 부족할지 몰라도 이류무인인 겸우에게 패할 것이라고는 생각하지 않았다. 하지만 그들도 미처 알지 못한 사실이 하나 있었다. 상대광의 별호가 태원파호(太原破戶)라는 것을 말이다.

"노호탕탕(怒虎蕩蕩)!"

상대광의 권이 겸우의 옆구리를 쓸어갔다. 그 기세가 자못 매서웠다. 간발의 차이로 물러난 겸우는 그의 기병 흑우선을 집어 들었다. 겸우의 행동에 상대광의 신형이 움찔했다. 그리고 비무를 관전하던 사람들 역시 침을 삼키며 겸우의 다음 행동을 주시하기 시작했다. 처음으로 겸우가 흑우선을 펼치는 것을 볼 수 있다고 생각한 것이다.

펵.

낮은 소리였다. 비무를 관전하던 사람들의 얼굴이 무참히 일그러졌다. 방금 겸우의 공격은 초식도 무엇도 아니었다. 그저 평범한 찌르기였을 뿐이다. 매섭게 몰아붙이던 상대광의 노호권이 일순 멈췄다. 그리고 상대광의 신형이 임질악이 그랬던 것처럼 서서히 뒤로 넘어갔다.

푸확!

상대광의 입에서 피분수가 피어올랐다. 이미 의식을 잃은 듯 상대광의 두 눈은 하얗게 변해 있었다. 이번 비무에서도 피를 보게 되자 신녀문의 여제자들은 미간을 찌푸렸다. 그런 그녀들을 향해 겸우가 미안한 듯 허리를 숙여 보았다. 겸우의 그런 모습에 몇몇 제자는 얼굴을 붉혔다. 하지만 지금까지 겸우의 비무를 지켜본 주혜와 진원원의 표정은 밝지 못했다. 겸우의 일권 일수는 모두 필살의 내기를 담고 있었던 것이다. 그리고 이번에도 상대광이 패배한 것은 여전히 겸우를 상대로 방심을 한 것이었다. 아마도 의식을 잃은 상대광은 자신의 패배의 이유를 알지 못할 것이다. 주혜와 진원원은 갑자기 겸우의 무표정한 얼굴 뒤에 숨은 진짜 얼굴이 두려워졌다.

'마치, 이번 비무회는 누군가가 뒤에서 조종하고 있는 것 같아.'

몇 번의 비무를 지켜본 진원원의 생각이었다. 어느 정도 우려는 하고 있었지만 갈수록 비무회는 신녀문의 손을 벗어난 것 같은 생각을 떨칠 수 없었던 것이다. 다시 두통이 시작되는 듯 미간을 모은 주혜를 바라본 진원원의 얼굴이 근심으로 굳었다.

"다음 상대 나서세요."

신녀문의 제자가 진원원을 대신해 소리쳤다. 그러나 사람들은 겸우의 뜻밖의 승리에 당황해하고 있었다. 산서 태원의 노호권은 절정은 아니더라도 일류의 무공이었다. 그럼에도 겸우에게 제대로 대적조차 해보지 못하고 패한 상대광의 모습에서 아직 정신을 차릴 수 없었다.

"이 하 모(某)가 상대해 보겠소."

자신의 성을 하씨라 소개한 준수한 청년이 모습을 보였다. 지금까지 비무에서 보아온 사람들의 얼굴과는 확연히 차이가 나는 청년의 모습에 신녀문의 여제자들은 청년의 얼굴에서 눈을 떼지 못했다.

'음?'

마평은 자신을 하 모라 소개한 청년의 검법이 눈에 익음을 알았다. 게다가 청년의 모습 역시 어딘지 모르게 익숙했다. 하지만 아무리 머리 속을 뒤적여 봐도 청년과 닮은 얼굴은 없었다. 이에 마평은 기분 탓이라고 생각하며 머리를 가로저었다. 그 순간 청년의 눈과 마평의 눈이 마주쳤다. 찰나지간이었지만, 분명 비무대 위의 청년은 마평을 보고 웃고 있었다. 마평은 당혹스러웠다. 상대는 분명 마평을 알고 있는 것이 분명했다. 그러나 정작 마평은 상대방을 알아보지 못했다. 마평은 난처했다. 하지만 아무리 뚫어지게 쳐다보아도 청년과 닮은 사람을 떠올리지 못했다. 그런 마평을 짐작했음인지 언뜻 청년의 얼굴에 실망감이 떠올랐다 사라졌다. 그리고 겸우를 바라보는 청년의 눈빛이 예사롭지 않게 빛났다.

'누구!'

마평이 청년의 신분을 떠올리기 위해 애쓰고 있을 때 남궁천기는 호기심이 가득한 얼굴로 비무대 위에 선 청년과 마평을 번갈아 보았다. 남궁천기가 보기에 비무대 위의 청년은 지금 마평의 모습에 실망했음이 역력했다.

"마 형! 비무대 위의 하 소협을 아십니까?"

갑작스런 남궁천기의 물음에 마평은 흠칫 놀랐다. 그러나 빠르게 고개를 저었다.

"아, 아니… 그게……."

마평은 자신이 왜 남궁천기에게 말을 더듬는지 이해할 수 없었다. 그러나 겸우를 향해 쏟아져 나가는 청년의 검술을 바라본 순간 마평은 말을 잇지 못했다. 순간 머리 속을 스쳐 지나가는 것이 있었던 것이다.

"매설쟁춘(梅雪爭春)!"

사내의 음성이라고 여기기에는 조금 가는 음성이었다. 마평은 일부러 억누른 것 같은 음성에서 한 여인의 얼굴을 떠올렸다.

"하 소저?"

마평은 갑자기 왜 하려군의 얼굴이 떠오르는지 몰랐다. 그러나 지금 겸우를 향해 날카롭게 검을 휘두르고 있는 청년의 모습이 마평의 기억 속에 남아 있는 하려군의 모습과 겹쳐 보이기 시작했다.

"어떻게… 아니! 왜?"

마평은 정신을 차릴 수 없었다. 설산파에 있어야 할 하려군이 갑자기 무산의 신녀문에 나타난 것이 이해되지 않았다. 더욱이 왜 남장을 하면서까지 이번 비무회에 참가하는지도 알 수 없었다. 이번 비무회는 신녀문의 배우자를 정하는 비무회였기에 여인인 하려군이 참가해야 할 이유는 없었던 것이다.

"소저?"

마평의 혼잣말을 들은 남궁천기가 비무대 위의 청년을 바라보았다. 겸우를 향해 날카롭게 검을 휘두르는 청년의 모습에서 여인이라는 느낌은 전혀 들지 않았던 것이다. 다만, 사내의 체형이라고 하기에는 다소 야위어 보이긴 했다. 그러나 그것도 마평의 입에서 소저라는 말이 흘러나왔기에 든 생각이었다.

"아시는 소. 협. 인가 봅니다, 마 형."

남궁천기는 일부러 소협이라는 말에 강조했다. 마평은 남궁천기의 반문에 난처했다.

마평은 지금 비무대 위의 청년이 설산파의 설산신녀 하려군임을 남궁천기에게 말할 수 없었다. 당장 하려군이 남장을 하면서 신녀문의 비무회에 참가하는 이유를 알 수 없었던 것이다. 그리고 남궁천기가 하려군을 소협이라 이르는 것을 보니 아직은 남궁천기도 하려군이 신분을 감추고 있다는 것을 모르고 있는 듯했다. 이에 마평은 당분간 하려군의 신분을 비밀로 하기로 결심했다.

"글쎄요. 닮은 것 같기도 한데……."

마평은 일부러 남궁천기의 물음에 모호하게 대답했다.

남궁천기와 마평은 더 이상 대화를 계속할 수 없었다. 믿을 수 없게도 겸우의 흑우선이 하려군을 향해 펼쳐진 것이다.

"암천소영(暗天疎影)!"

촤르르륵!

드디어 겸우의 흑우선이 펼쳐졌다. 일순 먹구름이 드리워진 것처럼 하늘이 어두워졌다. 겸우의 흑우선이 하려군의 전신을 덮쳐 갔다. 빠르지도 그렇다고 느리지도 않은 속도에 비무를 관전하던 사람들은 조금 실망했지만, 비무의 당사자인 하려군이 겸우의 흑우선을 대하는 모습은 신중했다. 보법을 밟으며 겸우의 흑우선을 쉴 새 없이 쳐내는 하려군의 미간이 간간이 찌푸려졌다. 흑우선에 실린 겸우의 내력이 가볍지 않았던 것이다.

차차차창!

하려군의 검과 부딪친 겸우의 흑우선에서 불꽃이 일었다. 하지만 겸우의 흑우선은 여전히 그 기세가 살아 있었다. 수세에 몰린 하려군의 모습에 사람들은 긴장했다. 그리고 마평의 얼굴은 다른 사람들보다 더욱 굳어 있었다.

"운횡서령(雲橫西嶺)!"

입술을 굳게 깨문 하려군은 검을 횡으로 그었다. 지금 하려군의 초식은 겸우의 흑우선보다 더욱 느리게 펼쳐졌다. 조금 전 구양과 임질악의 비무와는 비교도 되지 않는 초식의 속도에 사람들은 지루함마저 느꼈다. 마평은 지금 하려군의 초식에 머리에 피가 몰리는 것을 느꼈다. 마평이 보기에 지금 하려군의 초식은 적절하지 못했던 것이다. 그러나 마평과 사람들의 우려와는 달리 겸우는 황급히 뒤로 물러났다. 하려군은 물러나는 겸우를 향해 매섭게 쏘아붙였다.

"풍사망망(風沙莽莽)!"

거센 회오리가 겸우의 신형을 에워싸기 시작했다. 겸우는 하려군의 검풍에서 느껴지는 서늘한 기운에 위축되는 자신을 느꼈다. 점점 하려군이 내뿜는 한기가 거세어질수록 겸우는 뒷걸음질치는 일이 잦아졌다. 점점 거세어지는 하려군의 검풍에 사람들은 감탄성을 터뜨렸다. 하려군의 검법이 반옥 같은 그녀의 얼굴과 같이 아름다웠던 것이다.

'음한공(陰寒功)인가?'

겸우는 하려군의 내공을 짐작하며 머리를 흔들었다. 일반적인 강호의 음한공과는 그 위력이 판이하게 달랐다. 시간이 지날수록 거세져가는 한기에 겸우의 움직임이 점점 둔해졌다.

"회풍승천(回風昇天)!"

겸우의 신형이 '핑그르' 제자리에서 돌았다. 지금까지와는 비교도 되지 않는 속도였다. 흑우선이 겸우의 가슴을 감싸며 거센 바람을 토해냈다. 그 모습이 마치 성난 흑룡을 연상시켰다. 겸우의 기세에 밀린 하려군은 처음의 기세를 살리지 못하고 뒤로 물러나야 했다.

서서히 겸우의 신형을 에워싸고 있던 하려군의 회오리가 걷히기 시작했다. 그제야 사람들은 강호의 소문이 잘못되었음을 알았다. 아니, 이미 상대광과의 대결에서부터 짐작은 하고 있었다. 다만, 그러한 사실을 인정하지 못하고 있었을 뿐이다. 그러나 지금은 그들이 눈으로 확인한 것을 인정하지 않을 수 없었다. 겸우의 무공은 결코 이류가 아니었던 것이다. 만약 겸우가 강호의 소문대로 이류무인이었다면 방금 하려군의 검풍에서 벗어나지 못했을 것이었다. 게다가 분명 검은 아니지만 겸우는 그의 흑우선으로 하려군의 검풍에 전혀 뒤지지 않는 실력을 보였다. 검사의 경지에 오른 구양에 비하면 손색이 있을지 몰라도 사람들은 겸우를 인정할 수밖에 없었다. 그리고 눈치 빠른 사람들은 지금 내보인 겸우의 무공이 전부는 아닐 것이라 생각하기 시작했다.

"암천광망(噲天曠茫)!"

사람들의 머리 속을 복잡하게 만들어놓은 겸우의 흑우선이 다시 활짝 펼쳐졌다. 마치 공작이 자태를 뽐내듯 흑우선의 검은 깃이 유난히 눈에 두드러졌다. 사람들은 흑우선이 처음 펼쳐졌을 때보다 길이가 더 늘어난 것 같은 착각에 빠졌다. 그러나 사람들은 그것이 착각이 아님을 곧 알 수 있었다. 흑우선의 깃 하나하나에 겸우의 내력이 맺히기 시작한 것이다.

"저런!"

마평은 자신도 모르게 주먹을 움켜쥐었다. 마평의 본능이 지금 겸우의 초식이 위험함을 알리고 있었다. 하지만 하려군은 그런 마평의 마음을 아는지 모르는지 겸우가 펼친 흑우선의 한가운데를 향해 쇄도해 갔다. 마치 끝없는 무저갱 속을 뛰어드는 것 같은 착각이 들어 마평의 가슴이 철렁 내려앉았다.

"무풍회류(無風回流)!"

겸우의 경장이 거세게 부풀어 오르기 시작했다. 이번에도 하려군의 일검은 느리게 겸우를 향해 날아갔다. 그러나 이번 하려군의 일검은 조금 전과는 확연이 달랐다. 마치 눈에 보이지 않는 장벽에 걸린 것처럼 하려군의 검은 앞으로 나아가지 못하고 있었다. 그리고 하려군의 검이 허공에 멈춘 순간 겸우의 흑우선에서 쏟아져 나오는 회색의 기운이 하려군의 검신을 에워쌌다.

[지금! 말리지 않으면 후회할 거요!]

갑자기 들려온 전음에 마평은 급히 주위를 돌아보았다. 그러나 자신에게 전음을 전한 상대를 발견할 수 없었다. 아니, 하려군의 비무에 온 정신이 팔려 마평은 전음의 주인공을 찾을 여유가 없었다.

마평의 눈에 하려군의 핏발 선 눈이 보였다. 게다가 하려군의 얼굴은 점점 하얗게 질려갔다. 또한 하려군의 검이 격렬하게 떨고 있었다. 마치 주인의 상태를 말해 주는 것 같은 착각이 들었다.

[서둘러!]

다시 들려온 전음에 마평은 황급히 비무대를 향해 신형을 날렸다. 갑자기 전해져 온 전음에 의한 것인지 아니면 하려군에 대한 마평 본인의 걱정 때문인지 마평은 알 수 없었다. 하려군을 향해 쏘아져 나가던 회색 기류에 마평은 전력을 다해 장을 떨쳐 냈다.

차캉!

갑작스런 마평의 난입에 사람들은 의아했다. 비무 중 제삼자가 참견하는 것은 상당히 결례였다.

"이미 승부가 났소! 겸 대협!"

간신히 검으로 바닥을 짚고 있는 하려군을 부축하며 마평이 말했다. 그리고 겸우를 바라보는 마평의 눈은 무섭게 타오르고 있었다. 지금 마평은 겸우에 대한 분노를 간신히 참고 있었다. 하지만 마평은 지금 자신이 화를 내고 있다는 사실을 미처 깨닫지 못하고 있었다. 하얗게 탈색이 된 하려군의 얼굴이 너무도 가여워 보였기 때문이다.

울컥!

하려군의 입에서 검붉은 피가 쏟아져 나왔다. 내상을 입은 것이다. 사람들은 점점 갈수록 혼란스러웠다. 도대체 겸우의 실력의 끝을 짐작할 수 없었던 것이다. 이제는 지금 나선 마평과 상대해도 결코 겸우가 쉽게 패할 것이란 생각이 들지 않았다. 이제는 겸우의 무공에 두려워지기 시작했다.

"하 소… 흠, 흠… 여기 하 소협께서 겸 대협과의 비무에서 패했음을 제가 대신 말씀드립니다. 물론, 지금 저의 행동이 비무 중 예가 아님을 알고 있습니다만, 조금 전과 같은 불상사가 벌어질 것 같은 두려움에 부득이 나서게 되었습니다. 부디 양해를 보아주시길 간청드립니다."

마평의 정중한 포권에 사람들은 머리를 끄덕였다. 그리고 주혜와 진원원 역시 마평의 행동이 내심 고마웠다. 비록 공개적인 비무회에 제삼자가 참견하는 것은 결례였지만, 비무가 거듭될수록 피를 보는 횟수가 늘어나자 그녀들은 마음이 언짢았다. 다행히 하려군의 상세가 그렇게 중하지 않은 상태에서 비무가 끝난 것에 그녀들은 고마웠다.

그리고 지금 신녀문의 제자들은 처음 겸우에게 가졌던 호감은 사라지고 짙은 살기를 한 눈으로 겸우를 노려보고 있었다. 수려한 외모를 하고 있는 하려군을 상하게 한 겸우가 못마땅한 것이었다.

"대신 제가 겸 대협께 도전하겠습니다."

마평의 선언에 주위가 술렁거렸다. 그리고 겸우 역시 마평의 도전이 의외였던지 지금까지 줄곧 무표정했던 얼굴이 잠시 당혹으로 물들었다.

"시작하세요."

신녀문의 제자 한 명이 소리쳤다. 그런 제자를 향해 진원원이 질책의 눈빛을 보냈다. 하지만 진원원의 질책의 눈빛을 받은 제자는 가볍게 얼굴만 붉히며 피할 뿐 겸우를 매섭게 노려보는 것은 그만두지 않았다. 그런 제자의 모습에 진원원은 어이가 없었지만, 어느새 하려군을 부축하기 위해 달려가는 제자들의 모습에 진원원은 어쩔 수 없는 한숨을 내쉴 수밖에 없었다.

"먼저 가겠소!"

마평이 먼저 겸우를 향해 움직였다.

마평의 권에서 소림의 무공인 나한권(羅漢拳)이 펼쳐졌다. 비록 소림의 무승이든 속가제자이든 누구든지 기본으로 익히는 무공이 나한권이었지만, 지금 마평이 펼치는 나한권은 누구라도 경시할 수 없었다. 평범 속에 비범이 숨어 있듯 곧고 웅혼하게 펼쳐지는 마평의 권장에 사람들은 나한권이 소림의 기본 무공이라는 사실을 잠시 잊었다.

철퍽.

마평의 권장이 겸우의 흑우선에 격중했다. 마평의 눈썹이 잠시 꿈틀댔다. 지금 마평이 운용하고 있는 내력이 소림의 절학이 아니었으면 큰 손해를 볼 뻔했다. 겸우의 흑우선이 현철로 만들어진 기병이라는 사실을 잠시 잊고 있었던 것이다. 그러나 흑우선의 재질보다 흑우선에 실려 있는 겸우의 내력에 마평은 놀랐다. 단순한 일합의 교환이었지만, 마평은 겸우의 내력이 결코 자신의 아래가 아님을 알 수 있었다. 지금까지 겸우의 무공을 보아왔으면서도 마평 역시 조금 전 상대광과 같이 겸우를 낮추어 보고 있었던 것이다.

'어렵게 되었군.'

마평은 긴장했다. 구양에 이은 겸우까지 어느 누구도 쉬운 상대가 없었던 것이다. 그리고 앞으로 또 어떤 무림인이 실력을 감추고 나타날지 모르는 일이었다. 이번 비무회에 가졌던 경시의 마음은 지금 완전히 사라졌다. 겸우를 노려보는 마평의 눈이 차갑게 가라앉았다.

[고, 고마워요…….]

마평의 어깨가 움찔했다. 힘에 겨운 하려군의 전음이 들려온 것이다. 고마움과 반가움, 그리고 의미 모를 감정을 담은 하려군의 눈빛에 마평은 괜히 마음이 놓였다.

"회풍무류!"

잠시 한눈을 팔고 있던 마평을 향해 겸우의 흑우선이 쇄도했다. 조금 전 하려군과의 비무와는 비교도 되지 않는 기세였다. 결국, 겸우는 지금까지 한 번도 최선을 다해 초식을 펼치지 않은 것이다. 겸우의 범상치 않은 기세에 사람들은 섣불리 이번 비무회의 승자를 예측할 수 없었다.

'후후후. 술 석 잔을 얻어 마실 수 있으려나?'

승후는 마평이 하려군과 시선을 마주하는 것을 보고는 미소 지었다. 그리고 조금은 마음이 가벼워졌다. 강력한 경쟁자 둘을 이미 우군으로 만들었다고 생각한 것이다.

'그나저나 흑우선의 무공이 상상 이상인걸.'

승후는 겸우가 펼치는 무공을 바라보며 눈을 빛냈다. 지금까지 승후는 검법과 도법, 그리고 장법을 제외한 무공은 처음 접했다. 물론 기병을 이용한 무공이 있음을 몰랐던 것은 아니었다. 하지만 알고 있는 것과 직접 눈으로 확인한 것과는 큰 차이가 있었다. 승후는 갑자기 겸우와 무공을 겨루어보고 싶어졌다. 그러나 승후는 섣불리 움직일 수 없었다. 지금 승후는 주혜를 중독케 한 원흉을 찾아내야 했기 때문이다. 승후의 두 눈에 짙은 아쉬움이 떠나지 않았다. 그리고 비무대 위의 대결은 갈수록 치열해지고 있었다.

창!

"나한검법(羅漢劍法)!"

마평이 검을 뽑아 들었다. 그동안 백중지세였던 겸우와의 비무가 마평의 우세로 변했다. 겸우의 얼굴이 당혹으로 일그러졌다. 마평은 소림에서 익힌 세 가지 절기 중 하나도 펼치지 않고 있었다. 나한검법 역시 소림의 무공이 아니었다. 단지 불문을 뿌리로 했을 뿐 소림과는 전혀 상관이 없는 무공이었다.

겸우의 두 눈이 붉게 변하기 시작했다. 그리고 겸우의 흑우선의 깃 또한 겸우의 눈을 닮아 붉게 변해갔다. 그 변화가 너무도 느려 사람들은 미처 눈치 채지 못했다. 그러나 마평은 시간이 흐를수록 점점 붉어지는 겸우의 붉은 두 눈이 신경 쓰였다. 마평을 노려보고 있는 붉은 시선에 섬뜩한 살기가 담겨 있었던 것이다.

"마풍살(魔風殺)!"

끼이익.

소름 끼치는 기성(奇聲)이었다. 갑작스런 기성에 사람들은 귀를 움켜잡았다. 겸우의 흑우선이 토해낸 기성을 정면으로 고스란히 받은 마평은 가볍지 않은 내상을 입었다. 그리고 이어진 겸우의 붉은 검사에 마평은 두 눈을 부릅떴다. 마평은 지금까지 운용하던 금강반야심공(金剛般若心功)을 급히 끌어올렸다. 그리고는 수련을 하면서도 펼칠 일이 없을 것이라 여겼던 단 일 초식의 검법을 펼쳤다.

"여래현신(如來現身)!"

끼아아악!

겸우의 흑우선이 토해내는 마성(魔聲)이 마평의 정심한 내공에 괴로운 듯 요동쳤다. 그렇게 소름 끼치는 소음이 한동안 이어졌다. 내력이 약한 사람들은 바닥에 주저앉아 창백한 얼굴을 했다.

투두둑!

마평의 앞섶에 가는 혈선이 나타났다. 겸우의 검사를 모두 막지 못한 모양이었다.

푸확!

겸우의 신형이 비틀거렸다. 고통스런 표정으로 겸우의 붉게 변한 두 눈이 말없이 마평을 노려보고 있었다. 겸우의 얼굴이 일그러졌다. 마치 지금의 현실을 믿을 수 없다는 듯한 표정이었다. 가슴에서 느껴지는 화끈한 기운에 겸우는 자신의 가슴을 바라보았다. 마평의 검이 심장을 겨우 비껴나 있었다. 겸우의 신형이 또다시 흔들렸다.

쩡!

갑자기 겸우가 마평의 검을 후려쳤다. 마평의 검은 겸우의 흑우선에 부딪치자 힘없이 부러졌다. 겸우의 갑작스런 행동에 마평의 짙은 눈썹이 꿈틀댔다. 겸우는 뒤로 한 걸음 물러나며 신음을 토했다.

"컥!"

겸우의 두 눈이 천천히 원래의 빛으로 돌아오기 시작했다. 지금까지 마평을 옭아매고 있던 살기가 거두어졌다.

"흠……."

마평은 안도의 한숨을 내쉬었다. 겸우의 상세로 봐서는 이 이상의 비무는 무의미하다고 생각한 것이다. 겸우의 두 눈에 씁쓸한 미소가 떠올랐다 사라졌다. 그리고 이번 비무회가 시작되고 겸우의 두 번째 목소리가 흘러나왔다.

"졌소."

비굴하지 않았고, 담담한 목소리였다. 마평은 그런 겸우를 향해 포권을 해 보였다. 아무도 비무에서 패한 겸우를 비웃는 사람은 없었다. 마평의 부러진 검을 가슴에 둔 채 비무대를 내려가는 겸우를 위해 사람들은 길을 열어주었다. 사람들은 겸우가 비무회장을 벗어날 때까지 움직이지 않았다. 그동안 강호에 떠도는 소문만을 듣고 겸우를 경시한 사람들은 스스로가 부끄러웠다. 앞으로 흑우선 겸우가 강호에 이름을 떨칠 것을 생각하며 사람들의 얼굴이 굳었다.

비무대에 선 마평을 사람들은 말없이 바라보았다. 조금 전의 구양보다는 덜하지만 마평의 상세 역시 그다지 좋아 보이지 않았다. 그러나 누구 하나 선뜻 마평을 상대로 대결을 벌이겠다는 사람은 없었다. 사람들은 다급해졌다. 만약 마평마저 다른 이의 도전을 받지 않고 내일 있을 결선 비무에 오른다면 이제는 두 자리밖에 남지 않게 되기 때문이다. 그리고 그 경쟁은 더욱 치열해질 것이었다. 아직 언천보와 고거원, 그리고 표충영으로 대변되는 후기지수들은 출전하지 않았다. 게다가 겸우와 같이 실력을 숨긴 무림인들이 지금 비무회에 얼마가 있을지 짐작할 수 없었다. 사람들은 서로의 눈치를 살피기 시작했다. 분명 부상을 입은 마평을 상대하는 것이 다음에 나설 표충영이나 사룡들을 상대하는 것보다 나았다. 하지만 부상을 입은 마평을 상대하는 것이 그다지 내키지 않았다. 부상당한 상대로 이득을 취했다는 훗날의 소문이 두려웠던 것이다. 더욱이 부상을 입었다고는 하나 조금 전 마평의 신위를 직접 견식한 사람들로서는 마평을 상대로 승리할 자신이 없었다.

"황산의 마 소협께 비무를 청하오."

사람들의 눈이 빛났다. 적지 않은 부상을 입은 마평을 상대로 비무를 하겠다는 상대가 궁금했던 것이다.

"삼고(杉固)라 하오."

"……"

사람들은 자신을 삼고라 소개한 거한의 모습에서 할 말을 잊었다. 팔 척이 훨씬 넘어 보이는 거한의 모습에 마치 전설의 신장(神將)을 보는 듯한 착각이 들었다. 그러나 곧 실망스런 한숨을 내쉬기 시작했다. 마평의 상대가 내심 사룡이나 표충영이기를 바랐던 것이다. 한 명이라도 강력한 경쟁자들을 떨쳐 내고 싶은 것이 지금 비무를 관전하고 있는 사람들의 솔직한 마음이었던 것이다.

스르릉.

사람들의 심정을 아는지 모르는지 삼고는 그의 검을 빼어 들었다. 검신에 새겨져 있는 황룡의 모습이 마치 살아 있는 듯했다. 범상치 않은 서기를 뿌리고 있는 삼고의 황룡검에서 사람들은 삼고의 신분을 알 수 있었다.

"황룡보검!"

황룡은 당금 황실을 상징했다. 그리고 황룡보검을 사용할 수 있는 사람은 황실의 일원이거나 황궁의 고수였다. 사람들은 삼고의 신분을 짐작하고는 당황하기 시작했다. 황궁에서조차 이번 신녀문의 비무에 관심을 기울이고 있을 줄 전혀 예상하지 못했던 것이다. 그러나 다른 한편으로는 쉽게 접하기 어려운 황궁의 무공을 견식할 수 있음에 은근히 기대감을 가지기도 했다.

"황룡출림(黃龍出林)!"

삼고의 검이 마평을 향해 곧게 나아갔다. 단순한 찌르기였다. 그러나 그 위세는 사뭇 위맹했다. 삼고의 검에 마평의 안색이 굳어졌다. 삼고의 검은 너무도 빠르게 마평의 지척에 다다랐다. 마평의 신형이 뒤로 반 보 물러나는가 싶더니 삼고의 황룡검을 향해 우권을 뻗어왔다. 십팔로항마장법(十八路降魔掌法) 중 그 첫 초식이 펼쳐졌다.

"승천(昇天)!"

삼고의 황룡보검이 마평의 접근을 막으며 솟구쳤다. 넓은 황룡보검의 검신에 햇살이 어지럽게 부서졌다. 마평의 눈이 찌푸려졌다. 자꾸만 삼고의 검신에 반사되는 빛에 시선이 자유롭지 못했다.

"풍운일기(風雲一氣)!"

삼고의 황룡보검이 마평의 전신을 덮쳤다. 처음부터 끝장을 보려는 듯한 삼고의 검법에 마평의 보법이 어지러워졌다.

콰쾅!

굉음과 함께 뿌연 먼지가 마평을 감싸고 있었다. 사람들은 침을 삼킨 채 마평의 모습이 드러나기를 기다렸다.

"쿨럭."

마평이 검붉은 피를 토했다. 마평이 이번 일합에 손해를 보았음을 알았다. 아무래도 이번 비무는 마평이 어려워 보였다. 그러나 사람들의 생각과는 달리 마평은 재차 삼고를 향해 달려들었다. 사람들의 얼굴이 놀라움으로 물들었다. 지금 마평의 모습은 전혀 내상을 입은 사람처럼 보이지 않았기 때문이다.

마평의 신형이 삼고와의 거리를 단숨에 좁히며 장법을 펼쳤다. 삼고는 마평의 빠른 반격에 당황했다. 이렇듯 빠른 대응은 전혀 생각하지 못했던 것이다. 삼고는 급히 검을 휘둘렀다.

픽!

삼고의 검을 피해 마평의 장이 삼고의 넓은 가슴을 때렸다. 적지 않은 내력이 실린 공격이었다. 하지만 삼고는 굵은 눈썹을 한번 찡그릴 뿐 마평의 옆구리를 쓸어갔다.

'내상이 심한가 보군.'

삼고는 마평의 이번 일장에 조금 전 겸우와의 비무에서 마평이 적지 않은 내상을 입었음을 알았다. 삼고는 굵은 눈썹을 찡그렸다. 부상을 입은 상대로 비무를 한다는 것이 마음에 들지 않았던 것이다. 삼고는 비무대 밖으로 시선을 돌렸다. 그러나 이내 비무에 집중하기 시작했다. 부상을 입은 상대라 하더라도 비무에서 패할 수는 없는 일이었다. 그리고 이번 비무에서 패배는 삼고의 주인이 용서하지 않을 것이었다.

전력을 다한 장법이 삼고에게 아무런 영향을 주지 못하자 마평은 당황했다. 비록 내상을 입긴 했지만, 자신의 장법이 삼고에게 아무런 영향을 주지 못할 것이라고는 생각하지 못했다. 마치 거대한 벽을 앞에 두고 있는 것과 같은 위압감에 마평의 신법이 흐트러지기 시작했다.

퍼퍽.

서걱.

"음……."

"큼……."

마평과 삼고의 입에서 동시에 신음이 흘러나왔다. 삼고는 자신의 가슴을 바라보고는 쓴 미소를 지었다. 두 번이나 같은 공격에 당한 것이다. 만약 마평이 내상을 입지 않았다면 삼고는 적지 않은 손해를 보았을 것이 분명했다. 그러나 마평의 얼굴 또한 좋은 편은 아니었다. 지금까지 대결은 분명 마평 자신의 패배가 분명했기 때문이다.

"마 소협, 검을 받으세요!"

어느새 신색을 많이 회복한 하려군이 마평을 향해 검을 던졌다. 얼떨결에 하려군의 검을 받은 마평은 하려군과 삼고를 바라보았다. 삼고는 마평을 향해 머리를 끄덕였다. 그동안 부상당한 마평을 상대하는 것이 편치 못했던 마음이 조금 나아졌다. 더욱이 마평의 절기가 검술임을 삼고는 잘 알고 있었다. 비록 비무를 지켜보고 있을 삼고의 주인이 못마땅해하겠지만, 삼고는 마평과 검술로 결판을 내고 싶었다. 그리고 그것은 단 일 합이면 충분했다.

삼고의 황룡보검이 가슴에 놓였다. 마평은 삼고의 의도를 알아보고는 삼고를 향해 머리를 끄덕였다. 비무가 길어지면 불리한 것은 마평이었다. 삼고의 배려가 마평은 고마웠다.

마평 역시 하려군에게 건네받은 검을 비스듬하게 들었다. 삼고와 마평은 서로의 빈틈을 찾기 위해 서로를 무섭게 노려보았다. 두 사람의 대치에 사람들은 마른침을 삼켰다. 이번 승부는 단 일 합에 의해 결정될 것이기 때문이었다.

휘리릭.

들풀 하나가 작은 소용돌이를 타고 비무대 위로 날아들었다. 어지럽게 돌던 들풀이 마평과 삼고 사이에 사뿐히 내려앉았다.

사락.

미약한 소리였지만 마평과 삼고의 팽팽한 대치를 흔들어놓기에 충분했다. 삼고의 황룡보검이 늘어났다. 아니, 마평을 향해 쇄도해 갔다.

"황룡십사로(黃龍十四路)!"

마평을 향해 곧게 나아가던 황룡보검이 마평의 지적에 이르러 변화를 일으켰다. 마평의 얼굴이 굳었다. 황룡보검의 예기가 마평의 전신 요혈을 노렸다.

"여래현신!"

마평의 음성이 토해졌다. 다변과 무변. 마평과 삼고의 검이 허공에서 부딪쳤다. 그러나 어떤 검명도 들리지 않았다. 사람들은 어리둥절했다. 지금까지 사납던 두 사람의 검초와 어울리지 않는 결과였기 때문이다. 하지만 곧 드러난 결과는 더욱 혼란스럽게 만들었다.

마평의 오른쪽 어깨에 깊은 검상이 나 있었다. 얼굴 또한 창백하게 변해 있었다. 삼고의 안색 역시 마평과 그렇게 다르지 않았다. 삼고는 아직도 욱신거리는 자신의 우수를 내려다보았다. 겉으로 드러난 결과는 분명 삼고의 승리였다. 삼고의 생각 또한 그러했다. 그러나 삼고는 머리를 저었다. 마평의 검을 받아낼 수 있었던 것은 마평의 내력이 부족했기 때문이다. 게다가 삼고의 먼저 펼쳐진 검식보다 후에 펼쳐진 마평의 검이 빨랐다. 삼고는 충격이었다. 황궁에서도 수위에 속한 자신이 내상을 입은 마평에게조차 패배한 것이 믿어지지 않았다.

사라락.

마평과 삼고에 의해 날아올랐던 들풀이 다시 내려앉았다. 삼고는 씁쓸한 미소를 지으며 마평을 바라보았다.

"졌소."

삼고는 굳은 음성으로 말했다. 사람들은 삼고의 말에 어리둥절했다.

마평의 얼굴 역시 의아함으로 물들었다. 지금 드러난 결과로는 굳이 삼고가 패했다고 할 수 없었다. 아니, 겉으로 드러난 결과만 놓고 본다면 오히려 삼고의 승리였다.

"앞으로 계속 승리하기를 바라겠소."

삼고의 말에 마평은 아직도 머리 속이 혼란스러웠다. 무림인들은 쉽게 패배를 인정하지 않았다. 더욱이 이번 대결은 누가 보더라도 삼고의 승리라고 믿어 의심치 않았다.

[다음번에는 내상을 입지 않은 상태에서 비무를 가지고 싶소.]

'아!'

마평은 삼고의 행동의 이유를 알 수 있었다. 삼고는 진실된 무인이었다. 지금 승냥이 떼와 같은 눈을 하고 있는 비무대 아래의 사람들과는 근본적으로 달랐다. 마평은 지금 비무 따위는 집어치우고 삼고를 붙잡고 술잔을 나누고 싶었다. 하지만 삼고의 당부를 저버릴 수는 없었다. 속마음을 터놓는 벗이 될 수 있는 기회를 놓친 것이 안타까웠다.

'일이 상당히 복잡하게 되어가는군.'

전혀 예상치 못한 황궁의 참여에 승후의 머리는 복잡했다. 이번 삼고의 비무회 참가가 단순히 삼고 스스로의 의지였는지 아니면 황궁의 누군가의 명에 의한 것인지 승후는 빠르게 따져 보기 시작했다.

'음?'

승후는 비무대를 내려오던 삼고가 누군가를 찾는 것 같은 행동에 잠시 의아해했다. 그리고 어느 순간 삼고의 안색이 굳어 있는 것을 놓치지 않았다. 삼고의 시선이 머물러 있는 곳에 뜻밖에도 청년이 있었다.

영준하게 생긴 얼굴과는 달리 그 분위기가 어딘지 모르게 차가워 보였다. 청년의 입술이 달싹거리고 있었다. 승후는 청년의 신분이 결코 가볍지 않을 것이라 생각했다.

"……."

승후와 청년의 시선이 마주쳤다. 승후로서는 의도하지 않은 결과였지만, 승후를 바라보는 청년의 눈은 날카로웠다. 청년이 승후를 향해 움직였다. 청년의 행동을 지켜보던 삼고 역시 승후를 향해 움직이기 시작했다.

'흠. 어쩐다…….'

충분히 몸을 피할 수는 있었다. 그러나 승후는 왠지 청년에 대한 호기심을 떨쳐 버릴 수 없었다. 승후에게 다가오던 삼고의 신형이 멈칫했다. 아마도 주변의 이목을 끄는 삼고의 모습이 청년에게도 부담이 되는 것 같았다. 승후는 청년이 삼고를 향해 전음을 전하는 것을 놓치지 않았다.

청년의 걸음이 멈췄다. 승후와 청년과의 거리는 불과 일 장도 되지 않았다. 승후가 청년을 향해 한 걸음 다가갔다. 청년의 얼굴에 의외라는 빛이 떠올랐다. 그러나 청년 역시 승후를 향해 한 걸음 다가왔다. 승후의 얼굴에 미소가 떠올랐다.

"마 소협. 승!"

마평의 승리를 알리는 목소리가 들려왔다. 뒤이어 사람들의 환호 소리가 들렸다. 그러나 환호 속에 탄식의 목소리가 숨어 있음을 승후는 놓치지 않았다. 마평의 승리를 달갑게 여기지 않는 자들일 것이다. 실력으로는 마평의 상대가 되지 못하고, 어줍지 않은 명예를 생각하는 그들의 행동이 승후는 경멸스러웠다.

　승후의 얼굴에 떠오른 냉소의 눈빛에 청년의 얼굴이 굳어졌다. 그리고 곧 살기를 띠기 시작했다.

　'아차!'

　승후는 자신의 행동에 청년이 오해한 것을 알았다. 귓가로 누군가 또다시 마평에게 비무를 청하는 소리가 들렸다. 사람들의 시선이 비무대 위로 향해 있을 때 청년의 신형이 승후를 향해 쏘아졌다. 승후는 입맛을 다시며 쇄도해 오는 청년을 향해 한 걸음 다가갔다.

　휙.

　청년의 좌수가 승후의 왼팔 옷깃을 잡아왔다. 승후는 반 보 물러나며 왼팔을 아래로 털었다. 내력이 실린 한 수였지만, 승후의 행동은 너무도 자연스러웠기에 아무도 승후의 무공을 눈치 챈 사람은 없었다.

　"음……."

　청년은 손목에서 느껴지는 지릿한 기운에 미약한 신음을 흘렸다. 청년은 급히 승후와의 거리를 벌리며 뒤로 물러났다. 청년과 승후와의 거리는 겨우 두 걸음 정도가 되었다. 가까이에서 본 청년의 모습은 하려군의 남장한 모습보다도 빼어났다. 아마도 눈앞의 청년이 비무대에 오른다면 신녀문의 제자들은 또 한 번 얼굴을 붉힐 것이 분명했다.

　'도대체 무림에는 미남 미녀들이 왜 이렇게 많은 거야!'

　승후는 속으로 투덜댔다. 그리고 슬며시 뒤로 한 걸음 물러났다. 이런 승후의 행동을 청년은 승후가 도망을 하는 것이라 여겼는지 재차 승후의 옷깃을 잡아왔다. 승후는 괜히 웃음이 나왔다. 이미 실패한 방법으로 공격해 오는 청년의 모습에서 고집이 느껴졌다.

'그렇다면.'

승후 역시 조금 전과 같이 왼팔을 떨쳤다. 이번에는 오성의 내력을 실었다.

퍽.

"윽……."

둔탁한 소리가 사람들의 환호성에 묻혔다. 그러나 청년의 신음 소리를 들은 몇몇 사람은 의아한 얼굴로 청년의 얼굴을 바라보았다. 갑작스런 사람들의 시선에 청년의 얼굴이 당혹으로 붉어졌다.

"마 소협. 승!"

또다시 마평이 승리했음을 알리는 목소리가 들렸다. 사람들의 시선이 다시 비무대 위를 향했다. 마평은 다섯 번의 비무 모두 승리한 것이다. 이제 결선 비무에 참가할 수 있는 자리는 두 자리밖에 남지 않았다.

잠시 비무대 위를 바라보고 있던 승후를 향해 청년이 우권을 뻗었다. 이번에는 제법 강맹한 기운이 담겨 있었다. 승후가 만약 피한다면 승후의 뒤에 있는 무인이 영문을 모른 채 당할 것이 분명했다. 승후는 독기가 오른 청년을 보며 더욱 짙은 미소를 지었다.

퍽.

승후의 손바닥이 청년의 주먹을 막았다. 아니, 정확히 감쌌다. 청년은 승후의 행동에 당황했다. 내력을 돋워보았지만 승후의 손은 요지부동이었다. 청년의 얼굴이 벌겋게 달아올랐다. 승후는 지금 청년의 반응이 분노로 인한 것인지 부끄러움으로 인한 것인지 언뜻 판단이 서지 않았다. 그러나 왠지 후자 같다는 생각이 들었다.

[황궁에서 오셨소?]

승후의 전음에 청년이 흠칫 놀랐다. 그런 청년의 모습이 승후는 귀엽다고 생각했다. 아마도 눈앞의 청년은 강호의 경험이 없는 모양이었다. 흘깃 승후의 눈에 화가 난 삼고의 모습이 보였다.

[어떻게…….]

'음…….'

승후는 청년의 전음에 당황했다. 여인의 음성이었던 것이다. 승후는 황급히 청년, 아니, 여인의 손을 놓아주었다.

'젠장! 어쩐지 피부가 희더라니!'

승후는 자신의 무신경에 화가 났다. 조금 전 하려군의 남장은 짐작했음에도 지금의 실수는 어이없었다. 눈을 빛내고 자신을 바라보는 여인의 시선이 승후는 부담스러웠다.

[어떻게 알았죠?]

여인의 목소리가 날카로웠다. 삼고의 신형 또한 승후에게 가까워졌다. 승후는 난처했다.

[다음에 이야기합시다.]

[무, 무슨?]

승후는 다급히 자리를 떴다. 아슬아슬하게 삼고의 권이 승후의 목덜미를 스쳐 지나갔다. 승후는 급히 사람들 속에 숨어들었다.

사라져 간 승후의 모습에 남장을 한 여인이 매섭게 노려보고 있었다.

문예설은 갑자기 느껴지는 익숙한 기운에 주변을 돌아보았다. 그러나 기대와는 달리 문예설의 눈에는 조금 전 마평과 비무를 벌였던 삼고와 영준하게 생긴 청년이 보일 뿐이었다. 무언가 화가 난 듯한 청년의 모습에 문예설의 고개가 잠시 갸웃거렸다.

"왜 그러느냐? 설아야."

"아니에요. 오라버니의 기척이 느껴지는 것 같아서……."

"그래?"

문예설이 오라버니라 부르는 사람은 한 사람밖에 없었다. 그렇기에 임계화는 문예설을 따라 주위를 돌아보았다. 조금 전 마평과 비무를 벌였던 삼고와 영준하게 생긴 청년의 모습이 보였지만, 임계화의 눈에는 그렇게 주목할 만한 사람은 보이지 않았다. 단지 청년을 보호하는 듯한 삼고의 행동에 호기심이 생길 뿐이었다.

"대사형! 이제 두 명만이 내일 있을 결선 비무회에 참가할 수 있어요."

왕염의 말에 임계화는 머리를 끄덕였다. 이번 비무회가 사룡들을 위한 비무회라고 생각했었다. 그러나 한 자리는 구양이 차지했다. 비록 사룡 중 수위에 속해 있는 마평이 한 자리 차지하기는 했지만, 마평은 흑우선 겸우와 황궁의 고수 삼고와의 비무에서 적지 않은 내상을 입었다. 아마도 둘 다 내일 있을 결선 비무에서 그다지 실력을 발휘하지 못할 것이다.

사람들은 서로의 눈치를 살피고 있었다. 구양과 마평이 내상을 입은 것을 보았기에 행동에 신중을 기하고 있는 것이었다. 이제 남은 두 자리를 차지하면서 최대한 실력을 보존해야 했기 때문이다.

고거원이 비무대를 향했다. 그러나 고거원은 몇 걸음 나아가지 못했다. 임계화가 고거원의 어깨를 잡은 것이다.

"왜……?"

고거원은 의아한 얼굴로 대사형 임계화를 바라보았다.

"아직은 아니다."

고거원은 임계화의 말에 잠시 미간을 보았지만 곧 머리를 끄덕였다. 임계화의 만류에 합당한 이유가 있을 것이라 생각했기 때문이다. 그리고 지금까지 임계화의 말을 좇아서 손해를 본 적이 없었다.

"음?"

갑작스런 사람들의 웅성거림에 고거원은 비무대를 바라보았다. 너무도 평범해 사람들 사이에 묻혀 있으면 쉽게 알아볼 수 없을 정도의 특징이 없는 평범한 얼굴이었다.

"호(昊)라 하오."

자신을 호라 소개한 흑의인의 말에 고거원과 임계화는 의아했다. 그리고 그것은 비무를 관전하던 사람들 또한 마찬가지였다. 사람들의 기억 속에는 호라는 외자를 쓰는 무림인은 없었던 것이다. 하지만 이미 겸우의 무위와 구양을 겪은 사람들은 자신을 호라 소개한 흑의인을 쉽게 무시할 수 없었다. 이미 이번 신녀문의 비무회에서 사람들은 놀라운 광경을 너무 많이 접한 까닭이다.

"한 수 부탁드리오."

텁수룩한 수염을 한 아직 서른이 되어 보이지 않는 청년이 비무대에 오르며 말했다.

"벽력부(霹靂斧)!"

청년의 양 허리에 있는 쌍부(雙斧)를 본 사람들이 외쳤다.

벽력부 사공한명(司空瀚明)은 벽력채의 채주였다. 그 기반이 화남의 귀주(貴州)에 있는 녹림채의 채주였다. 비록 사공한명의 벽력채가 녹림에 속하기는 했지만, 녹림의 총수에게 명령을 받지 않는 독립된 단체였다. 그것은 사공한명의 무위가 결코 녹림의 총수가 무시할 수 있는 수준이 아니었기 때문이다.

사공한명은 눈앞의 흑의인을 바라보았다. 자신의 명호를 듣고도 아무런 표정의 변화가 없는 흑의인에게 호기심이 생겼다. 과연 지닌 실력은 어떨지 궁금했다. 사공한명은 양 허리에 있는 쌍부를 들었다.

"쌍영(雙影)!"

사공한명이 흑의인을 향해 쌍부를 휘둘렀다. 쌍부의 검은 그림자가 흑의인을 베어갔다. 흑의인은 보법을 밟으며 사공한명의 쌍부를 가볍게 피했다. 그러자 사공한명은 자신의 쌍부를 흑의인을 향해 던졌다. 내력이 실린 사공한명의 쌍부는 무서운 속도로 흑의인을 향해 날아갔다. 사람들은 사공한명의 낯선 공격 방식에 의아했다. 무림인들에게 자신의 무기를 손에서 놓는 것은 죽음을 맞이했을 때뿐이었다. 성미가 급한 몇몇 사람은 사공한명의 모습을 비웃기도 했다.

쐐액!

날카로운 파공음이 흑의인을 덮쳤다. 그러나 사공한명의 쌍부는 아슬하게 흑의인의 양 겨드랑이를 스쳐 지나갔다. 순간 흑의인의 신형이 사공한명을 향했다. 그런 흑의인의 행동에 사공한명은 미소 지었다. 사공한명의 쌍부가 흑의인을 지나쳐 변화를 일으키고 있었던 것이다.

츠츠츠츳.

흑의인의 신형이 마치 안개처럼 흐려졌다. 미소 짓고 있던 사공한명의 얼굴에 당혹감이 떠올랐다. 사공한명으로서는 지금 흑의인의 신법은 들어보지도, 그리고 겪어보지도 못한 것이었기 때문이다. 게다가 흑의인의 신형이 흐릿해지는 순간 흑의인의 기척이 전혀 느껴지지 않았다. 사공한명은 당황했다. 마치 유령과도 같은 흑의인의 신법에 사공한명은 평소의 그답지 않게 허둥대기 시작했다.

스르륵.

흑의인의 신형이 갑자기 사공한명의 뒤에서 나타났다. 비무를 관전하던 사람들은 흑의인의 놀라운 신법에 깜짝 놀랐다. 오늘 비무회는 놀라움의 연속이었다. 오늘까지 그 존재조차 몰랐던 구양의 검사, 이류무인이라 여겼던 흑우선 겸우의 놀라운 신위, 그리고 황궁고수 삼고의 출현까지… 게다가 아직 본격적인 무공을 펼치지는 않았지만, 지금 보인 흑의인의 신법만 보더라도 흑의인이 가진 무공이 평범하지 않을 것이라는 생각이 들었다. 사람들은 어쩌면 사공한명이 패배할지도 모른다고 생각했다. 흑의인의 우수가 사공한명의 등을 후려쳤다.

쐐애액!

날카로운 파공음에 사람들은 그 소리의 진원지를 찾았다. 조금 전 사공한명이 흑의인을 향해 던진 쌍부였다. 사람들은 흑의인의 빼어난 신법에 조금 전 사공한명의 쌍부를 잊고 있었던 것이다. 흑의인의 장력이 사공한명의 지척에 다다랐다. 그러나 사공한명의 쌍부 역시 흑의인의 지척에 다다랐다. 둘 중 어느 누구라도 피하지 않는다면 서로 손해를 보는 것은 분명했다. 그리고 흑의인이 먼저 움직였다. 흑의인은 사공한명을 향해 뻗었던 우수를 급히 회수하며 뒤로 물러났다. 흑의인이 뒤로 흘렸다고 생각한 사공한명의 쌍부가 어느새 되돌아왔다. 그것도 조금 전의 위력보다 배가 된 듯했다.

파팟!

사공한명의 쌍부가 흑의인이 있던 자리에 박혔다. 사공한명은 자신의 쌍부는 회수할 생각도 하지 않은 채 어느새 처음의 제자리로 돌아온 흑의인을 응시했다. 지금도 흑의인이 물러나는 인기척을 느끼지 못했던 것이다.

'어쩌면 힘든 비무가 될지도 모르겠군.'

뒤늦게 쌍부를 회수하는 사공한명의 얼굴이 굳었다. 처음 가졌던 자신감은 어느새 사라졌다. 어쩌면 오늘 그동안 사공한명이 쌓아온 명성이 사라질지도 모르는 일이었다.

표충영은 흑의인의 신법을 바라보고는 두 주먹을 움켜쥐었다. 자신을 호라 소개한 흑의인은 분명 표충영을 돕기 위해 비무에 참가한 흑영이 분명했다. 표충영은 처음의 여유로운 얼굴과는 달리 굳어 있는 사공한명의 얼굴을 바라보았다. 표충영 또한 처음 흑영들의 신법을 대했을 때 그러하지 않았던가.

'똑똑히 너희들의 실력을 보아주마. 마지막에 웃는 것은 내가 될 것이다.'

흑영은 표충영의 모습을 응시하며 살기 띤 미소를 지었다. 지금 표충영이 무엇을 생각하는지 짐작할 수 있었기 때문이다.

'이번 신녀문의 비무회가 끝나면 표가를 제거해야겠군.'

흑영은 지금 사공한명과 비무를 벌이고 있는 흑영사호를 보며 짙은 미소를 지었다. 조금 후 사공한명의 절망한 모습을 상상했다. 그리고 그것은 표충영 역시 마찬가지일 것이었다.

"낙우(落雨)!"

사공한명의 쌍부가 무수한 잔영을 만들며 흑의인을 향해 쏟아졌다. 초식 이름 그대로 부(斧)의 비가 쏟아졌다.

파파파팟.

사공한명의 부가 흑의인의 신형을 뚫고 바닥에 꽂혔다. 하지만 사공한명은 자신의 공격이 실패했음을 직감했다. 부가 흑의인을 격중했다고 생각한 순간 흑의인의 기척이 사라진 것이다. 사공한명은 그의 쌍부를 회수하며 감각을 극도로 곤두세웠다.

흠칫.

사공한명은 등골이 서늘했다. 갑자기 매서운 살기가 전신을 덮쳐 왔던 것이다.

"쌍영!"

사공한명은 그의 쌍부를 펼쳤다. 흑의인의 신형이 또다시 사공한명의 등 뒤에서 나타난 것이다.

'제기랄!'

사공한명은 급히 물러나며 흑의인을 노려보았다. 여전히 무표정한 얼굴이었다. 흑의인의 무표정한 얼굴이 왠지 자신을 무시하고 있다는 생각을 지을 수 없었다. 지금도 흑의인의 살기가 아니었다면 사공한명은 흑의인의 기척을 전혀 느끼지 못했을 것이다. 사공한명의 얼굴에 식은땀이 흐르기 시작했다.

흑의인이 사공한명을 향해 한 걸음 내디뎠다. 처음으로 흑의인이 사공한명을 상대로 공세를 취했다. 사공한명은 흑의인의 공격에 마른침을 삼켰다. 한 번도 흑의인의 신법을 따라잡지 못한 사공한명이었기에 이번에 펼쳐질 흑의인의 공격이 범상치 않을 것이라 생각했다.

츠츳.

사공한명을 향해 걸음을 내딛던 흑의인의 신형이 흐릿해졌다.

'어디? 정면인가? 아니면 뒤?'

사공한명은 흑의인의 신형이 흐릿해지는 순간 당황했다. 흑의인의 공격이 어디로 올지 사공한명은 전혀 예측할 수 없었다. 눈에 보이지 않는 공격과 눈에 보이지 않는 적. 사공한명은 처음으로 두려움이라는 것을 느꼈다.

픽!

"커억!"

등 뒤에 신경을 집중하고 있던 사공한명은 오른쪽 옆구리에서 느껴지는 무서운 고통에 신음을 흘렸다. 뼛속을 울리는 날카로운 통증에 사공한명은 잠시나마 숨을 쉴 수가 없었다.

흑의인의 유령과도 같은 신법에 비무를 관전하던 사람들 당황했다. 흑의인의 신법이 평범하게 보이지는 않았지만 벽력채의 채주 사공한명을 꼼짝 못하게 만들 정도일 줄은 상상도 하지 못했던 것이다. 더욱이 사공한명의 정면에 있던 흑의인이 갑작스레 사공한명의 오른쪽에 나타날 동안 흑의인의 모습을 전혀 볼 수 없었다. 사람들의 얼굴이 굳어졌다. 어쩌면 사공한명을 당혹하게 만들고 있는 흑의인이 이번 비무회에서 승리할지도 모른다고 생각했다.

퍼픽.

이번에도 역시 오른쪽 옆구리를 공격해 왔다. 사공한명은 설마 같은 곳을 재차 공격해 올 것이라고는 생각하지 못했는지 재차 흑의인의 공격을 허용했다.

"헉헉……."

뼛속에 스며드는 고통을 사공한명은 겨우 참고 있었다. 사공한명의 얼굴에는 굵은 땀방울이 맺혀 있었다.

츠츠츳.

또다시 흑의인의 신형이 사라졌다. 사공한명은 정신을 집중했다. 그러나 지금까지와 마찬가지로 흑의인의 기척은 느껴지지 않았다. 화끈하게 저려오는 옆구리의 고통이 왠지 불길하게 느껴졌다.

[오른쪽!]

갑자기 사공한명의 머리 속이 울렸다. 사공한명은 머리 속을 울리는 목소리에 본능적으로 반응했다.

퍼픽!

"큭……."

처음으로 흑의인의 입에서 신음이 흘러나왔다. 지금까지 기척을 알아차리지 못하던 사공한명의 정확한 반격이 의외였던지 표정이 없던 흑의인의 얼굴에 잠시나마 의심의 빛이 떠올랐다. 그러나 흑의인은 곧 머리를 저으며 사공한명의 지금 공격이 그저 우연이라고 생각했다.

'젠장!'

비무대 아래에서 들려오는 사람들의 환호성에 사공한명의 기분은 그다지 좋지 않았다. 이번 공격의 성공은 도움을 받은 결과였기 때문이다. 그리고 점점 매서워지는 흑의인의 살기에 주춤 물러나는 자신의 한심스런 모습에 대한 불만이기도 했다.

눈앞의 적을 상대하기 위해 도움을 받는 자신이 너무도 초라하게 느껴졌다. 하지만 사공한명은 언제까지 자신을 질책할 수는 없었다. 지금 폭사되고 있는 흑의인의 살기가 좀 전과는 판이하게 달랐기 때문이다.

흑의인의 신형이 사공한명을 향해 쇄도했다. 이번에는 흑의인의 신형이 중간에 사라지지는 않았다. 그러나 자신을 향해 달려드는 흑의인을 사공한명은 경시할 수 없었다. 사공한명은 벽력부라는 명호를 얻게 해준 자신의 절기를 펼쳤다.

"낙뢰(落雷)!"

사공한명의 쌍부가 불을 뿜었다. 두 줄기의 낙뢰가 흑의인을 향해 날아갔다. 그러나 곧 사공한명의 얼굴이 일그러졌다. 사공한명의 공격이 흑의인의 몸에 격중될 찰나에 또다시 흑의인의 신형이 흐릿해진 것이다.

[오른쪽!]

사공한명은 또다시 머리 속에 울리는 전음에 급히 쌍부를 휘둘렀다.

"쌍영!"

사공한명의 쌍부가 허공을 갈랐다. 사공한명의 갑작스런 행동에 사람들은 어리둥절했다. 분명 정면을 쇄도해 오던 흑의인을 향한 사공한명의 공격이 성공한 것처럼 보였기 때문이다. 한데 사공한명은 갑작스레 허공을 상대로 그의 쌍부를 베고 있었다. 곧이어 나타난 결과에 사람들은 크게 놀랐다.

"크헉!"

사공한명은 자신의 쌍부가 정확히 흑의인을 베고 지나가는 감각을 느낄 수 있었다. 그리고 흑의인의 신형이 모두 드러난 순간 사공한명은 그 기회를 놓치지 않았다.

"낙뢰!"

사공한명의 쌍부가 재차 뇌력을 뿜었다. 지금까지 흑의인의 신법에 당한 울분을 토하듯 전력을 다한 일격이었다.

펑!

"크아아악!"

흑의인의 비명 소리가 허공에 메아리쳤다. 피를 토하며 날아가는 흑의인의 신형을 사공한명이 뒤쫓았다. 흑의인의 신법을 예측할 수 없는 사공한명은 이번에 아주 끝을 볼 작정이었다. 그러나 사공한명의 뜻은 이루어지지 않았다. 흐릿한 검은 그림자가 나타나 사공한명을 방해한 것이다. 사공한명은 느닷없는 검은 그림자의 공격에 바닥을 굴러야 했다.

퍼퍼퍽!

"큭!"

사공한명이 비명을 지르며 바닥을 나뒹굴었다. 마평에 이은 또 다른 제삼자의 비무 참견에 주혜와 진원원이 자리에서 벌떡 일어섰다. 지금의 경우는 마평의 경우와는 달랐다. 더욱이 참견한 사람의 신분이 그녀들을 놀라게 했다.

"클클클… 젊은 놈의 손속이 잔인하구나."

"누, 누구……?"

사공한명은 갑작스레 자신을 공격한 상대를 바라보았다. 그리고 그 상대를 알아보고는 당황했다.

"소, 소면신투(笑面神偸)!"

소면신투의 출현에 비무장이 술렁댔다. 정파무림의 공적이자 강호의 대도(大盜)였다.

"클클클."

소면신투 소합(김合)의 입에서 기분 나쁜 웃음이 흘러나왔다. 마치 즐거운 놀이에 참가하게 된 것에 기뻐하는 듯한 모습이었다.

"소면신투! 그대는 이번 비무회에 참가할 자격이 없다!"

진원원이 소합을 노려보며 말했다. 하지만 소합은 그의 명호 그대로 웃는 얼굴로 빤히 진원원을 바라보았다. 그리고 진원원의 옆에서 굳은 얼굴을 하고 있는 주혜를 흘깃 살폈다.

"사실, 나는 얼굴도 모르는 소문주보다 그대 표향선자를 안고 싶었다네. 클클클."

소합의 말에 진원원의 얼굴이 부끄러움으로 붉게 달아올랐다. 부끄러움은 이내 분노로 바뀌었다.

"뭣이!"

당장이라도 검을 빼어 들고 달려나갈 것 같은 진원원의 기세에도 소합은 여전히 느물댈 뿐이었다.

"클클클. 그렇게 화를 내는 모습이 더욱 아름답군 그래. 그리고 그렇게 화를 낼 필요는 없지 않나? 꽃을 보면 탐하는 것이 사내의 성정이니. 흐흐흐."

소합은 음침한 미소를 지으며 진원원의 전신을 훑었다. 소합의 시선에 진원원은 분노했다.

"소 선배께서는 이번 비무회에 참가할 자격이 없소이다."

자리에서 일어선 사공한명이 소합을 노려보며 말했다. 그런 사공한명을 소합은 노려보았다. 그러나 곧 예의 기분 나쁜 웃음을 흘리며 말했다.

"이번 비무회에 참가하려면 나이 제한이 있다지?"

"그렇소."

"그럼 내 나이는 오늘만 서른으로 하지."

소합의 말에 주혜와 진원원이 분노했다. 지금 소합의 말은 명백히 신녀문을 무시하는 행동이었기 때문이다.

"하하하. 그러면 내가 굳이 존대할 필요는 없는 것 같군. 그렇지 않나, 소합?"

사공한명의 말에 소합은 흠칫했다. 그리고 이어진 사공한명의 말에 소합의 얼굴은 그의 명호와는 달리 일그러지기 시작했다.

"소합, 그대는 연장자에게 예를 표하지 않는가? 어쩌다 무림인이 연장자를 대하고도 저리 태평할 수 있는지… 쯧쯧쯧."

사공한명의 말에 사람들이 웃음을 터뜨렸다. 그리고 주혜의 얼굴에도 잠시나마 미소가 떠올랐다.

"그래, 소합 그대는 본 문의 사위 후보자를 뽑는 비무회에 참가하면서 존장이 될지도 모르는 우리에게 예를 표하지 않는 것인가?"

주혜의 호통에 소합의 얼굴은 붉게 물들었다. 소합의 붉게 물든 얼굴은 부끄러움이 아닌 분노였다. 그러나 이번 비무회에 모종의 목적이 있는 소합으로서는 쉽게 물러날 수 없었다. 아니, 그러기 전에 명예가 이미 손상을 입었기에 소합은 그 분풀이를 해야 했다.

"홍! 능력이 있으면 나를 숙이게 만들어봐라."

제멋대로인 소합의 행동에 모두가 분노했지만 비무대 위의 소합을 어쩌지는 못했다. 소합이 강호에서 차지하는 위치를 너무도 잘 알고 있기에 쉽게 나설 수가 없었던 것이다.

"일단 네놈부터 처리를 해야겠지."

사공한명은 소합의 말에 긴장했다. 이번 신녀문의 비무회에 그다지 관심은 없었지만, 무림의 선배라고는 하나 먼저 시비를 걸어온 상대를 두고 많은 사람들 앞에서 물러날 수는 없는 일이었다. 비록 실력의 차이는 있겠지만, 사공한명은 조금 전 흑의인과의 비무를 돕던 목소리에 도움을 기대했다.

"홍! 과연 명호만큼 실력이 있는지 모르겠소."

쉽게 물러날 것이라 여겼던 사공한명이 뜻밖에도 강하게 나오자 소합의 눈에 의아한 빛이 떠올랐다. 하지만 소합은 조금 전 흑영과의 대결에서 사공한명의 실력을 모두 짐작했다. 비록 낙뢰라는 수법이 조금 마음에 걸리긴 했지만, 자신의 신법으로 피하지 못할 정도는 아니었다.

"조금 전 그 낙뢰를 두고 하는 말이냐? 클클클."

소합의 눈이 가늘어졌다. 소합의 모습은 마치 먹이를 눈앞에 둔 맹수의 모습이었다. 사공한명은 자신의 부를 가슴으로 가져갔다.

승후는 소합과 맞서는 사공한명의 모습에 혀를 찼다. 사공한명의 지금 행동은 너무도 무모했기 때문이다. 조금 전 흑의인과의 비무에서도 승후의 도움이 아니었으면 사공한명은 분명 패했을 것이다. 더욱이 흑의인은 전력을 다하지 않았다. 흑의인은 신법을 제외하고는 다른 무공은 펼치지도 않았다. 더욱이 사공한명의 등을 공격할 때 흑의인의 양 손이 잠시나마 검게 변해 있었다. 그것은 흑의인이 마공을 익혔음을 보여주는 사실이었다.

소합의 신형이 사공한명을 향해 쇄도하는 것이 보였다. 순간 승후의 눈이 빛났다. 소합의 신형이 사공한명을 향해 쇄도하는 순간에도 소합의 손이 품속으로 들어가는 것을 보았던 것이다. 그리고 그 순간 우연인지 몰라도 주혜의 안색이 눈에 띄게 찌푸려졌다. 분명 머리 속의 금선충에 의한 두통이 확실해 보였다. 그동안 기다렸던 적이 나타난 이상 망설일 필요는 없다고 승후는 생각했다.

"낙우!"

사공한명은 그의 부를 전력을 다해 펼쳤다. 그러나 사공한명의 속마음은 여간 당혹스러운 게 아니었다. 조금 전 자신을 도왔던 목소리의 도움은 없었고, 소합의 신법은 강호의 소문보다 뛰어났다. 잠시나마 소합의 별호를 잊은 자신을 질책했다.

소면신투.

소합이 정파무림의 공적이 되었음에도 지금껏 무림을 활보할 수 있었던 것은 모두 소합이 지닌 빼어난 신법 때문이었다. 소합의 절기인 장법 역시 빼어났지만, 소합의 신법에 비할 수는 없었다. 그동안 수많은 정파의 고수가 소합을 뒤쫓았지만, 그때마다 소합은 그의 신법을 이용해 유유히 정파고수들의 포위를 뚫고 사라졌다. 그런 소합의 신법이 지금 비무에서도 그 위력을 발휘하고 있었다.

'망할!'

"쌍영!"

사공한명의 쌍부가 소합을 베었다. 그러나 그것은 사공한명의 눈에 보이는 착시였다. 소합은 이미 사공한명과 거리를 벌인 뒤 재차 사공한명을 공격해 오고 있었다.

"낙……."

사공한명이 다급히 그의 쌍부를 휘둘렀다. 그러나 소합이 사공한명보다 빨랐다. 소합의 우수가 사공한명의 가슴에 격중했다.

퍽!

빠각.

"컥!"

사공한명은 가슴뼈가 부러지며 시작된 고통에 비명을 흘렸다. 그저 가볍게 내지른 소합의 이번 일수가 너무도 위력적이었다. 사공한명은 가슴의 통증에 숨을 쉴 수 없었다.

소합의 얼굴에 미소가 짙어졌다. 사공한명을 향해 소합이 한 걸음 내디뎠다. 비무를 관전하고 있던 사람들은 다음 벌어질 일을 상상하며 얼굴을 굳혔다.

"네놈의 실력이 주둥아리 놀리는 것만큼은 되지 않나 보군."

사공한명은 소합의 비아냥에 주먹을 으스러져라 움켜쥐었다. 그러나 사공한명은 움직일 수조차 없었다. 지금 숨을 쉬는 것만으로도 가슴에 통증이 느껴졌던 것이다.

"끝을 봐야겠지."

소합의 얼굴에 떠오른 미소가 더욱 짙어졌다.

진원원은 지금이라도 비무를 그만두게 하고 싶었다. 그러나 지금의 상황이 어렵다고 해서 비무를 그만두게 할 수는 없었다. 사공한명의 명예가 달린 일이었기 때문이다. 주혜와 진원원은 아직 비무에 참가하고 있지 않은 승후를 찾았다. 승후라면 소합을 상대할 수 있을 것이라는 생각이 들었다. 조금 전 공공신승과의 비무가 그런 확신이 들게 했다.

"앞으로는 존장을 대하는 예를 배우도록 하게나. 나중에 다시 볼 일은 없겠지만 말이야. 클클클."

소합의 신형이 사공한명을 향해 빠르게 접근했다. 소합의 신형이 사공한명의 지척에 이르렀을 때 사공한명은 가슴의 통증을 참으며 쌍부를 휘둘렀다. 그러나 소합은 사공한명의 마지막 일격을 너무도 쉽게 피하고는 우수를 뻗었다.

핑!

귀에 거슬리는 파공음이 들렸다. 사공한명을 공격하던 소합의 신형이 뒤로 급히 물러났다.

팟!

"갈! 어떤 놈이냐!"

소합이 노한 일갈을 터뜨렸다. 그리고는 손에 쥔 은자를 바라보고는 양 미간을 모았다. 은자를 쥔 손이 아직 저려왔다. 은자를 암기 삼아 던진 자의 내력이 결코 가볍지 않음을 느꼈다.

"나요."

비무대 위를 천천히 오르며 대답한 사내를 보며 소합은 자신의 손에 쥔 은자를 다시 내려다보고는 얼굴을 찌푸렸다. 기껏해야 서른 전후로 보이는 자가 가질 내력이 아니었기 때문이다.

"오, 오라버니?"

문예설은 놀란 눈을 했다. 그리고 승후가 비무대에 오를 이유를 전혀 짐작하지 못했다. 아니, 지금 문예설은 다시 승후를 만난 것에 대한 반가움으로 아무런 생각을 하지 못했다. 문예설의 눈에 반가움으로 인한 물기가 맺혔다.

"음?"

문예설의 반응에 임계화와 고거원, 왕염은 비무대 위를 바라보았다. 그러나 임계화를 제외한 고거원과 왕염은 고개를 갸웃거렸다. 그동안 문예설에게 듣던 뇌룡신검의 모습과는 어딘지 모르게 많이 차이가 났기 때문이다.

"너무 평범하지 않아?"

고거원이 문예설의 눈치를 살피며 왕염을 향해 말했다. 왕염 역시 문예설의 눈치를 살피며 조심스레 고개를 끄덕였다. 왕염은 그동안 문예설을 통해 듣던 것과는 차이가 나는 승후의 모습에 실망했다. 평범한 외모야 그렇다 하더라도 어디로 보아도 소문만큼 뛰어난 무공을 지니고 있을 것 같지 않았다.

"흠……."

임계화는 문예설의 얼굴에 떠올라 있는 반가움을 보며 눈살을 찌푸렸다. 왠지 아끼던 누이를 빼앗기는 기분이 든 것이다. 게다가 고거원과 왕염이 그랬던 것처럼 조금 실망한 마음도 없지 않았다. 겉으로 드러난 뇌룡신검의 모습은 그동안 들어왔던 소문과는 많은 차이가 있었기 때문이다. 하지만 임계화는 곧 머리를 저었다. 문일상이 당부한 만큼 끝까지 지켜봐야 할 일이었다. 그리고 비무대에 오른 만큼 소합과 맞설 능력이 있을 것이라 생각했다. 아니, 반드시 그런 능력이 있어야 했다. 문예설을 위해서, 그리고 자신의 사문인 화산을 위해서라도 말이다.

"승후라 하오!"

"뇌룡신검!"

승후의 말에 비무대 주위가 술렁거리기 시작했다. 그동안 무성한 소문의 주인공의 출현에 어떤 기대를 하기 시작한 것이다. 사룡이라는 후기지수들의 모임이 있었지만, 무림인들은 승후를 그런 후기지수들보다는 조금 우위에 놓고 있었다. 명호에 신검이라는 칭호를 얻는 것은 그리 쉬운 일이 아니었다.

"호오……?"

소합은 주위의 반응에 두 눈을 가늘게 떴다. 그동안 '회'의 일을 계속해서 방해해 오던 뇌룡신검을 직접 대면한 소합은 호기심 가득한 눈으로 승후를 바라보았다.

'고작 이런 인물에게 번번이 깨졌다?'

소합은 그동안 승후 때문에 손해를 본 '회'를 생각하며 머리를 갸웃거렸다. 도저히 이해할 수 없었기 때문이다. 승후의 겉모습은 벽력채의 채주 사공한명보다 못했기 때문이다.

'신검이라……'

소합은 승후의 명호를 되뇌었다. 소문이라는 것이 아무리 부풀려지기 마련이라고는 하지만 승후의 명호 속에 든 신검의 무게를 가벼이 여길 수는 없었다. 그리고 '회'에서 파악한 승후의 실력 역시 범상치 않았다. 소합은 그동안 가져보지 못했던 호승심이 생겨나는 것에 짙은 미소를 지었다.

"뇌룡신검이라… 좋군, 좋아."

소합은 승후의 겉모습만을 가지고 평가하지 않기로 했다. '회'의 정보망이 조금 허술하기는 하지만, 어쨌든 미래의 검황이 될 자질이 있는 승후였다. 그리고 무엇보다도 승후는 '회'의 제일 적이었다.

'회의 골칫거리도 해결하고… 태상의 인정도 받고… 클클클… 어제 용꿈이라고 꾼 것인가?'

"언제까지 혼자 히죽거리고 있을 생각인 거요?"

소합을 바라보며 말하는 승후의 음성에 지루함이 가득했다. 승후의 한마디에 소합의 얼굴이 일그러졌다. 비무대 주변은 잠시 웃음으로 가득했다.

"갈!"

소합이 일갈을 터뜨리며 승후를 향해 달려들었다. 과연 소면신투라는 명호가 부끄럽지 않은 빼어난 신법이었다. 그러나 승후의 신법 역시 소합에 뒤지지 않았다. 승후와 소합의 어지러운 신법에 사람들은 놀란 눈을 동그랗게 떴다. 누가 신투인지 신법만으로는 쉽게 판단할 수 없을 정도였다.

"겨우 이 정도의 신법을 가지고 신투라는 별호를 얻었소?"

승후의 실망스럽다는 말투에 소합의 이마가 꿈틀댔다. 비무가 시작되고부터 계속되는 승후의 입담에 소합은 점점 인내의 한계를 느끼고 있었다. 지금 승후의 행동이 명백히 도발임을 알았지만, 무시하기에는 승후의 말 한마디 한마디가 소합의 신경을 자극했다.

"쯧쯧쯧. 이 정도가 신투라니… 개나 소도 신투라고 칭하겠군. 그럼 난 신투의 할아비……."

혼잣말을 가장한 승후의 비아냥에 소합은 결국 간신히 붙잡고 있는 인내의 끈을 놓아버리고 말았다.

"갈!"

소합의 신형이 이전과는 비교도 되지 않는 속도로 승후를 압박했다. 소합의 장법 역시 더욱 매서워졌다.

승후는 겉으로는 소합의 신법이 별것 아닌 것처럼 이야기했지만, 소합의 신법은 승후가 무시할 만큼 낮지 않았다. 아니, 순수한 신법만 두고 본다면 분명 소합이 승후보다 위였다. 지금과 같이 소합이 분노로 이성을 잃지 않았다면 승후로서는 분명 지금보다 더욱 어려운 비무를 치러야 했을지도 몰랐다. 그렇다고 현재의 상황이 승후에게 딱히 유리하다고 할 수도 없었다. 이성을 잃고 분노한 소합을 상대로 겨우 백중의 형세를 유지하고 있는 것이 다였다.

퍼펙.

비무가 시작된 후 줄곧 이어지던 수합의 공세에 한계를 느낀 승후가 처음으로 반격을 했다. 그리고 승후의 장은 소합의 어깨에 격중했다. 이번 승후의 일격은 분노에 잠시 이성을 잃은 소합의 머리를 차갑게 식게 만들었다. 장법으로 누군가에게 손해를 보기란 승후가 처음이었다. 그것이 비록 분노로 이성을 잃은 상태였지만 소합으로서는 조금 전의 상황이 충격으로 다가왔다.

빠른 속도로 마음의 안정을 찾고 있는 소합을 보며 승후는 혀를 찼다. 만약 소합이 마음의 평정을 되찾는다면 이번 비무는 상당히 어려워질 것이 분명했다. 게다가 승후는 소합에게서 비무에 참가한 또 다른 목적을 이루어야 했다. 승후의 마음이 다급해졌다.

'젠장! 조금만 더 참았어야 했는데.'

승후는 성급한 자신을 자책했다. 그러나 아직 기회는 있었다. 지금 소합이 완벽히 평정을 찾은 것은 아니었기 때문이다.

승후의 신형이 수많은 잔영을 만들며 소합을 향했다. 승후는 무림에 나와서 처음으로 전력을 다해 신법을 펼쳤다. 내력의 손실이 적지 않았지만 지금으로서는 어쩔 수 없는 선택이었다.

'최대한 빨리 끝을 봐야 한다.'

승후의 마음은 조급했다. 공공신승과의 비무로 아직 내력이 완벽하게 회복되지 않았다. 승후는 공공신승에게 화가 났다. 그때의 비무가 없었다면 조금 나은 상태에서 소합과 겨룰 수 있었다. 하지만 공공신승과의 비무가 승후에게 해가 된 것은 결코 아니었다. 비록 아직 완벽히 내력이 회복된 것은 아니지만, 공공신승과의 비무는 분명 승후를 한 단계 더 성장하게 만들어주었다.

'쳇, 병 주고 약 주고…….'

공공신승에 대한 불만을 토로하고 있을 때 승후의 머리 속으로 떠오른 생각이 있었다. 승후의 얼굴에 짙은 미소가 떠올랐다. 잠시 후 승후의 우수가 기묘하게 변했다.

'대력금나수!'

소합은 당황했다. 지금 승후가 펼치고 있는 것은 분명 소림의 절기 중 하나인 대력금나수가 분명했다. 그러나 눈앞에 벌어지고 있는 광경이 머리 속으로는 이해되지 않았다. 승후에 대한 정보 어디에도 승후가 소림 출신이라는 점은 없었다. 하지만 지금 눈앞에 벌어지고 있는 상황을 믿지 않을 수도 없었다. 다시 봐도 분명 소림의 절기인 대력금나수가 분명했던 것이다.

당황해하는 소합의 모습에 승후는 속으로 안도의 한숨을 내쉬었다. 지금 승후의 행동은 어찌 보면 무모한 행동이었다. 타인의 무공을 자신의 무공으로 한다는 것은 쉬운 일이 아니었다. 하물며 대력금나수는 소림의 일흔두 가지 절기 중 하나였다. 공공신승과의 비무 때 딱 한 번 본 무공을 승후가 자신의 것으로 하는 것은 애초에 불가능한 일이었다. 하지만 승후는 소합과의 비무를 빨리 끝내기 위한 모험으로 소림의 무공을 생각했다. 마음의 평정이 깨어진 소합이기에 가능할지도 모른다고 생각한 것이 지금의 결과로 나타나고 있는 것이었다. 하지만 여기에서 그만둔다면 소합은 곧 승후의 무공의 허점을 알아볼 것이 분명했다. 승후는 소합의 마음을 더욱 흔들어놓을 소림의 무공을 떠올렸다. 당혹으로 가득한 소합의 시선을 피해 승후의 좌권이 떨쳐졌다.

퍽.

가슴에 권을 얻어맞은 소합은 깜짝 놀랐다. 무수한 잔영을 남긴 채 승후의 신형이 소합을 압박하고 있었다. 소합은 본능적으로 뒤로 물러났다.

'큭…….'

소합은 처음과 달리 꽤 강한 가슴의 통증에 신음을 흘렸다. 소합의 두 눈은 지금 승후의 우수에서 떼어지지 못하고 있었다. 그리고 머리 속도 승후가 펼치고 있는 금나수법에 혼란스러웠다. 그러던 차에 갑자기 느껴지는 가슴의 통증은 소합을 더욱 당황하게 만들었다. 소합은 그동안 자신이 승후의 대력금나수를 너무 의식하고 있었다고 생각했다. 그리고 소합은 볼 수 있었다. 승후의 좌권이 펼쳐지는 것을 말이다.

승후의 좌권이 펼쳐지는 순간 소합은 옆으로 반 보 물러났다. 승후의 공격을 피했다고 생각한 순간 소합은 또다시 느껴지는 가슴의 통증에 경악했다.

'큭……'

그동안 금나수를 펼치던 승후의 우수가 이번에는 권을 뻗었다. 소합은 급히 옆으로 피했다. 이번에도 소합은 어김없이 가슴에 권을 허용하고 말았다.

'도, 도대체……'

지금 소합의 당혹감은 이전과는 비교할 수 없었다. 그러나 소합의 머리 속은 지금 승후의 무공의 정체를 떠올리기 위해 빠르게 회전하고 있었다. 그리고 소합은 하나의 무공을 떠올렸다.

'백보신권!'

소합은 경악했다. 소림의 대력금나수에 이은 백보신권의 출현에 소합의 머리는 혼란의 극에 이르렀다. 승후는 소합의 당황하는 모습에 자신의 의도가 먹혀들었다고 판단했다. 이제는 당혹으로 신법이 조금씩 흔들리고 있는 소합을 상대로 이번 비무회에 참가한 목적을 이룰 일만 남았다.

승후는 이제 눈에 띄게 신법이 흐트러진 소합에게 보법을 극성으로 살피며 접근했다. 소합은 승후와의 거리가 좁혀지자 깜짝 놀라며 장법을 펼쳤다. 그러나 급히 펼쳐진 소합의 장법은 승후에게 전혀 위협이 되지 못했다. 소합의 장을 뒤로 흘리며 승후의 우수가 소합의 가슴을 매섭게 노렸다.

부욱!

소합은 조금 전 승후의 공격을 피할 수 없음을 직감했다. 그리고 곧 있을 가슴의 고통을 대비하며 신법을 극성으로 펼쳤다. 그러나 소합의 귓가에 들려온 것은 뜻밖의 소리였다. 소합은 갑자기 가슴 부근이 서늘해짐을 알았다. 소합은 눈에 익은 목갑이 승후의 품속으로 사라지는 것을 바라보고도 멍한 표정을 하고 있었다.

"도대체, 무슨……."

소합은 지금 벌어진 상황을 이해할 수 없었다. 소림의 절기를, 그것도 두 가지씩이나 익히고 있는 뇌룡신검의 무공을 '회'에서는 전혀 파악하지 못하고 있는 것이 이해되지 않았다. 아무리 소림에 대해서는 소홀했다고는 하지만 뇌룡신검과 같은 고수를 놓칠 정도로 엉망인 '회'의 정보망은 아니었다. 더욱이 금선충이 든 목갑을 노린 승후의 행동은 분명 소합 자신이 신녀문에 나타난 목적을 알고 있음을 보여주었다.

'하지만 어떻게…….'

소합의 머리 속은 온통 의문만이 가득했다. 그러나 소합으로서는 승후와 신녀문의 관계를 전혀 알 수 없었다. 게다가 아직도 승후의 무공을 소림의 무공이라 생각하고 있었기에 그의 혼란은 더욱 가중되었다.

"이제는 끝을 봅시다."

승후가 참마검을 빼어 들며 소합을 바라보았다. 이미 소합에게서 주혜의 중독을 치료할 수 있는 방법을 찾았기에 승후는 소합과의 비무를 길게 끌 생각이 없었다. 승후에게는 아직 네 번의 비무가 더 남아 있었다.

승후는 참마검을 비스듬히 빼어 들며 공력을 일으켰다. 승후의 예사롭지 않은 기세에 소합이 움찔했다. 그리고 이번 승후의 검식은 낯설었다. 이번 승후의 검식도 '회'에서는 아직 파악하지 못하고 있었다.

"뇌정만리!"

승후의 두 눈이 금안으로 변했다. 그리고 승후의 검에서 뿜어져 나오는 패도적인 기세에 소합은 급히 경공을 펼쳤다. 그러나 소합의 신형이 향한 방향은 승후가 아닌 정반대 쪽이었다.

번쩍.

승후의 검이 소합을 향하는 순간 소합은 그의 독문경공인 표향비(慓飃飛)를 극성으로 펼쳤다. 그리고는 급히 비무대를 떠났다. 승후에 대한 정보를 전혀 신뢰할 수 없었고, 애초에 신녀문을 찾은 목적이 실패한 이상 신녀문에 남을 이유가 없다고 생각한 것이다. 하지만 소합의 이러한 행동은 누가 보더라도 승후를 피해 달아나는 것으로밖에 보이지 않았다. 그러나 소합은 타인의 시선을 애써 무시했다. 소합 스스로만 그렇다고 생각하면 된 것이었다. 무엇보다도 소합 자신의 목숨이 무엇보다도 소중했던 것이다.

콰쾅!

등 뒤로 들려오는 굉음에 소합은 깜짝 놀랐다. 승후의 두 눈이 금안으로 변하는 순간 승후의 검법이 예사롭지 않음을 알았다. 하지만 귓가로 들려오는 소리는 소합의 예상을 벗어나 너무도 패도적이었다. 소합은 자신의 선택이 옳았다고 확신했다. 그렇게 소합은 신녀문을 떠났다. 아니, 사람들의 눈에는 분명 도망치는 것으로 보였다.

　"오라버니……."

　문예설의 눈시울이 붉어졌다. 승후를 만난 반가움에 목이 메어왔다. 그런 문예설을 왕염이 살며시 다독여 주었다. 그러면서도 왕염은 승후에게서 눈을 떼지 못했다. 처음 승후의 외모만 보고 가졌던 편견은 어느새 저 멀리 사라졌다. 자신보다도 사람 보는 안목이 뛰어난 문예설이 지금 대견스러웠다. 그러나 다른 한편으로 승후와 겨루고 싶은 호승심이 들었다. 마지막 펼쳤던 검법을 왕염은 잊을 수 없었다.

　"대단하군."

　임계화는 진심으로 감탄했다. 처음 승후의 겉모습만 두고 승후를 낮게 본 자신이 오히려 무안할 지경이었다.

　"그럼, 대단하고말고요."

　문예설의 밝은 목소리에 임계화와 고거원은 얼굴을 찌푸렸다. 그것은 문예설의 사랑을 독차지하는 승후에 대한 질투심이었다. 임계화와 고거원의 마음을 눈치 챈 왕염의 얼굴에 미소가 떠올랐다.

　"고 사제, 자네가 막내 사매의 오.라.버.니.와 한번 겨루어보게."

　임계화의 갑작스런 말에 고거원과 왕염이 놀란 눈으로 바라보았다. 그리고 문예설은 새침한 얼굴로 임계화를 흘겨보았다.

　"흥, 아무리 둘째 사형이라도 오라버니에게는 상대가 안 돼요."

　문예설의 말에 고거원의 얼굴이 일그러졌다. 사문의 사형제보다 승후를 두둔하는 문예설이 못마땅했다. 하지만 이미 문예설의 마음이 승후에게 기울어 있음을 알고 있는 고거원이었기에 아무런 말도 하지 못했다. 하지만 검을 든 무인으로서 호승심이 들었다. 마지막 승후의 검식이 머리 속에서 떠나지 않았던 것이다.

"사매라는 녀석이 사랑에 눈이 멀어 이제 사형은 보이지도 않나 보구나."

고거원의 탄식이 섞인 말에 문예설의 얼굴이 부끄러움으로 달아올랐다.

"누, 누가 사랑에 눈이 멀어요!"

자신의 드러난 감정을 숨기려는 듯 문예설의 목소리가 뾰족해졌다. 그러나 곧이어 들려온 고거원의 말에 문예설은 아무런 말도 하지 못했다.

"그럼, 저기 뇌룡신검에게 아무런 관심이 없다는 거냐?"

고거원이 게슴츠레한 눈으로 문예설에게 말했다.

"그, 그야……."

고거원의 말에 목덜미까지 붉어진 문예설은 어쩔 줄 몰랐다. 그리고 주변 사람들의 시선에 문예설은 더욱 당황했다. 자신을 자꾸만 놀리는 고거원이 문예설은 너무도 미웠다. 하지만 고거원은 처음으로 문예설과의 말싸움에 승리한 것에 미소를 짓고 있었다. 이제 문예설의 약점을 알았기에 앞으로는 문예설과의 말싸움에서 쉽게 지는 일은 없을 것이라고 생각했다.

"그만 설아를 놀리고 비무를 청해봐. 아마도 적지 않은 도움이 될 것이다."

"네."

임계화의 말에 대답한 고거원은 검을 쥔 손에 힘을 주었다. 비무대로 향하는 고거원의 모습이 자못 비장했다.

"흥, 오라버니의 삼초지적도 안 될걸."

문예설의 혼잣말을 들은 고거원의 신형이 비틀거렸다.

"설아, 너!"

고거원의 호통에도 문예설은 고거원을 향해 혀를 날름 내밀 뿐이었다. 그런 문예설의 모습이 고거원은 더욱 미웠다.

'좋아, 그렇단 말이지.'

검을 잡은 고거원의 손이 부들부들 떨고 있었다. 비무를 벌이고 있는 승후를 노려보며 고거원은 투지를 피워 올렸다. 그런 고거원의 기세에 놀란 사람들이 주춤주춤 고거원에게 길을 열어주었다.

"승 대협 승!"

승후의 승리를 알리는 진원원의 음성이 밝았다. 신녀문을 무시했던 소합을 도망하게 만든 승후가 그렇게 이뻐 보일 수 없었다. 게다가 승후의 눈치를 봐서 주혜의 중독을 치료할 수 있는 금선충 역시 확보한 것 같았다. 진원원은 승후가 복덩어리로 여겨졌다.

[앞으로 계속 수고하게.]

진원원의 전음을 받은 승후는 미소로 답했다. 진원원은 승후의 지금 행동이 다른 어떤 말보다 든든했다. 그동안의 걱정과 마음 고생이 모두 달아나는 듯했다.

"다음 비무자 나서세요."

"화산의 고 모가 비무를 청합니다."

"화산기재(華山奇才)! 고거원!"

고거원을 알아본 사람들이 술렁이기 시작했다. 이제 본격적으로 사룡이 비무에 참가하기 시작한 것이라고 생각했다. 그리고 그러한 생각은 어느 정도 들어맞았다.

승후는 고거원을 말없이 응시했다. 명문의 제자답게 행동에 기품이 있어 보였다. 그리고 수련의 깊이 역시 결코 낮아 보이지 않았다. 문예설이 자랑하던 모습이 생각나 승후는 고거원이 처음 만난 사이였지만 무척이나 반가웠다.

"화산에서 오시었소?"

너무도 맑고 담담한 승후의 음성이었다. 비무대에 오르기 전까지 가졌던 투지가 일순 식어버리는 것을 고거원은 느꼈다. 그리고 승후의 얼굴에 나타나 있는 미소로 고거원은 승후가 자신에게 호의를 가지고 있음을 알았다.

'나를 알고 있는 것인가?'

고거원은 잠시 의문이 들었다. 그러나 곧 머리를 끄덕였다. 자신과 사형제들에게 승후에 대한 이야기를 질리도록 한 문예설이었다. 그렇다면 승후에게 자신과 사형제들의 이야기를 한 번쯤 하지 말라는 법은 없었다. 하지만 과연 문예설이 승후에게 자신에 대한 좋은 이야기만 했을지 의문이었다. 조금 전 문예설의 모습으로 보아 그것은 절대 아니었다.

"그렇습니다."

"그래요? 그럼 설아도 신녀문에 함께 왔습니까?"

승후의 반색에 고거원은 괜히 배가 아팠다. 그리고 승후가 문예설의 아명을 부르는 것이 묘하게 거슬렸다. 이에 고거원은 승후를 대하는 것이 자신도 모르게 퉁명스러워졌다.

"그렇소!"

고거원의 시선이 어느 방향을 가리켰다. 그러나 승후는 고거원의 퉁명스런 목소리에도 미소를 지으며 고거원의 시선을 좇았다.

그대로였다. 거의 한 해 가까이 헤어져 있었음에도 문예설은 변한 것이 하나도 없었다. 당장이라도 울음을 터뜨릴 것같이 문예설의 두 눈에 눈물이 가득 고여 있었다. 승후는 그동안 무심했던 자신을 질책했다.

승후와 문예설의 모습이 고거원은 더욱 못마땅했다.

"그만 비무를 시작하는 것이 어떻소."

고거원의 퉁명스런 목소리에 승후는 의아한 얼굴로 고거원을 바라보았다. 무언가 불만이 있는 듯 잔뜩 부어 있는 고거원의 모습에 승후는 고개를 갸웃거렸다. 하지만 이내 고거원의 얼굴이 나타나 있는 불만의 정체를 어렵지 않게 짐작할 수 있었다. 그것은 질투였다. 남녀 간의 애정에 의한 질투라기보다는 남매의 정, 누이를 다른 사내에게 빼앗긴 것 같은 그런 질투의 감정이 느껴진 것이다. 그리고 그러한 감정은 승후도 익히 느껴본 적이 있었다. 두 해 아래의 여동생이 시집갈 때 승후는 남모르게 눈물을 흘렸었다.

"고맙소."

갑작스런 승후의 포권에 고거원은 어리둥절했다. 하지만 곧 승후의 말의 의미를 짐작했다. 순간 고거원의 얼굴이 부끄러움으로 붉게 물들었다. 자신의 그동안 행동이 투정으로밖에 느껴지지 않았던 것이다.

그런 자신에게 이렇듯 정중하게 나오는 승후에게 고거원은 괜히 미안했다.

"가르침을 받겠습니다."

"최선을 다합시다."

최선을 다하자는 승후의 말이 고거원은 고마웠다. 문예설과의 친분으로 사정을 봐주며 하는 비무는 싫었다. 그렇기에 고거원은 점점 승후가 마음에 들기 시작했다.

고거원이 하늘을 향해 검을 세웠다. 승후는 고거원의 검법을 대번에 알아보았다. 문일상과 문예설을 통해 수없이 보아왔던 검법이었다.

"매화십사수로군요."

고거원은 말없이 고개를 끄덕였다. 잠시 망설이던 승후는 검집에서 참마검을 빼어 들었다. 고거원의 매화검법은 문일상이나 문예설과는 또 어떻게 다를지 승후는 궁금했다.

"매화노방(梅花路傍)!"

고거원의 검이 승후를 향해 휘둘러졌다. 고거원의 검끝에서 매화가 흐드러지게 폈다.

표충영은 승후의 출현에 격동하는 마음을 다스리지 못했다. 떠올리고 싶지 않던 기억을 남궁천기로 인해 떠올리게 된 표충영은 마음 한 구석이 편치 않았다. 그러던 것이 승후의 출현으로 기억 속에 애써 묻어두었던 일이 표충영의 의도와는 달리 선명히 떠올랐다. 표충영은 얼굴에는 불쾌한 기운이 노골적으로 나타났다.

"휴⋯⋯."

표충영은 격동하는 마음을 겨우 눌렀다. 등 뒤로 흑영의 따가운 시선이 느껴졌다. 흑영의 시선 역시 비무대 위의 승후를 향하고 있는 것이 느껴졌다. 그리고 처음으로 흑영이 누군가에게 살기를 내보이는 것을 표충영은 볼 수 있었다. 승후와 흑영 간 어떤 은원이라도 있는 것처럼 보였다.

표충영과 흑영의 시선이 허공에서 부딪쳤다. 흑영은 여전히 살기를 감추지 않았다. 오히려 승후에 대한 분노가 표충영 자신에게 향하고 있다는 착각이 들었다.

'끝까지 나를 무시하는 건가.'

표충영은 흑영을 매섭게 쏘아보았다. 그러나 흑영은 피식 웃음 지을 뿐이었다. 그런 흑영의 행동이 더욱 표충영을 화나게 만들었다. 당장이라도 흑영을 요절내고 싶었다. 하지만 표충영의 주위는 흑영들이 감싸고 있었기에 쉽게 움직일 수도 없었다. 아니, 설령 다른 흑영들이 표충영을 간섭하지 않는다 하더라도 표충영은 눈앞의 흑영을 이길 자신이 없었다.

'망할!'

표충영은 또다시 느낀 자괴감에 눈을 감았다. 주먹을 쥔 두 팔이 분노로 부들부들 떨렸다. 강호의 명가 출신이 근본도 알 수 없는 흑영에게 무시당하는 현실이 표충영을 또 한 번 좌절하게 만들었다.

"백일윤서하!"

처음으로 승후가 반격을 해왔다. 단 한 번의 공격이었지만, 고거원이 만들어낸 매화는 너무도 허망하게 사라져 버렸다. 고거원은 이 어이없는 광경에 잠시 넋을 잃었다. 지금과 같은 일은 고거원의 대사형인 임계화 역시 불가능한 일이었다. 고거원의 얼굴이 비무가 시작되고 처음으로 굳었다.

승후의 검이 집요하게 고거원의 요혈을 노렸다. 고거원은 연신 뒤로 물러났다. 비무대의 가장자리에 자신이 몰리고 있다는 사실을 고거원은 미처 짐작하지 못했다.

"저런!"

임계화는 고거원의 모습에 나직이 혀를 찼다. 고거원이 승후에게 밀릴 것을 예상은 했었지만, 이것은 아니었다. 지금 고거원은 자신이 뒤로 물러나고 있다는 것을 잊고 있었다. 고거원의 당혹스런 표정이 그것을 말해 주었다. 그리고 고거원의 전신 요혈을 노리고 공격해 대는 승후의 검법에 임계화는 혀를 내둘렀다. 만약 승후가 사정을 보아주지 않았다면 아마도 고거원은 진작 패했을 것이다. 승후는 고거원에게 몇 번이나 기회를 주고 있었다. 하지만 경험이 부족한 고거원은 승후가 주는 기회를 번번이 놓치고 있었다. 지금도 그랬다. 고거원이 비무대의 가장자리에 거의 내몰렸다. 이제야 자신의 처지를 눈치 챈 고거원이 다급히 검을 펼쳤다. 임계화는 고거원의 모습에 한숨을 내쉬고 말았다. 이 이후에 벌어질 일은 보지 않아도 능히 짐작이 갔다. 임계화는 두 눈을 감고 말았다.

쿵.

고거원의 신형이 비무대에서 떨어지는 소리가 들렸다. 아마도 지금 고거원의 얼굴은 패배에 의한 수치보다 부끄러움으로 달아올라 있을 것이었다. 고거원의 성격을 잘 아는 임계화는 사제의 반응 역시 짐작했다.

"뇌룡신검 승 대협. 승!"

진원원이 재빨리 승후의 승리를 선언했다. 사람들의 얼굴에 어이없다는 표정이 역력했다. 하지만 고거원 본인만큼은 아니었다. 고거원은 언제 자신이 비무대의 끝으로 몰렸는지 전혀 생각이 들지 않았다. 고거원은 멍한 얼굴로 비무대 위를 바라보았다.

휘리리릭.

멋진 신법으로 비무대에 오르는 인영이 있었다. 관중들은 비무대에 오른 인영을 대번에 알아보고는 환호성을 터뜨렸다.

"와!"

사람들의 환호성에 승후는 다음 비무 상대를 바라보았다.

"음?"

승후는 남궁천기의 출현이 뜻밖이었다. 아니, 남궁천기가 이번 비무회에 참가할 것이라고는 알고 있었지만, 자신에게 직접 비무를 청해올 것이라고는 생각하지 못했다. 사실 승후에게는 조금 전 고거원의 비무도 뜻밖이었다.

'설마······.'

승후는 괜히 불안했다. 쉽게 끝을 보려 했던 비무가 점점 승후를 귀찮게 하고 있었다. 승후는 비무대 주변을 둘러보았다. 표충영과 시선이 부딪쳤다. 표충영의 강력한 시선에 왠지 다음 비무 상대가 표충영이 될 것 같은 불안감이 들었다.

"비무를 청하오."

남궁천기가 표권을 하며 말했다. 승후의 얼굴에 언뜻 귀찮은 표정이 나타났다 사라졌다.

　"그럽시다."

　승후의 승낙이 떨어지기 무섭게 남궁천기의 신형이 빠른 속도로 승후를 향해 쇄도했다.

第四章 초야(初夜)

삐이익!

승후의 손에서 금선충이 구슬프게 울었다. 마치 누에처럼 생긴 금선충은 모두의 예상보다 훨씬 작았다. 어린아이 약지보다도 작고 가는 금선충이 사람들을 해한다는 사실이 쉽게 믿어지지 않았다. 그러나 곧 깊은 잠에 빠져 있는 주혜의 얼굴이 고통으로 일그러지는 것을 본 좌중은 마른침을 삼켰다.

삐이익!

승후의 손이 수컷의 금선충을 괴롭혔다. 승후의 뇌령지기가 수컷 금선충의 몸에 닿자 금선충은 몸을 꿈틀댔다. 그리고 이전과는 비교가 되지 않는 슬픈 울음을 터뜨렸다. 아니, 암컷의 도움을 요청하는 울음이었다.

주루룩.

주혜의 귀에서 검은 피가 흘렀다. 수컷의 울음에 반응해 암컷이 서서히 그 모습을 보이려 하고 있었던 것이다. 승후는 긴장했다. 승후 역시 금선충을 직접 보는 것이 처음이었고, 또 다루어보기도 이번이 처음이었다. 머리 속에 금선충에 대한 지식과 치료법이 들어 있었지만, 실제 다루는 것과는 아무래도 차이가 있었다. 좌중의 이목에 승후는 온몸을 긴장시키고 있었다. 승후는 사람들의 시선에도 손을 떨지 않는 것만으로도 다행이라 여기고 있었다. 적어도 지금 승후의 겉으로 드러난 모습은 침착해 보였던 것이다.

"아!"

주혜의 귀에서 금색의 가는 금선충이 모습을 보였다. 좌중의 입에서 감탄이 흘러나왔다. 반신반의했던 승후의 말이 사실로 드러나는 순간이었던 것이다.

삐이이.

처음으로 암컷 금선충의 울음이 들렸다. 마치 수컷의 안부를 묻는 듯한 모습에 좌중의 얼굴에 호기심이 떠올랐다. 곧 금선충이 반쯤 주혜의 귓속에서 몸을 드러냈다. 그리고는 수컷을 찾는 듯한 행동을 보이기 시작했다.

삐삐이.

갑자기 수컷 금선충이 이전과는 다른 울음을 울기 시작했다. 이전까지 슬픈 울음이었다면 지금 울음은 어떤 경고성을 담고 있는 듯 느껴졌다. 순간 승후는 일이 틀어진 것을 느꼈다.

[신승 어른! 도와주셔야겠습니다.]

승후의 전음에 공공신승은 승후를 바라보았다. 그리고 승후의 얼굴이 당혹으로 일그러진 것을 발견하고는 일이 잘못되고 있는 것을 직감했다. 아니, 이미 암컷 금선충의 울음에 일이 어려워졌음을 짐작했었다.

[금선충이 다시 장문인의 몸속으로 들어가려고 합니다. 지금 놓치면 앞으로 장문인의 안위를 장담할 수 없습니다.]

[어떻게 해야 하나?]

[지금 드러난 금선충의 머리를 잡아 강제로 끌어내시면 됩니다. 다만 금선충이 상처를 입지 않게 주의하셔야 합니다.]

승후의 전음에 공공신승은 난감했다. 공공신승의 눈에 보이는 금선충은 너무도 연약했다. 공공신승으로서도 처음 보는 금선충을 상하지 않게 제거할 수 있을지 걱정이 들었다. 만약 힘 조절을 실패한다면 앞으로 일이 어떻게 될지도 모르는 일이었다.

[신승 어른! 서두르셔야 합니다.]

[음…….]

공공신승은 승후의 다급한 전음이 아니더라도 지금 금선충이 다시 주혜의 몸속으로 들어가고 있는 것이 보였다. 아직 수컷에 대한 미련이 남은 듯 주저하고 있었기에 지금이 절호에 기회였다.

삑!

수컷 금선충이 날카로운 소리를 질렀다. 그동안 승후가 주입한 내력에 의한 고통을 참지 못하고 그만 죽어버린 것이다. 일순 사람들은 침묵했다. 그리고 암컷 금선충 역시 멈칫했다. 작은 몸이 수컷이 있는 쪽을 바라보고는 빠르게 주혜의 몸속으로 들어갔다. 너무도 빠른 금선충의 행동에 좌중은 당황했다. 그때 이미 승후의 전음을 통해 일의 다급성을 느낀 공공신승의 손이 번개같이 움직였다.

삐이이익.

다행히 공공신승에 의해 금선충이 주혜의 몸속에서 완전히 빠져나왔다. 한동안 공공신승의 손에서 몸부림치던 금선충은 수컷이 그러했던 것처럼 이내 몸을 떨구고 말았다. 수컷을 따라 목숨을 끊은 것이다.

"아미타불……."

공공신승의 나직한 불호가 들려왔다. 금선충이 한낱 미물이었지만, 불문의 제자가 되어 그 목숨을 빼앗은 것 같아 마음이 착잡했다. 그런 공공신승의 마음을 짐작했음인지 좌중은 주혜의 치료가 끝났음에도 아무런 말도 하지 못했다. 눈을 감고 불호를 외는 공공신승의 모습만 말없이 바라보았다. 그러나 좌중의 이런 분위기와는 달리 승후의 손은 이전과 비교가 되지 않게 빠르게 움직이고 있었다. 아직 주혜의 치료가 완벽히 끝난 것은 아니었기 때문이다.

타닥타닥.

주혜를 추궁과혈하는 소리가 방 안을 가득 메웠다. 승후의 얼굴에 굵은 땀방울이 맺혔다.

"휴……."

승후의 긴 한숨을 쉬며 바닥에 털썩 주저앉았다. 과도한 심력의 소진으로 지친 것이다. 그런 승후를 사운화가 부축했다. 사운화의 고마운 눈빛을 받은 승후는 미소를 지었다. 그러나 승후의 미소에는 힘이 없었다. 지금까지 주혜와 금선충에 시선을 집중하고 있었기에 창백해진 승후의 안색을 아무도 눈치 채지 못했다. 사운화는 승후에 대한 미안함과 안쓰러움으로 승후의 이마에 맺힌 땀방울을 그녀의 소맷자락으로 닦았다. 그런 사운화의 행동에 승후의 미소가 짙어졌다.

"이제 얼마간의 요양만 있으면 두통은 없을 겁니다."

승후의 말에 모두 안도했다. 좌중의 안도하는 모습을 보며 승후는 미소를 지었다. 힘든 일이었지만, 또 한 사람의 생명을 구한 자신이 뿌듯했다. 하지만 암컷 금선충을 손바닥에 올려두고 불호를 외고 있는 공공신승을 발견하고는 마치 승후 자신이 죄를 지은 것 같아 죄스런 마음을 지을 수 없었다. 순간이었지만 그 당시에는 믿을 사람이 공공신승밖에 떠오르지 않았다. 그런 승후 자신의 판단이 공공신승의 마음을 무겁게 할 것이라고는 생각하지 못했다.

"신승 어른."

승후의 부름에 한참이 지나서야 공공신승은 눈을 떴다. 그러나 공공신승의 눈은 승후가 아닌 금선충이 축 처진 몸으로 누워 있는 자신의 손을 향했다.

"제가 잘 묻어두겠습니다."

승후는 바닥에 아무렇게 떨어져 있던 수컷 금선충을 수습하며 공공신승에게 말했다. 그러나 공공신승은 승후의 말에 고개를 저었다.

"아니네. 내가 하지."

공공신승은 승후에게서 수컷 금선충을 받아 들고는 밖으로 향했다. 그런 공공신승의 뒤를 승후는 말없이 바라만 보았다. 공공신승에게 죄를 짓게 한 것 같아 마음이 편치 않았다. 그런 승후의 마음을 짐작했는지 진원원이 승후를 향해 다가오며 위로했다.

"수고했네."

진원원이 승후의 등을 두드리며 말했다. 진원원의 말을 시작으로 좌중에서 그동안 참고 있던 말들이 쏟아져 나왔다. 공공신승이 있을 때와는 달리 분위기가 많이 밝아졌다. 승후는 좌중의 인사에 말없이 미소로 답했다.

"장문인의 간호를 부탁합니다. 전 이만 저를 기다리고 있는 사람들을 보러 가야겠습니다."

"그리하게나."

양소빙 역시 승후의 등을 두드리며 승후의 노고를 격려했다.

화산파의 일행을 만나러 가는 승후의 발걸음이 가벼웠다. 먼발치에서 문예설을 이미 보았지만 비무 와중이라 제대로 말도 나누어보지 못했다. 비무가 끝나서는 주혜와 신녀문과 백화검문의 장로들을 치료하느라 정신이 없었다. 이제 겨우 모든 일을 처리하고 시간이 난 것이다. 문예설을 만난다는 생각에 몸과 마음은 지쳤지만 승후의 발걸음은 더없이 가벼웠다.

"설아야."

승후의 목소리에 초조하게 기다리고 있던 문예설이 자리에서 벌떡 일어났다. 문예설의 갑작스런 행동에 화산의 사형제들은 자신도 모르게 문예설을 따라 자리에서 일어섰다. 그리고 이내 자신의 행동을 알아차리고는 머쓱한 시선을 교환했다.

"오라버니!"

문이 열리고 승후의 모습이 드러났다. 많이 피곤한 듯 승후는 힘이 하나도 없어 보였다. 문예설은 그런 승후를 보자마자 눈물을 흘렸다. 자신을 향해 다가오는 승후를 보며 문예설은 기어코 참았던 울음을 터뜨리고 말았다.

"흑……."

"녀석, 오랜만에 만났으면 웃어야지 울긴 왜 우느냐."

승후의 환한 미소에 문예설은 승후를 향해 와락 달려들었다. 문예설을 품에 안은 승후는 문예설의 등을 토닥였다.

"그래, 내가 너무 무심했다. 미안하구나."

"흑, 흑… 오라버니……."

승후의 품에 안긴 문예설은 흐느꼈다. 반가움과 그동안 무심했던 승후에 대한 섭섭함이 한꺼번에 물밀듯이 터져 나온 것이다.

"자, 자. 오라버니 말을 잘 들어야 착한 숙녀이지?"

승후의 말에 문예설은 물기를 머금은 눈으로 승후를 흘겨보았다.

"정말, 너무했어요."

"하하, 내가 좀 바빠서……."

"아무리 바빠도 그래요. 기반을 잡으면 연락을 한다고 그랬잖아요!"

문예설의 목소리가 높아졌다. 승후는 머쓱한 듯 예의 뒷머리를 긁적였다. 당황하면 나타나는 승후의 습관이 나타난 것이다. 문예설의 승후의 이런 작은 모습마저도 다시 보게 되어 좋았다.

"설아야, 그만 우리에게 승 대협을 소개해 주는 것이 어떠냐?"

임계화의 말에 문예설은 자신이 승후의 품에 안겨 있다는 것을 알았다. 그리고 자신의 이런 행동이 사문의 사형제들에게 어떻게 받아들여질지 짐작하고는 얼굴을 붉히고 급히 승후의 품속에서 떨어졌다.

"오, 오라버니, 인사하세요. 제가 이야기했던 대사형이세요."

"임계화라 합니다."

"승후입니다."

임계화의 포권에 승훈 역시 정중히 인사했다.

"둘째 사형은 아시죠? 오라버니에게 패.한. 화산의 기재라 불리는 고 사형이에요."

승후에게 패했다는 사실을 유난히 강조하는 문예설의 말에 고거원의 얼굴이 일그러졌다. 고거원은 자신의 패배를 아직 인정할 수 없었다. 검술을 모두 펼치기도 전에 비무대 밖으로 떨어져 버리는 황당한 경험을 잊을 수 없었던 것이다. 비록 승후와 비무를 한 남궁천기 역시 같은 결과였지만 고거원은 승후와의 비무 결과에 승복하지 않았다.

"고거원이라 하오. 오늘의 비무는 절대 승복할 수 없소."

고거원의 퉁명스런 말에 임계화와 왕염의 얼굴이 찌푸려졌다. 관중이 보는 앞에서 벌인 비무에서 패하고도 승복할 수 없다는 고거원의 말은 스스로는 물론 사문의 명예마저 깎아내리는 행동이었기 때문이다. 그러나 정작 당사자인 승후는 아무렇지도 않은 모습이었다.

"그럽시다. 언제고 다시 비무를 하십시다."

승후의 뜻밖의 반응에 고거원은 당황했다. 그리고 그런 고거원을 향해 신경을 긁는 문예설의 목소리가 들려왔다.

"대화산파의 제자가 많은 사람들 앞에서 행해진 비무의 결과에 승복하지 못한다니. 사문의 어른들이 둘째 사형의 말을 들었으면 아주 칭.찬.하겠어요. 뭐 다시 비무를 한다 해도 오라버니에게는 삼 초도 버티지 못하겠지만 말이에요."

"설아, 너!"

문예설의 말에 고거원이 버럭 화를 냈다. 고거원의 모습에 승후는 당황했다. 괜히 자신으로 인해 사형제 간 우애가 나빠지는 것 같았기 때문이다.

"흥!"

문예설의 콧방귀에 고거원의 얼굴이 시뻘겋게 변했다. 승후의 눈에 고거원이 대단히 화가 난 것처럼 보였다. 점점 위험해지는 두 사람의 반응에 점점 승후는 당황했다.

"너무 걱정 마세요. 고 사형과 사매는 평소에도 저렇게 다투니까요."

"그렇습니까?"

"예. 아, 저는 화산의 왕염이라고 해요."

왕염의 인사에 승후는 힐끗 문예설과 고거원을 살피며 왕염에게 포권했다.

"승후입니다."

"자, 이제 그만 하고 자리에 앉자꾸나."

임계화의 말에 고거원은 마지못해 자리에 앉았다. 그런 고거원을 향해 혀를 살짝 내보인 문예설은 승후의 옆에 나란히 앉았다.

"하하하. 저희 사형제들이 조금 정신이 없습니다. 양해 바랍니다, 승 대협."

"별말씀을… 설아가 예전보다 더욱 밝아진 것 같아 보기가 좋습니다. 그리고 사형제 간 우애가 아주 돈독해 보입니다."

승후의 말에 임계화는 고개를 끄덕여 보였다. 남들이 보기에는 자주 다투는 것처럼 보이지만 그것은 임계화를 비롯한 사형제들 간의 다른 애정 표현이었다. 승후는 그러한 것을 문예설을 통해 이미 들어 짐작하고 있었지만, 막상 눈으로 대하자니 조금 불안했다.

"그렇게 불안해하실 필요 없습니다. 이 녀석들은 평소에도 늘 그렇습니다."

임계화의 말에 승후는 마지못해 머리를 끄덕였다. 그러나 이내 승후를 당황하게 만드는 물음이 고거원에게서 흘러나왔다.

"승 대협께서 신녀문의 비무에 나설 줄은 몰랐습니다."

고거원의 시선은 문예설을 두고 신녀문의 소문주를 탐하느냐는 질책의 빛을 담고 있었다. 그런 고거원의 시선에 승후는 입맛을 다셨다. 그리고 임계화와 왕염 역시 승후를 바라보는 시선이 고거원과 크게 다르지 않았다.

"험, 그게 말입니다. 사정이 조금 있습니다."

"사정?"

왕염의 얼굴이 굳었다. 결코 사운화나 문예설의 미모에 뒤떨어지지 않는 왕염의 차가운 얼굴에 승후는 마른침을 삼켰다.

"흠, 흠. 설아야."

승후는 문예설을 불렀다. 승후의 말에 대답하는 문예설의 두 눈에는 승후에 대한 신뢰가 가득 담겨 있었다.

"운화가 백화검문의 소문주란다."

승후의 뜻밖의 말에 문예설의 눈이 크게 떠졌다. 문예설은 이내 사운화를 찾았다. 승후만큼이나 사운화 역시 보고 싶은 문예설이었다.

"그럼 언니는요?"

"그게 말이다⋯⋯."

승후는 자신이 이곳 신녀문의 비무회에 참가하게 된 경위를 설명하기 시작했다. 신녀문과 백화검문이 다시 합치게 된 배경에서부터 금남의 지역인 신녀문에서 비무회를 열게 된 이유까지 승후는 가감없이 사실대로 이야기했다. 다만, 신녀문과 백화검문의 장로들이 칠정산에 중독된 사실만은 알리지 않았다. 자칫 두 문파의 치부가 밖으로 드러날 수도 있는 일이었기 때문이다.

"그럼, 현재 언니가 신녀문의 소문주라는 말이죠?"

"뭐, 일단은 그렇단다."

"예⋯⋯."

승후의 대답에 문예설은 힘이 없었다. 아마도 이번 신녀문의 비무회가 열린 목적을 떠올린 것이다.

"한데, 소문에는 승 대협께 따님이 있다고 들었습니다만."

"무슨 말이에요, 사형?"

문예설의 목소리가 뾰족해졌다. 문예설은 처음 듣는 이야기였던 것이다. 사실, 고거원의 이야기는 문예설을 제외한 나머지 세 명은 이미 알고 있는 소문이었다. 단지 문예설이 그 이야기를 듣고 마음의 상처를 받지 않을까 우려해 그동안 쉬쉬해 온 것이다.

"그, 그걸 나에게 물으면 어떡하느냐? 당사자에게 확인해야지. 흠, 흠."

"설아야⋯⋯."

승후는 문예설을 불렀다. 그러나 문예설은 승후를 향해 고개를 돌리지 않았다. 아니, 못했다. 승후의 입에서 그 이야기가 사실이라는 말이 흘러나올 것 같아 두려웠기 때문이다.

"일단은 사실이란다."

승후의 대답에 문예설의 어깨가 떨렸다. 승후는 문예설의 뒷모습만으로 지금 문예설이 어떤 표정을 하고 있을지 알 수 있었다.

"그리고 이야기를 하자면 조금 긴데. 들어주겠니?"

승후의 부드러운 음성에 문예설은 어깨가 흠칫했다. 그리고는 승후를 바라보았다. 문예설의 두 눈이 붉어졌다. 눈물을 간신히 참고 있는 것을 승후는 느낄 수 있었다.

"일단 그 아이들은 내 친아이는 아니란다."

"예?"

"뭐?"

승후의 말에 네 사람이 동시에 놀란 표정을 지었다.

"하지만 난 한 번도 그 아이들이 내가 낳은 자식이 아니라고 생각해 본 적이 없다."

승후의 단정적인 말에 모두 의아했다. 지금 승후의 말을 도무지 이해할 수 없었다.

"내가 그 아이들을 만나게 된 계기가 말이다……."

승후의 입에서 이수와의 만남으로 시작된 이야기들이 흘러나왔다. 악양의 선운사에서 이수와의 재회, 그리고 이수의 목숨을 빼앗은 당시 정체를 알 수 없었던 복면인의 이야기. 승후의 이야기가 계속될수록 문예설을 비롯한 화산파의 사형제들 얼굴이 굳어졌다. 그러다 승후에게 달려들어 폭사하는 마령인의 이야기에 고거원과 왕염은 깜짝 놀랐다. 그리고 승후는 임계화에게 그들이 예전의 마교와 연관이 있을 것 같다는 충격적인 이야기를 해주었다. 승후의 이야기가 계속될수록 임계화는 눈을 반짝였다. 어쩌면 문일상의 말처럼 승후가 화산에 도움을 줄 수 있을 것이라는 확신이 들기 시작했기 때문이다.

"……그래서 내가 직접 남창을 찾았단다. 이 대주의 부탁도 있었고, 더욱이 꿈도 무시할 수 없었거든. 그리고 남창에서 영아를 만났지."

승후는 이영을 처음 만났을 때를 떠올리고는 미소를 지었다. 비록 그 당시에는 당황했었지만, 그때의 선택은 지금 생각해도 잘한 것이라 여겨졌던 것이다.

문예설은 승후의 모습에서 승후가 이영이라는 아이를 얼마나 생각하는지 알 수 있었다. 그리고 계속되는 남창표국의 송기룡과 이영의 친모인 소난영과의 일을 이야기하며 승후는 안색을 굳혔다. 그리고 승후의 이야기를 듣고 있는 네 사람 모두의 반응도 크게 다르지 않았다. 그중에서도 왕염의 반응이 가장 격했다.

"그래서 그 송가 녀석을 그대로 두셨단 말인가요?"

"흠… 그때는 어쩔 수 없었답니다. 당시 일을 벌이기에는 힘이 미약했으니. 하지만 송 소국주에게 따끔한 맛을 보여주었으니 지금은 반성을 많이 하고 있지 않겠습니까? 아니, 오히려 이를 갈고 있으려나?"

승후의 말에 왕염은 그제야 격해진 감정을 풀었다. 그리고 승후의 말이 거듭될수록 문예설의 얼굴이 밝아졌다. 고거원의 얼굴 역시 다행이라는 빛이 역력했다. 비록 문예설을 놀려주고 싶어 꺼낸 말이었지만, 금방이라도 눈물을 흘릴 것 같은 문예설의 모습을 보고 금방 자신의 행동에 후회가 되었다. 하지만 지금 승후의 말을 듣고 안도할 수 있었다.

"언제 그 아이들을 한번 보고 싶네요."

왕염이 환한 미소를 지었다. 그런 왕염의 모습에 승후는 머리를 끄덕였다.

"왕 소저께서도 분명 그 아이들을 좋아하실 겁니다."

왕염의 환한 미소를 대하고도 담담한 승후의 모습에 임계화와 고거원은 놀란 얼굴로 서로를 바라보았다. 왕염은 화산에서도 지금과 같이 웃는 일이 거의 없었다. 더욱이 왕염은 옥매화라 불릴 정도로 아름다웠다. 그렇지만 왕염의 미소는 사람의 넋을 빼앗을 정도였다. 왕염의 미소에는 염기(艶氣)가 짙었던 것이다. 그래서 화산의 다른 사형제들은 왕염의 모습에 얼굴을 붉히거나 넋을 잃기 일쑤였다. 임계화와 고거원 또한 크게 다르지 않아 왕염의 미소가 은근히 두려운 두 사람이었다. 다만 다른 사형제들과는 달리 왕염을 대하는 횟수가 많았기에 조금은 왕염의 미소에 면역(?)이 된 것이다. 그런데 승후는 처음 대하는 왕염의 미소에 아무런 반응을 보이지 않았다. 아직도 두근거리는 가슴을 쓰다듬던 고거원은 승후가 도무지 이해가 되지 않았다. 그리고 왕염 또한 호기심이 가득한 얼굴로 승후를 바라보았다.

"음? 다들 왜 그런 눈으로 저를 보십니까?"

임계화와 고거원의 시선이 승후는 의아했다. 그러나 두 사람은 입맛만 다실 뿐 승후의 물음에 답하지 못했다.

"호호호. 그건 말이에요, 오라버니."

"응?"

문예설의 장난기 가득한 얼굴에 임계화와 고거원의 얼굴이 굳어졌다. 그러나 다행히 문예설의 말은 이어지지 못했다. 문예설이 밖에서 들려오는 목소리에 먼저 반응을 보인 것이다.

"설아 있니?"

"언니!"

문예설이 빠르게 문을 열었다. 그리고 사운화를 발견하고는 와락 사운화를 안았다. 사운화는 문예설의 행동을 이미 예상했음인지 환한 미소를 지으며 승후가 그랬던 것처럼 문예설의 등을 쓰다듬었다. 문예설을 안고는 환한 미소를 짓는 사운화를 보며 고거원은 또다시 가슴이 울렁이는 것을 느꼈다. 그 미소가 조금 전 왕염에 비해 결코 뒤떨어지지 않았던 것이다. 승후가 왕염의 미모에도 담담할 수 있었던 이유가 단순히 사운화 덕분이라고 생각한 고거원이었다.

"설아야, 뒤에 손님이 있단다. 이야기는 조금 후에 하자꾸나."

문예설은 사운화의 말에 그제야 사운화의 뒤를 살펴보았다. 사운화의 뒤에는 문예설의 눈에 낯이 익은 사람들이 있었다.

"오랜만이에요, 하 언니."

풍림장에서 이후 처음 만난 하려군은 여전히 아름다웠다. 그런 하려군을 문예설은 손으로 잡아끌었다.

"우리 밀린 이야기를 하러 가요. 오라버니와 사형들은 다른 할 이야기가 있는 것 같으니."

문예설의 재촉에 사운화는 방으로 들어서지도 못하고 발걸음을 돌려야 했다.

"사저도 빨리 와요."

문예설의 부름에 왕염은 미소를 지으며 자리에서 일어났다. 결국 방에 남은 사람은 승후와 임계화, 고거원뿐이었다. 그리고 문밖에는 마평과 구양이 어색한 얼굴로 서 있었다.

"들어오세요, 마 소협. 그리고 구 총표두."

승후의 말에 마평과 구양이 방으로 들어왔다. 그리고 승후의 소개로 서로가 인사를 하기 시작했다. 임계화와 고거원은 마평과 구양의 방문이 이해되지 않았다. 하지만 이 기회에 친분을 쌓아두고 싶었다.

"오늘 감사했습니다."

마평의 정중한 포권에 승후를 제외한 사람들의 얼굴에 의아한 빛이 떠올랐다. 그러나 구양만은 조금 고개를 끄덕였다. 아마도 마평의 비무 와중에 승후의 도움이 있었을 것이라 생각한 것이다. 그리고 구양 자신에게도 승후의 전음이 전해졌음을 떠올렸다. 그리고 승후가 자신에게 전음을 전한 목적이 궁금했다.

"승 대협의 인맥에 또 한 번 놀랐습니다."

임계화의 말에 승후는 어색한 미소를 지으며 말했다.

"인맥이라니 당치도 않습니다. 마 소협과는 풍림장에서 이후 처음입니다. 그리고 구 총표두 역시 어제의 만남이 처음입니다."

"예?"

승후의 말이 뜻밖이었는지 임계화는 승후와 마평, 그리고 구양을 번갈아 보았다.

"승 대협의 말씀이 옳습니다. 하지만 오늘 승 대협의 말씀이 아니었다면 평생을 후회할 뻔했습니다. 오늘 승 대협께 평생의 빚을 졌습니다."

"별말씀을… 나중에 술이나 사십시오. 그리고 국수, 아니, 소면도 사시구요."

"예? 술은 이해가 갑니다만 소면은 무슨 말씀인지요?"

"하하, 그게 제가 자란 곳에서는 중신을 하면 술 석 잔을 중신한 사람에게 대접해야 합니다. 그리고 혼인 때 소면을 대접하는 것이 예법이랍니다."

말의 의미를 깨달은 마평의 얼굴이 붉어졌다. 그러나 나머지 사람들은 여전히 어리둥절했다.

"아, 그리고 구 총표두께서는 제 말을 따라주셔서 감사합니다."

"별말씀을. 승 대협께 어떤 이유가 있었으리라 생각했습니다."

"믿어주시니 감사합니다."

"허, 이거 도대체 무슨 말씀들이신지 영문을 모르겠습니다."

"그렇습니까? 하지만 저의 이야기를 들으면 아마도 짐작할 수 있을 겁니다."

승후의 말에 임계화는 머리를 끄덕여 보였다. 그리고 구양은 승후가 어떤 말을 할지 내심 기대를 했다.

"말을 돌리지 않고 바로 말씀드리겠습니다. 그 편이 훨씬 나을 거라 생각합니다."

좌중이 승후의 말에 머리를 끄덕였다.

"구 총표두와 마 소협께서는 내일 있을 결선 비무를 저에게 양보를 해주십시오."

승후의 말에 좌중은 잠시 놀랐다. 그러나 곧 그 이유를 깨닫고는 머리를 끄덕였다. 모두 신녀문의 소문주가 사운화임을 알았던 것이다.

"두 분 모두 부상이 있으니 기권을 한다고 해도 그다지 명예에 흠이 나지는 않을 겁니다."

"그러겠습니다."

승후의 말에 마평은 흔쾌히 대답했다. 부상도 부상이었지만, 마평은 애초에 신녀문의 비무회에 관심이 없었다. 더욱이 이제는 유소경의 그늘에서 완전히 벗어났다. 그리고 하려군이라는 반려를 얻었기에 승후의 요구에 흔쾌히 응할 수 있었다. 그러나 구양은 조금 주저하는 모양이었다.

"감사합니다, 마 소협."

"저 역시 그리하겠습니다. 어차피 부상의 정도가 심해 애당초 내일 비무는 어려웠습니다."

"감사합니다. 그리고 구 총표두의 표국이 스스로 자립할 수 있을 때까지 제가 자금을 지원하도록 하겠습니다."

"그, 그런……."

승후의 말에 구양은 조금 당황했다. 마치 자신은 어떤 대가를 바란 것 같은 모습으로 비춰지는 것 같았기 때문이다.

"구 총표두께서 양보를 해주셨으니 제가 할 수 있는 일은 그것밖에 없는 것이 안타깝습니다. 그리고 마 소협께는 나중에 다른 방법으로 사례를 하겠습니다."

"아니, 그러지 않으셔도……."

마평은 황급히 손을 내저으며 승후의 말에 거절하려 했다. 그러나 자신이 거절하면 구양의 입장이 난처해질 것이기에 마지못해 승후의 말에 승낙할 수밖에 없었다.

"어쨌든 감사합니다."

"그럼, 내일 결선 비무는 승 대협과 정협공자 표 소협의 대결이 되겠군요."

"그렇군요."

고거원의 말에 승후는 묘한 미소를 지었다. 오늘 있었던 마지막 비무를 승후는 잊을 수 없었다. 표충영이 무언가를 숨기고 있는 듯한 모습을 지을 수 없었던 것이다. 그리고 그것이 무엇인지 내일 꼭 알아볼 참이었다.

"그나저나 오늘 승 대협의 신위가 대단했습니다. 소면신투 소합이라는 강호의 노물을 비무 와중에 도망하게 만들다니 말입니다."

구양의 말에 모두 머리를 끄덕였다. 그리고 마지막 승후의 검법은 모두에게 충격이었다.

"한데, 승 대협?"

"예."

임계화의 나직한 물음에 승후는 긴장했다. 임계화의 시선이 은근했기 때문이다.

"소면신투 소합과의 비무 때 보였던 금나수법은 소림의 것으로 보였습니다만. 그리고 소합을 당황하게 만든 권법을 알 수 있겠습니까? 실례가 되지 않는다면 말입니다."

임계화의 말에 모두 호기심을 드러냈다. 그들로서는 승후가 소협과의 비무 때 펼친 무공을 전혀 눈치 채지 못했던 것이다. 고거원은 새삼스럽게 임계화를 다시 보게 되었다.

"뭐 별일 아니었습니다. 조금의 장난이었습니다."

승후의 말에 좌중은 어이없어했다. 소림의 금나수가 장난이라니 승후의 말이 과하다고 생각했다. 그리고 소림의 속가제자 출신인 마평은 얼굴을 찌푸리기까지 했다. 잠시 가졌던 승후에 대한 호감이 지금의 한마디로 사라졌던 것이다.

"하하, 다들 제 말을 오해하신 모양입니다. 사실, 제가 소면신투와의 비무 중 펼쳤던 금나수는 소림의 것이 맞습니다. 임 대협의 말씀처럼 분명 소림의 대력금나수였습니다."

"대력금나수!"

승후의 확인에 좌중은 크게 놀랐다. 그중 임계화의 놀라움은 가장 컸다. 어느 정도 예상은 했지만 설마 대력금나수일 줄은 몰랐다. 대력 금나수라면 소림의 일흔두 가지 절기 중 하나였던 것이다. 승후의 신분에 그동안 구구한 억측이 많았기에 임계화는 이번 승후의 대답으로 승후가 소림파 출신이라고 생각했다. 그리고 마평은 승후의 말에 머리가 혼란스러웠다. 마평의 기억으로는 승후와 같은 젊은 속가제자는 없었기 때문이다.

"승 대협?"

마평이 승후를 불렀다. 승후는 마평의 얼굴에서 무엇을 묻고자 하는지 어렵지 않게 짐작했다.

"공공신승께 직접 배웠습니다."

공공신승이란 말에 마평의 당혹감은 이루 말할 수 없었다. 그리고 좌중 역시 마평만큼이나 크게 놀랐다. 승후의 말이 사실이라면 승후의 배분은 지금 모여 있는 사람들 중에서 가장 높았기 때문이다.

"사, 사숙……."

"이런, 또 오해를 하십니다. 제가 공공신승께 배웠다고 했지 그분의 제자라고는 하지 않았습니다."

승후는 얼굴의 미소를 지우지 않았다. 사람들의 반응이 너무도 재미있었던 것이다.

"정확히 이야기하면 공공신승의 무공을 훔친 셈이 됩니다만."

"무슨?"

"훔쳐요?"

승후의 말에 이제 좌중은 더 이상 놀라는 것을 포기했다. 승후의 말 한마디 한마디는 사람의 혼을 빼놓았다. 그리고 승후의 말에 일일이 반응하다가는 제 명대로 다 살 수 없을 것 같았다.

"예. 오늘 비무가 있기 전에 신승 어른과 비무가 있었습니다. 사실, 비무라고 하기에도 부끄러울만치 제가 일방적으로 깨졌습니다만."

승후는 공공신승과의 비무를 떠올리며 몸서리를 쳤다. 그러나 사람들은 승후의 말을 믿을 수 없었다. 감히 공공신승과 비무를 하다니, 그들로서는 감히 상상도 할 수 없는 일이었던 것이다.

"신승 어른께서 저와의 비무에서 펼쳐 보이신 것이 대력금나수와 백보신권이었습니다."

"배, 백보신권!"

다시는 놀라지 않을 것이라 다짐했던 좌중이 승후의 단 한 마디에 또다시 술렁거렸다. 그리고 마평은 승후가 말을 할 때마다 입을 벌리고 있었다. 충격적인 놀라움의 연속이었기에 승후의 말을 사실로 받아들여야 할지 말아야 할지 판단이 서지 않았다.

백보신권은 소림에서도 전설의 무공이었다. 그런 백보신권을 공공신승이 완성했다는 사실도 놀라운데 그 무공을 승후가 단 한 번의 비무로 익혔다는 사실을 믿을 수 없었다.

"그렇게 놀라실 것은 없습니다. 제가 오늘 펼쳐 보인 것은 껍데기였을 뿐이니까요."

"예?"

"제가 아무리 무공의 천재라 하더라도 단 한 번 본 무공을 따라 할 수는 없는 노릇 아니겠습니까?"

승후의 말에 모두 머리를 끄덕였다. 단 한 번 본 무공을 자신의 것으로 할 수 있다면 일 대 일로 그자를 당할 무림인은 없을 것이다. 생각을 해보라. 자신의 무공을 단 한 번의 비무로 상대에게 빼앗긴다면 그 파해법 역시 알게 되는 것은 시간문제일 뿐이었다.

"모두 오늘 소합의 경공을 보셨을 겁니다. 그리고 소합의 신법 또한 매우 뛰어났죠. 저 또한 저의 신법이 어디에 뒤진다고 생각은 해보지 않았습니다만, 아무래도 오늘 소합의 신법에는 손색이 있더군요."

승후는 소합의 신법과 경공을 떠올리고는 안색을 굳혔다.

"그런 소합을 상대로 제대로 된 비무를 벌일 수는 없는 일 아니겠습니까? 그래서 소합의 발을 묶어두기 위해서 속임수를 쓴 것입니다."

"속임수?"

"예, 소합의 평정을 흔들어놓는 것이었습니다."

"하지만 백보신권은 몰라도 금나수법은 분명 소림의 것이었습니다."

"예, 그랬죠."

승후는 임계화의 말에 머리를 끄덕였다.

"그 형만은 분명 대력금나수였습니다."

"예?"

"하하, 제가 기억력이 조금 좋습니다. 그래서 한 번 본 무공의 투로 정도는 기억할 수 있습니다."

"그럼?"

"예. 대력금나수로 소합을 직접적으로 공격하지 않은 것도 껍데기뿐인 대력금나수가 들통나는 것을 피하기 위해서였습니다."

"그런!"

임계화는 승후의 무모함에 혀를 내둘렀다. 어느 누가 한 번 본 무공을 비무 중에 사용할 수 있겠는가 말이다. 그런 임계화를 향해 승후는 미소를 지어 보였다.

"그럼, 백보신권 역시 그 형만 흉낸 낸 것입니까?"

"아닙니다."

마평의 물음에 승후는 머리를 저었다.

"신승 어른의 백보신권은 전혀 흉내 낼 수 없었습니다. 그것은 저의 기억력으로도 어쩔 수 없었습니다. 그래서 제 나름의 백보신권을 만들어 낸 것입니다. 사실, 신승 어른과 저를 제외하면 백보신권의 위력을 제대로 아는 사람은 현 무림에는 없을 겁니다."

승후의 말대로였다. 이미 백보신권이 강호에 출현한 지 삼백 년이 넘었다. 백보신권에 대한 이름과 위력에 대한 기록은 남아 있을지 모르나 승후처럼 직접 몸으로 겪은 사람은 전 무림을 통틀어 아무도 없었다. 승후는 공공신승에게 당했던 백보신권을 떠올리며 씁쓸한 얼굴로 말했다.

"그리고 그때의 무공은 백보신권의 흉내라 보기에도 조잡했습니다. 솔직히 말해 그것은 소합의 시선을 피한 일종의 시각의 차를 둔 공격이었으니까요."

"그런……."

승후의 설명에 좌중은 할 말을 잃었다. 강호의 노물 소면신투 소합을 단지 속임수로 이겼다는 승후의 말에 어이가 없었다. 소합이 이 사실을 알게 된다면 어떤 표정을 지을지 무척이나 궁금했다.

"아마도 신승 어른이 보셨다면 불호령이 떨어졌을 겁니다. 소림의 무공을 어설프게 흉낸 낸다고 말입니다."

"잘 알고 있구나."

"푸확!"

갑자기 들려온 공공신승의 목소리에 승후는 입속의 찻물을 뱉고 말았다. 공공신승이 방 안으로 들어설 때까지 전혀 인기척을 느끼지 못했던 것이다.

"아니, 신승 어른은 무슨 도둑고양이십니까? 까마득한 후배들의 이야기나 엿듣고, 또 인기척을 내지 않고 후배들을 놀라게 만들고 말입니다."

승후의 말에 공공신승은 침묵했다. 승후의 말이 사실이었던 것이다. 그러나 아무리 그렇다고 하더라도 자신의 면전에서 그렇게 이야기할 줄은 몰랐다. 승후의 말에 방 안의 공기가 찬물을 끼얹은 듯 싸늘해졌다. 누가 무림의 삼신승 중 제일 어른인 공공신승에게 승후처럼 무례할 수 있단 말인가.

"그으래? 네놈이 조금 전에 네놈의 입으로 소림의 무공을 훔쳐 배웠다고 말했으렷다."

공공신승의 말에 승후의 얼굴이 흑빛으로 변했다.

"놈! 따라나서거라."

"저, 신승 어른. 전 내일 비무가 있습니다만."

"흥! 표가 어린 녀석은 내일 비무를 포기하고 신녀문을 떠났다."

"예?"

공공신승의 말은 그야말로 승후에게 청천벽력이나 마찬가지였다.

"그럴 리가……."

"그럼, 내가 거짓이라도 말한단 말이냐?"

공공신승의 말이 준엄해졌다. 공공신승의 노기에 모두 머리를 들지 못했다. 그러나 승후는 넋을 잃은 얼굴로 공공신승을 멍하니 바라보았다.

'앞으로 독고가의 무공이 무림에 떨칠 터인데 네놈같이 경박한 성격이어서야 원. 내 반드시 네놈의 버릇을 고쳐 놓고 말리라.'

비록 공공신승의 생각을 읽을 수는 없었지만, 승후는 공공신승의 기세는 읽을 수 있었다. 도살장에 끌려가는 소처럼 승후의 발걸음엔 힘이 없었다.

그런 승후를 임계화 등은 안타까운 눈으로 바라보았다. 그리고 오래지 않아 누군가의 비명이 밤공기를 뚫고 들려왔다. 난데없는 비명 소리에 신녀문이 발칵 뒤집혀졌지만, 임계화 등은 승후의 안위만 빌어줄 뿐이었다.

신녀문을 나서는 사람들은 허탈했다. 첫날에 있었던 신녀문의 비무에는 예상 밖의 일들이 거듭 벌어졌다. 예상치도 못한 구양이라는 고수의 출현. 그리고 이류무인이라 여겼던 흑우선 겸우의 실력이 결코 사룡에 뒤지지 않는다는 사실. 더욱이 소면신투 소합과 뇌룡신검 승후의 출현. 사람들의 뇌리 속에 소면신투 소합과의 비무에서 선보인 승후의 무공이 머리 속에서 떠나지 않았다. 그리고 오늘 결선 비무 때 승후의 그런 무공을 다시 견식할 수 있을 것이라 여겼다. 비록 소면신투 소합에는 미치지 못하지만 놀라운 검사를 선보였던 구양, 그리고 사룡 중 유일하게 결선에 오른 마평, 이번 비무회의 가장 큰 수혜자인 정협공자 표충영. 어느 누가 쉽게 우승자라 단언할 수 없었다. 굳이 우승자를 꼽으라면 사람들은 승후나 표충영 둘 중 하나라고 생각했었다. 구양과 마평이 입은 부상과 내상이 결코 가볍지 않았기 때문이었다.

그러나 사람들은 이번 비무회의 최종 우승자가 승후가 될 것이라 믿었다. 사룡에 속한 남궁천기 고거원을 너무도 수월하게 이겨 버리는 장면을 직접 보았던 것이다. 그것도 장외승으로 말이다. 고거원과 남궁천기의 얼굴에 승복할 수 없다는 빛이 역력했지만, 어차피 비무의 결과는 승후의 승리였다. 그리고 마지막으로 결선에 올랐던 표충영의 비무는 어딘지 모르게 맥이 빠졌다. 초반에 강자들이 대거 참가했기에 표충영을 상대할 만한 인물들은 거의 없었던 것이다. 이래저래 표충영이 이번 비무회에 가장 큰 이득을 본다고 사람들은 생각을 했다.

그리고 드디어 오늘 최종 비무가 열리는 날이었다. 한데 결과는 지금 사람들이 허탈한 발걸음으로 신녀문을 떠나는 것으로 끝이 났다. 뇌룡신검 승후를 제외한 전원이 기권한 것이다. 사람들은 믿을 수가 없었다. 아니, 구양과 마평의 기권은 어느 정도 이해가 갔다. 어제 있었던 비무에 적지 않은 부상을 입은 것을 그들도 보았기 때문이다. 그러나 표충영의 기권은 도무지 이해할 수 없었다. 다른 누구보다도 쉬운 상대로 비무에서 승리를 했기 때문이다. 그에 반해 뇌룡신검 승후는 소면신투 소합과 겨루었고 또 사룡 중 두 명과도 겨루었었다. 그랬기에 사람들은 표충영의 기권이 뇌룡신검 승후에 대한 두려움 때문일 것이라 단정했다. 그렇지 않고서는 비무도 벌이지 않고 기권을 할 수 없는 일이었다. 신녀문을 벗어나는 사람들의 목소리에 표충영을 욕하는 소리가 높아졌다.

반면 신녀문은 무사히 비무회를 끝낸 것을 다행으로 여겼다. 비록 결선 비무 때문에 사람들이 불만을 가지긴 했지만, 그것은 그들의 사정일 뿐이었다. 애당초 중원의 시선을 끌고 싶지 않았던 신녀문과 백화검문이었기에 조기에 비무회가 끝난 것이 고마웠다.

"고맙네, 승 소협."
"별말씀을. 저와 신녀문이 어디 남입니까?"
"그렇지. 후후후."
신녀문의 문주 진묘랑은 칠정산의 해독약을 복용하고 이틀이 지나지 않아 자리에서 일어났다. 하지만 진묘랑은 아직 안정이 필요했다. 오랫동안 병상에 있었기에 태사의에 앉아 있는 진묘랑의 안색이 아직은 야위어 보였다. 그럼에도 진묘랑은 신녀문을 찾은 손님을 문주인 자신이 맞아야 한다고 고집을 세웠다.

"덕분에 신녀문과 백화검문에 숨어든 간자들도 색출할 수 있어 고마웠네."
"그게 어디 제가 한 일입니까? 양 장로님과 길 선배님, 그리고 모든 제자가 합심한 결과이지요."

승후의 말에 진묘랑은 기분 좋은 얼굴을 했다. 자신의 공을 남에게 돌릴 줄 아는 승후가 마음에 들었다. 그러나 승후의 모습을 지켜보는 공공신승의 얼굴은 잔뜩 굳어 있었다. 진묘랑을 대하는 모습과 자신을 대하는 모습이 차이가 나도 너무 난 때문이었다. 공공신승은 또 한 번 승후와의 대화(?)가 필요하다고 생각했다. 그리고 대화를 마치고 날 때면 부쩍이나 실력이 느는 승후였기에 승후에게도 딱히 나쁘다는 생각은 들지 않았다. 다만 승후의 육신이 조금 고생을 할 뿐. 앞으로 있을 승후와의 일을 생각하며 공공신승은 그답지 않은 짓궂은 미소를 지었다.

"그나저나 신승 어른께서 조금 과하게 손을 쓰신 모양입니다."

승후의 얼굴에 이틀째 지워지지 않고 있는 퍼런 멍들을 본 진묘랑이 공공신승을 돌아보며 미소 지었다. 공공신승을 바라보는 진묘랑의 미소는 따뜻했다. 병상에서 자리를 털고 일어난 진묘랑은 공공신승과 두 시진이 넘는 시각 동안 이야기를 나누었었다. 두 사람의 이야기를 짐작은 할 수 없었지만, 그 일이 있고 난 후 진묘랑이 공공신승을 대하는 태도는 마치 친인을 대하는 듯했다. 진묘랑의 마음을 느낀 공공신승 역시 마주 미소를 지었다. 그러나 승후를 바라볼 때 공공신승의 얼굴은 자신도 모르게 찌푸려졌다.

"그렇습니다, 장문인. 어떻게 까마득한 후배에게 그렇게 무자비하게 손을 쓰시는지… 아직 무림에 이름 석 자도 제대로 알리지 못한 후배에게 마치 신승 어른의 무공을 자랑하는 듯했습니다."

승후의 투정에 진묘랑의 미소가 더욱 짙어졌다. 양소빙을 비롯한 신녀문과 백화검문의 몇몇 장로가 승후의 언행에 얼굴을 찌푸렸다. 그러나 승후의 성정을 너무도 잘 알고 있는 길연만은 진묘랑과 같이 미소를 지었다. 누가 감히 신승 앞에서 승후와 같은 말과 행동을 할 수 있겠는가. 어떻게 보면 승후의 행동을 무례하게 여길 수도 있겠지만, 진묘랑의 눈에는 승후나 공공신승은 그것을 서로가 즐기고 있는 것으로 보였다. 오랜 세월 소림에서 수련을 거듭한 공공신승에게 공공신승이 잊고 있던 감정을 승후가 찾아주고 있는 모습이 보기 좋았다.

"뭣이! 네놈! 아직 정신을 덜 차렸구나."

공공신승은 승후에게 호통 쳤다. 그러나 승후는 공공신승의 호통에도 그다지 반응을 보이지 않았다. 그런 승후의 태도에 공공신승은 그동안 승후에게 그나마 가졌던 미안한 마음이 사라짐을 느꼈다. 공공신승이 거듭 승후를 무섭게 쏘아보고 호통을 쳤지만 승후는 그런 공공신승의 말을 귓등으로 흘릴 뿐이었다. 이미 승후에게 말보다는 무력이 잘 먹힌다는 것을 알고 있었지만, 승후의 말마따나 까마득한 후배와 대련을 빙자한 주먹질을 한다는 것은 신승의 체면이 영 아니었다. 공공신승은 소림을 떠난 것보다 승후를 만난 것이 일생일대의 가장 큰 실수일 것이라는 확신이 들었다.

"보기 좋은 조손지간을 보는 것 같습니다."

진묘랑의 갑작스런 말에 승후와 공공신승이 어이없다는 얼굴로 진묘랑을 바라보았다. 그리고 길연을 제외한 모두가 진묘랑을 향해 무슨 의미냐는 얼굴을 하고 있었다.

"개구쟁이 손자와 엄한 할아버지. 너무도 어울리는 모습 아닌가요?"

"그래요, 장문 사저. 저 역시 신승 어른과 승 소협을 볼 때면 그런 모습을 떠올리곤 했어요."

길연의 말에 사람들은 뒤늦게 머리를 끄덕였다. 진묘랑과 길연의 말을 듣고 보면 꼭 틀리지도 않은 이야기 같았다.

"험."

"무슨……."

"아무튼 두 분의 모습이 보기 좋다는 것입니다."

진묘랑의 마지막 말에 승후와 공공신승은 아무런 말을 하지 못했다.

[신승 어른과 제가 조손지간 같답니다.]

[흥! 네놈같이 막돼먹은 손자를 둔 적 없다!]

[저 역시 폭력만 쓰는 무지막지한 할아버지를 둔 적 없습니다.]

진묘랑이 주혜와 간자들의 처리를 논하는 와중에 승후와 공공신승은 전음으로 끊임없이 말다툼을 벌이고 있었다. 그리고 그 말다툼의 승자는 언제나 승후였다. 소림에서는 그다지 많은 말을 할 일이 없었기에 승후의 화려한 말발과 신경을 긁는 말에 공공신승이 애초에 승리하기란 요원한 일이었다.

"그럼, 승 소협."

"예? 예."

갑작스런 부름에 승후는 진묘랑을 올려다보았다. 승후를 바라보는 주혜 역시 얼굴에 미소를 가득 담고 있었다. 그리고 주위의 모두가 승후를 바라보며 미소를 짓고 있었다. 사람들의 갑작스런 반응에 승후는 어리둥절했다. 이에 승후는 사운화와 문예설을 바라보았다. 사운화는 얼굴을 붉힌 채 어쩔 줄 몰라 하고 있었다. 문예설만은 어딘지 모르게 심술이라도 난 듯 양 볼을 부풀이고 있었다.

'뭐, 뭐지?'

승후는 갑자기 불안했다. 불안한 얼굴로 승후는 진묘랑을 바라보았다.

"사흘 후에 자네와 운화의 혼례를 올리도록 하겠네."

"예?!"

승후가 깜짝 놀란 얼굴로 진묘랑을 바라보았다. 혼례라니… 진묘랑의 말이 뜻밖이었다. 승후의 이런 반응이 마음에 들지 않았던지 양소빙이 화난 음성으로 승후를 추궁했다.

"그럼, 자네는 운화가 마음에 들지 않는다는 말인가."

"그, 그게 아니라……."

"그게 아니면."

양소빙은 말은 점점 매서워졌다.

"어, 어른들의 허락도 구해야 하고… 또……."

"또?"

양소빙의 화난 시선을 피해 승후는 힐끗 문예설의 눈치를 살폈다. 그러나 문예설은 승후와 시선이 마주치자 고개를 획 돌려 버렸다. 승후는 심장이 덜컥 내려앉는 기분이 들었다. 만약 사운화와 혼례를 올리고 남창으로 돌아간다면 벌어질 일들에 앞날이 불안해졌다.

"왜? 운화 하나로는 성에 차지 않는가?"

웃음기 가득한 진묘랑의 시선에 승후의 얼굴이 붉게 변했다.

"그, 그게 아니라……."

승후는 언젠가 사운화와 혼인을 할 것이라는 생각을 했다. 그러나 그것은 막연한 훗날의 일이었다. 그리고 승후는 아직 해결하지 못한 일들이 많았다. 석가장에 남아 있는 여인들의 문제도 해결해야 했다.

무엇보다 사운화와 혼인을 하게 되었을 경우 소난영과 아이들의 문제가 마음에 걸렸다.

"승 소협."

"예, 예?"

사람의 마음을 편안하게 해주는 길연의 음성이 들려왔다.

"아마도 아이들의 문제가 마음에 걸리는 모양이지요?"

"예, 그렇습니다."

마음을 꿰뚫어 보는 길연의 말에 승후는 솔직히 대답했다. 그런 승후의 모습에 길연은 머리를 끄덕였다. 이미 승후가 담사린을 대하는 모습에서 승후가 아이들을 좋아하는 것을 알아보았다. 더욱이 이미 자식같이 여기는 아이들의 문제에 승후가 고심할 것은 뻔한 일이었다.

"영웅에게는 삼처사첩이 흉이 되지 않아요."

길연의 말은 승후가 사운화 외에 다른 부인을 두더라도 질책하지 않겠다는 의미가 담겨 있었다. 그 말의 의미를 모를 승후가 아니었기에 승후는 종전과는 비교도 되지 않게 얼굴이 붉게 변했다.

"홍, 색마 같은 놈."

"끙."

공공신승의 말에 승후는 아무런 말도 하지 못했다. 처음으로 공공신승이 말로써 승후에게 승리한 기념비적인 날이었다. 하지만 승후의 마음 한편은 조금 홀가분해졌다.

'역시, 나도 남자…….'

"좋으시겠네요, 오. 라. 버. 니."

문예설의 퉁명스런 목소리에 승후는 화들짝 놀랐다. 마치 자신의 마음을 들킨 것 같은 생각이 들었던 것이다.

"뭐… 난, 그, 그냥……."

"흥! 난 오라버니가 바람둥이인지 진작에 알아봤어요."

문예설의 말에 사람들이 웃음을 터뜨렸다. 그리고 그것은 공공신승
또한 마찬가지였다. 공공신승으로서는 승후를 꼼짝 못하게 만드는 문
예설이 달리 보였던 것이다.

"그럼, 사흘 후에 혼례식을 치를 테니 준비하게."

"예."

"축하합니다, 승 대협."

진묘랑의 말이 있고 사람들이 승후와 사운화에게로 찾아와 축하해
주었다. 사람들의 축하에 승후는 자꾸만 입가가 근질거렸다. 왠지 자
꾸만 터져 나오는 웃음을 참을 수가 없었던 것이다.

쾅!

"뭐라! 신녀문의 일이 실패를 했다?"

돈우담은 모용하영(慕蓉河榮)의 호통에 허리를 굽히며 어쩔 줄 몰랐
다. 몇 달 조용한 듯싶더니 기어코 일이 터졌다. 더군다나 이번 일 역
시 외당과 악연을 가지고 있는 뇌룡신검과 또 엮였기에 모용하영의 분
노는 이제까지와는 달랐다. 돈우담 역시 모용하영 앞이라 표현은 하지
않고 있지만, 번번이 외당의 중요 사업에 나타나 일을 어렵게 만들어
버리는 승후에 대해 분노했다. 하지만 모용하영의 분노가 그녀가 맡고
있는 외당의 일이 지체된 것에 대한 것이라면, 돈우담의 분노는 성미가
사갈(蛇蝎) 같은 모용하영에게 시달리게 만드는 승후에 대한 원망 섞인

분노였다.

"또! 그 망할 놈의 뇌룡신검와 연관이 있다는 말이렷다!"

"그, 그렇습니다."

"이놈은 무슨 억하심정이 있는데 사사건건 본 당의 앞날을 막는다는 말이냐!"

발이 드리워진 너머에 앉아 있는 모용하영의 분노가 돈우담에게 느껴졌다. 이전보다 공력이 심후해진 모용하영의 살기는 이젠 돈우담이 받아낼 수 있는 한계를 벗어나고 있었다. 돈우담의 얼굴이 하얗게 질렸다.

"한데, 소면신투 그 늙은이마저 실패했다는 말이냐?"

"그, 그렇다고 합니다."

"망할! 새파란 어린놈에게 패하는 늙은이가 본 회의 장로라니."

모용하영은 믿었던 소합이 실패했다는 사실이 어이가 없었다.

"그래, 이 늙은이가 분명 새파랗게 어린 뇌룡신검에게 패했지."

갑자기 들려온 음산한 말에 돈우담의 등골이 서늘했다. 언제 들어왔는지 소면신투 소합이 돈우담의 등 뒤에 서 있었던 것이다.

"그래, 내가 그 망할 놈의 뇌룡신검에게서 도망을 쳤지. 많은 사람들이 보는 곳에서부터 말이야."

승후에 대한 살기인지 아니면 발 너머 자리한 모용하영에 대한 살기인지 소합의 살기가 무섭게 폭사되었다.

"왜 말이 없는 건가?"

소합은 발 너머를 매섭게 쏘아보았다. 소합의 매서운 살기에 모용하영의 음성이 흔들렸다.

"병가에는……."

"한 번쯤의 패배는 있을 수 있다?"

"그, 그렇습니다."

"그런데 자네의 조금 전 반응은 이해할 수 없군 그래. 클클클."

소면신투는 웃고 있었다. 조금 전 돈우담의 뒤에서 모습을 나타냈을 때부터. 그리고 그 미소는 점점 짙어지고 있었다. 모용하영은 소합의 짙어진 웃음에 소름이 돋았다.

"뇌룡신검에 대한 정보가 잘못되었더군."

소합의 얼굴에서 웃음기가 사라졌다. 무표정한 얼굴에 소합의 음성은 지금까지와는 비교도 되지 않게 싸늘했다.

"무, 무슨 말씀이신지……."

"정말 몰랐단 말인가?"

"……."

"추살대 대주 좌승염을 제거할 때와 같이 장난질을 치지 않았느냐는 말이다!"

소합의 신형이 무섭게 쏘아졌다.

펑!

모용하영은 미리 대비를 하고 있었지만, 그래도 소합의 신법은 너무도 빨랐다.

소합은 입술에 피를 흘리고 있는 여인을 사납게 노려보았다. 면사가 벗겨진 여인의 얼굴은 너무도 아름다웠다. 오똑한 콧날과 붉은 입술, 그리고 중원에서는 흔히 볼 수 없는 파란 눈. 이국적인 벽안의 미녀였다. 하지만 소합의 눈에는 여인의 미모가 전혀 들어오지 않았다. 소합은 벽안혈귀라는 명호를 가진 모용하영을 당장이라도 죽일 듯한 기세였다. 지금 소합은 그를 제거하기 위해 모용하영이 거짓 정보를 주었다고 믿고 있었다. 그만큼 마지막 승후가 펼친 검법은 소합에게 충격이었다.

"뇌룡신검은 소림의 제자였다."

소합의 장력에 내상을 입은 벽안혈귀 모용하영은 깜짝 놀랐다. 뇌룡신검이 소림의 제자라는 사실은 그녀 역시 처음이었던 것이다.

"그, 그럴 리가……."

"흥, 아직도 나를 기만할 생각이냐?"

소합의 눈이 살기로 번들거렸다. 그런 소합의 모습에 모용하영은 급히 변명했다.

"아, 아닙니다. 절대 그럴 리 없습니다. 제가 파악한 바로는……."

"갈! 네년이 지금까지 한 행동이 있는데 나더러 그 말을 믿으라는 말이냐!"

소합이 공력을 끌어올렸다. 모용하영은 소합의 모습에 입술을 깨물었다. 이런 모욕은 그녀가 태어나서 처음 겪는 일이었다. 하지만 상대는 그녀의 무력으로도 어찌할 수 없었다. 만약 그녀의 스승이 나타난다면 모르지만.

"소합, 그만 물러나라."

"흥! 추괴(醜怪) 네놈의 실력으로 날 막을 수 있을 것이라 생각하느냐?"

"뭣이!"

얼굴에 검상이 가득한 노인이 돈우담의 뒤에 나타났다. 돈우담은 이제는 머리 속이 하얗게 변했다. 나타나는 사람들마다 기적을 내지 않고 그의 뒤에서 나타나니 돈우담으로서는 남은 생명이 조금씩 깎이는 것 같았다.

'제발 문을 통해서 들어오라고!'

그러나 돈우담의 간절한 바람은 아무도 듣지 못하고 돈우담의 머리 속에서만 뱅뱅 돌 뿐이었다.

"내 이년을 처리하고 네놈도 없애주마. 사제 간이 똑같이 사람을 기만하다니, 난 이 일을 회주께 직접 상주할 것이다."

"흥, 마음대로……."

추괴의 콧방귀에 소면신투의 미소가 짙어졌다. 추괴는 갑자기 소면신투의 미소에 불길했다.

"뇌룡신검이 소림의 제자라는 사실을 파악하지 못하는 외당이 무슨 필요가 있을까? 네 년놈들은 뇌룡신검이 본 회의 주적이라는 사실을 모른다는 말이냐?"

"무슨 소리를 하는 것이냐? 뇌룡신검이 소림의 제자라니?"

추괴 역시 모용하영과 같이 어리둥절한 표정을 지었다. 그러나 소합의 눈에는 추괴의 그런 모습도 가증스러워 보였다.

"뇌룡신검은 분명 대력금나수를 펼쳤다. 더욱이… 아니, 내가 직접 회주께 상주하지."

"자, 잠깐!"

추괴의 다급한 외침에도 소합의 신형은 흐릿해졌다. 추괴는 소합의 말을 믿을 수 없었다.

"하영, 소합의 말이 사실이더냐?"

모용하영은 추괴의 목소리에 은은한 노기가 서려 있는 것을 느꼈다.

"모르겠습니다, 사부님. 뇌룡신검이 소림의 제자라는 사실은 어디에도 없었습니다."

"흠……."

추괴는 모용하영의 말에 생각에 잠겼다. 그의 제자인 모용하영이 그에게 거짓말을 할 이유가 없었다. 하지만 소합 역시 거짓을 회주에게 아뢰지는 않을 것이다. 목숨이 아깝지 않다면 말이다.

'그렇다면, 우리가 뇌룡신검에 대해 놓치고 있는 것이 있단 말인가?'

"소 장로께서 잘못 알고 있는 것일 겁니다."

추괴는 모용하영의 말을 듣고는 머리를 가로저었다.

"아니다. 아무리 소합이 너와 나에게 좋지 않은 감정을 가지고 있다고 해도 없는 사실을 말하지는 않을 것이다."

"그, 그럼……."

모용하영의 목소리가 떨렸다. 그리고 추괴의 얼굴 또한 굳어졌다. 자칫 이번 일로 외당이 약화되고 예전 '회'의 정보를 담당하던 등천비마대(騰天飛魔隊)가 다시 부상할 빌미를 제공할 수도 있는 중대한 사항이었다.

"저……."

무거운 침묵을 뚫고 돈우담이 입을 열었다. 돈우담은 지금 입을 여는 자신이 저주스러웠다. 돈우담에게 이미 뇌룡신검이 소림의 삼신승 중 제일 어른인 공공신승과 연관이 있을지 모른다는 보고가 있었다. 갑자기 나타난 소합과 추괴에 의해 그만 보고할 시기를 놓친 돈우담은 참으로 난감했다. 그러나 이미 전해진 보고서를 전하지 않을 수는 없었다. 그랬다간 그의 가족들의 안위마저 위태롭게 될 것이기 때문이다.

"뭐냐?"

모용하영의 목소리에 짜증이 섞인 살기가 가득했다. 모용하영에게 보고서를 건네는 돈우담은 두 눈을 질끈 감고 말았다. 이제는 정말 끝이라고 생각했다.

꽉!

"이익!"

보고서를 확인한 모용하영은 돈우담을 향해 달려들었다. 그리고는 분이 풀릴 때까지 돈우담을 패기 시작했다.

퍼버버벅.

돈우담은 모용하영이 자신을 향해 달려들 때부터 정신을 잃고 있었다. 다행히 지금은 고통을 느낄 수 없었다. 아마도 정신이 돌아온다면 끔찍한 고통이 기다리고 있을 테지만 말이다.

"헉, 헉. 어떡하지요, 스승님."

한참을 흥분해 있던 모용하영이 돈우담에게서 떨어졌다. 추괴 역시 보고서의 내용을 이미 확인한 상태였다.

"휴… 할 수 없지. 소가 놈이 원하는 것을 들어줄밖에."

"스, 스승님, 그건……."

"어쩌겠느냐? 이번 일은 명백히 우리의 실수인 것을."

"아무리 그렇다 해도……."

"아직, 시간은 있다. 그리고 너는 앞으로 일 처리를 더욱 꼼꼼하게 하거라."

"예……."

"태상에게 한소리 듣겠군. 넌 걱정 말거라. 내가 알아서 처리할 테니."

"죄송합니다, 스승님."

"되었다."

모용하영은 추괴가 사라지고도 한동안 움직일 줄 몰랐다. 번번이 자신이 하는 일을 막고 있는 뇌룡신검을 생각하면 살기를 참을 수 없었다.

"으……."

돈우담의 신음 소리가 들려왔다. 모용하영은 그런 돈우담을 무섭게 노려보았다. 정신이 혼미한 와중에도 돈우담의 몸은 모용하영의 살기에 반응해 부들부들 떨고 있었다.

"녀석 제법이구나."

공공신승의 우수가 승후의 견정혈을 짚어갔다. 그러나 승후는 왼손을 한 번 터는 것으로 공공신승의 금나수를 떨쳤다. 공공신승의 눈에 감탄의 빛이 서리는 찰나 승후의 우수가 공공신승이 그랬던 것처럼 공공신승의 견정혈을 짚어갔다. 공공신승은 자신과 같은 방법으로 공격해 오는 승후를 보며 미소를 지었다. 지금까지 겪은 승후의 고집을 이미 알고 있었던 것이다. 공공신승은 조금 전 승후가 그랬던 것처럼 장포를 털었다. 그러나 승후는 그런 공공신승의 행동을 예상했던지 우수를 변화시켜 공공신승의 손목을 낚아챘다.

"허……."

공공성승은 승후의 대력금나수의 응용에 감탄했다. 이는 공공신승 역시 생각하지 못한 또 다른 변화였다. 기기묘묘하게 변하는 승후의 대력금나수가 이제는 소림의 것인지 그 형을 알아보기 힘들 정도였다.

"녀석 잔머리 하고는."

그러나 속마음과는 달리 공공신승은 승후의 무공에 대한 응용이 그저 잔머리라고 평했다. 그런 공공신승의 말에 승후는 발끈했다.

"잔머리가 아니라 능력입니다. 능력!"

"능력은 무슨. 그럼 이걸 한번 막아보거라."

갑자기 공공신승이 일권을 내질렀다. 공공신승의 백보신권에 깜짝 놀란 승후는 급히 뒤로 물러났다.

"비, 비겁합니다. 지금은 금나수를 겨루는 자리가 아닙니까!"

승후가 억울하다고 소리를 질렀지만, 공공신승은 가볍게 코웃음만 칠 뿐이었다.

"그건 내 마음이다."

공공신승과 승후의 대련을 보는 임계화는 터져 나오는 웃음을 참을 수 없었다. 공공신승의 이런 모습도 낯설었지만, 매번 당하면서도 공공신승에게 바락바락 대드는 승후의 모습이 너무도 재미있었다. 그리고 지금과 같이 공공신승과 승후의 대련은 매번 공공신승의 백보신권으로 끝이 났다. 서로에게 지기 싫어하는 성격은 둘 다 똑같았다. 임계화는 진묘랑과 주혜가 말했던 말이 다시 떠올랐다.

"아무리 봐도 유쾌한 조손지간 같군."

"그렇죠, 대사형. 무림의 누가 승 대협과 같이 공공신승을 대하겠어요.”

“그러게 말이다.”

퍽!

“으악!”

오늘도 어김없이 들려온 승후와 비명과 함께 대련이 끝이 났다. 아니, 공공신승은 이를 승후와의 대화라고 말했었다. 승후의 얼굴에는 또 하나의 멍 자국이 생겨 있었다. 신녀문에 머무는 동안 승후의 얼굴은 하루라도 성할 날이 없었다.

“흠, 흠. 내일 보자꾸나.”

공공신승은 바닥에 널브러져 있는 승후를 바라보며 연무장을 벗어나기 시작했다. 그러나 공공신승의 말에 공손히 승낙할 승후가 아니었다.

“이제 안 해요! 그리고 내일은 혼례식이란 말입니다.”

“흥! 색마 같은 놈.”

“으아악!”

공공신승의 색마라는 말에 승후가 이승을 잃고 공공신승을 향해 달려들었다. 그러나 그 결과는 이미 예정되어 있었다.

퍽!

“컥!”

“오늘도 두 개가 생겼군요.”

“쩝. 마 소협이 이겼군요.”

모두 공공신승과 승후의 대련이 있을 때면 승후의 얼굴에 생길 멍 자국의 개수를 맞추는 내기를 했다. 오늘 처음으로 구양이 승리하는가 싶더니, 승후는 마지막 공공신승의 도발을 이겨내지 못했다.

"이거 번번이 미안합니다."

구양에게 은자를 건네받은 마평의 얼굴에 짙은 미소가 떠올라 있었다. 신녀문에 머무는 동안 마평의 성격은 많이 변해 있었다. 다소 오만하던 마평의 성격이 신녀문의 비무를 거치고 또 승후와 함께하면서 많이 부드러워졌다. 그러나 마평의 성격이 부드러워진 것은 하려군의 영향이 가장 컸다. 지금도 옆에 앉은 하려군의 얼굴에서 마평은 눈을 떼지 못했다.

"내일이 혼례식인데 신승 어른도 너무하세요."

"그러게 말야."

하려군의 말에 왕염이 답했다. 여인들의 숫자가 압도적으로 많은 신녀문이라 이곳에서는 공공신승을 비롯한 사내들의 움직임이 조심스러웠다. 반면 왕염을 비롯한 여인들은 그 어느 곳에서보다 자유롭게 행동했다. 그리고 여인들의 수가 많다 보니 서로가 쉽게 친해졌다. 지금도 왕염과 하려군은 나란히 앉아 담소를 나누고 있었다. 곧 사운화의 혼례 준비를 도와야 하겠지만, 아직은 여유가 있었다.

"승 대협, 괜찮습니까?"

고거원이 바닥에 아무렇게나 널브러져 있는 승후를 향해 다가왔다.

"예, 괜찮습니다. 기력도 좋지, 망할 영감쟁이……."

승후의 혼잣말을 들은 고거원의 얼굴이 핼쑥해졌다. 승후의 이런 말투가 고거원은 적응이 되지 않았다.

"그럼, 고 소협, 비무를 해볼까요?"

"벼, 별로… 승 대협의 몸도 성치 않으신 것 같은데……."

공공신승과 승후의 비무가 있고 난 후면 어김없이 승후와 고거원의 비무가 있었다. 처음 승후와의 비무 결과를 승복할 수 없었던 고거원은 승후에게 재차 도전했었고 그 결과는 참담했었다. 비무 때 자신의 실력을 미처 모두 펼쳐 보이지 못했다고 생각한 고거원이었지만, 승후역시 자신의 실력을 모두 펼쳐 보이지 않았었다.

"설마, 화산의 제자가 도.망.가려는 겁니까?"

"무, 무슨!"

승후의 도발에 고거원이 발끈했다.

"이번에는 제가 이겼습니다, 마 소협."

"이런……."

마평은 조금 전 구양에게 건네받았던 은자를 다시 구양에게 돌려주었다.

"자, 갑니다. 탕탕공중경!"

승후의 검이 황금빛으로 빛나며 고거원의 하체를 쓸어갔다.

"승 대협이 대단히 화가 난 모양이군."

"그러게요. 고 사형이 불쌍해요."

왕염의 말에 임계화와 하려군이 머리를 끄덕였다. 그들의 머리 속에는 힘의 상관관계가 그려졌다. 공공신승, 승후, 고거원의 순으로 말이다.

신녀문의 움직임이 부산했다. 신녀문의 어린 제자들은 아침 일찍부터 신녀문의 정문을 쓸고 또 쓸었다. 어제부터 시작된 신녀문의 대청소에 몸이 고단했지만, 오늘 있을 경사를 알기에 싫은 내색을 보이지 않았다. 자신들을 감독하는 양소빙이 옆에 있기도 했지만, 한시라도 빨리 청소를 끝내고 곧 있을 혼례식을 구경하고 싶었기에 마당을 쓰는 손이 빠르게 움직였다.

"그만, 되었다. 너희들도 혼례식 구경을 하려무나."

양소빙의 승낙이 떨어지기 무섭게 어린 제자들은 환호성을 지르며 내당을 향해 달려갔다. 평소라면 어린 제자들의 이런 행동에 나무랐겠지만, 오늘은 신녀문 역사상 처음으로 혼례식이 열리는 날이었기에 양소빙은 어린 제자들의 잘못을 눈감아주기로 했다.

"음?"

양소빙은 내당으로 향하려다 신녀문을 향해 다가오는 인영을 발견하고는 걸음을 멈췄다.

"누구지?"

이미 신녀문의 비무는 끝이 났다. 그리고 오늘 있을 혼례에 대해서 청첩을 돌리지 않았기에 찾아올 사람도 없었다. 양소빙은 자신의 걸음을 멈추게 한 인영들이 빨리 모습을 보이기를 기다렸다.

"남궁세가?"

양소빙은 인영의 주인공들을 어렵지 않게 알아보았다. 승후와의 비무에서 패하고는 어이없는 얼굴을 하던 남궁천기의 모습을 잊을 수 없었다. 그때의 모습을 떠올리면 양소빙은 웃음을 참을 수 없었다. 무림의 사룡 중 일인이자 대남궁세가의 장남이 비무대 밖으로 떠밀려 패배하는 광경은 쉽게 볼 수 있는 장면이 아니었다. 아마도 당분간 남궁천기와 고거원은 밤잠을 자지 못하리라.

"남궁세가의 남궁천기가 신녀문의 장로를 뵙습니다."

양소빙은 남궁천기의 행동에 머리를 끄덕여 보였다. 그리고 곧 남궁천기의 뒤에 선 중년인의 모습에 놀란 표정을 지었다. 남궁세가의 현 가주이자 검왕 남궁도가 신녀문을 찾은 것이다.

"검왕께서 신녀문엔 어인 일이십니까?"

"예, 오늘 신녀문에 경사가 있다고 들었습니다. 뇌룡신검 승 소협과 는 안면도 있고 해서 무산을 찾은 길에 이렇게 들르게 되었습니다."

양소빙은 남궁도의 말에 머리를 끄덕였다. 오늘의 경사를 축하하러 온 남궁도 일행을 내칠 수 없었다.

"함께 가시지요."

"고맙습니다."

"신랑과 신부 입장이오."

혼인 예복을 입은 승후와 사운화가 손을 잡고 나란히 걸어 들어왔 다. 앞으로 걷는 사운화의 걸음이 조심스러웠다. 그러나 승후는 조심 스런 사운화의 행동과는 달리 연신 허둥대고 있었다. 지금도 사운화보 다 몇 걸음 앞섰다가 다시 사운화의 곁으로 돌아가기를 반복하고 있었 다. 그런 승후의 모습에 사람들은 웃음을 터뜨렸다.

"무엇이 그리 급하다고… 쯧쯧쯧."

승후의 행동에 공공신승이 혀를 찼다. 공공신승의 말에 승후의 얼굴 이 붉게 달아올랐다. 그러나 지금 이 자리에서 공공신승과 말다툼을 할 수는 없었기에 승후의 입술이 조금 달싹거리다 굳게 닫혔다. 그런 승후의 모습에 공공신승의 얼굴에 미소가 떠올랐다.

[색마 같은 네 녀석에게 그 아이가 너무 아깝구나.]

정말로 안타깝다는 투의 공공신승의 전음에 승후는 발끈했다. 그러나 정작 승후의 전음은 공공신승이 예상한 것과는 달랐다.

[저도 그렇게 생각합니다, 신승 어른. 저에게 운화는 너무도 과분한 인연이지요.]

[음? 네놈이 웬일이냐? 나의 말에 순순히 꼬리를 말고.]

[별말씀을. 사실을 말씀하시니 승복할 수밖에 없지 않습니까?]

[그, 그라냐……?]

승후의 말에 공공신승은 입맛을 다셨다. 요 며칠 승후를 골려먹는 재미가 솔솔했기에 승후의 이런 반응에 공공신승은 일순 할 말을 잃었다.

"신랑 신부 배(拜)."

승후는 공공신승의 입맛 다시는 모습을 보며 미소 지었다. 그러나 곧 들려온 목소리에 급히 머리를 숙였다. 절을 마치고 머리를 들자 이제는 신녀문이라는 하나의 문파의 구성원이 된 주혜와 양소빙이 부드러운 얼굴로 승후와 사운화를 바라보고 있는 것이 보였다. 그리고 진묘랑을 비롯한 승후가 칠정산의 독을 해독해 주었던 신녀문의 장로들이 따뜻한 미소를 지으며 승후와 사운화의 앞날을 축복해 주었다.

'감사합니다. 앞으로 잘살겠습니다.'

비록 승후가 말은 하지 않았지만, 모두 승후의 눈빛으로 승후의 마음과 결심을 어렵지 않게 짐작할 수 있었다.

"자, 자. 숭 소협, 한잔 더 하시게."

혼례식이 끝나고 승후는 사람들의 축하 인사를 받느라 정신이 하나도 없었다. 그중에서도 가장 승후를 괴롭히는 사람은 검왕 남궁도였다. 승후와 같은 연배인 임계화나 고거원, 그리고 구양이나 마평 등은 자신의 아버지 뻘인 남궁도를 대하기가 어려웠다. 게다가 신녀문은 여인들의 문파. 남궁도와 같은 연배의 무림인은 있을지라도 남궁도와 함께 대작할 사람을 찾기란 쉬운 일이 아니었다. 그래서 결국 남궁도는 승후를 붙잡고 놓아주지를 않았다. 곧 초야를 치러야 하는 승후임에도 불구하고 말이다.

"아버님, 승 소협에게 너무 술을 권하지 마십시오. 곧 합방을 할 사람인데……."

남궁천기가 남궁도를 만류했다. 그러나 이미 술기운이 오른 남궁도나 승후는 남궁천기의 말을 전혀 신경 쓰지 않았다. 그런 남궁도와 승후의 모습에 남궁천기는 나직이 한숨을 내쉬었다.

채 열이 넘지 않는 남자들의 술자리가 시간이 지날수록 더욱 요란해졌다. 고거원과 마평 역시 그들의 무공과 무림의 이야기에 정신이 없었다. 지금도 했던 말을 벌써 몇 번이나 반복하고 있었다. 아마도 본인들은 그러한 사실을 자각하고 있지 못할 것이다. 그나마 이곳에서 조용한 곳은 임계화와 구양이 있는 곳이었다. 하지만 이들도 음성만 높이지 않을 뿐 다른 곳보다 논쟁이 더욱 치열했다. 아마도 무공에 대해 논하는 것 같았다. 결국 아무 곳에도 어울리지 못한 남궁천기만이 홀로 자음자작을 할 뿐이었다.

쾅!

"오라버니!"

갑작스런 소란에 일곱 쌍의 눈이 일제히 한곳으로 향했다. 그곳에는 문예설이 화난 얼굴로 씩씩거리고 서 있었다.

"어? 설아가 왔구나? 자, 자. 오라비의 술 한잔 받아라."

승후가 술잔을 찾기 위해 두리번거리자 문예설이 승후를 향해 뾰족이 소리쳤다.

"지금 정신이 있는 거예요, 없는 거예요!"

문예설의 날카로운 시선에 모두 문예설의 시선을 피했다. 하지만 정작 승후만은 영문을 모르겠다는 얼굴로 문예설을 바라보았다.

"언니를 언제까지 기다리게 할 셈이에요!"

"언니? 아, 운화 말이구나… 한데, 운화가 왜?"

자꾸만 감겨오는 눈을 뜨기 위해 애쓰고 있는 승후의 모습에 문예설은 그만 어이가 없었다.

"언니들, 저 좀 도와줘요."

문예설이 성큼성큼 승후를 향해 다가갔다. 그런 문예설의 뒤를 왕염과 하려군이 따랐다. 날카롭게 쏘아보는 세 여인의 시선에 사내들은 주춤 승후에게서 멀어졌다. 그리고 정작 승후를 이 지경에 이르게 한 남궁도 역시 슬그머니 승후에게서 한 걸음 물러났다.

"오라버니, 정신 좀 차려요."

문예설의 말에도 승후는 무엇이 그리도 좋은지 히죽히죽 웃어댈 뿐이었다.

"에휴… 할 수 없군. 언니들, 오라버니를 부축해 줘요."

문예설이 승후를 설득하기를 포기하고 팔을 붙잡고 승후의 몸을 일으켰다. 그리고 그 반대편을 왕염이 급히 부축했다.

"도대체 얼마나 마신 거예요."

하려군이 마지막에 나서며 마평을 보며 말했다. 마평은 하려군의 시선을 피하며 아무런 말도 하지 않았다.

"너무 과음은 하지 말아요."

하려군의 걱정 섞인 말을 마지막으로 문이 닫혔다. 그리고 문이 닫히는 순간 남궁도의 웃음이 터져 나왔다.

"하하하."

지금 남궁도의 모습은 조금 전까지 술에 취해 있었다는 것을 전혀 느낄 수 없었다.

"아니, 갑자기 왜 그러십니까, 검왕 어른?"

"아마도 뇌룡신검 저 친구 평생을 쥐어 살게 될 게야."

"무슨……."

남궁도의 말뜻을 금방 이해하지 못한 임계화 등이 멀뚱히 남궁도를 바라보았다. 그러나 남궁천기만은 아버지의 말을 어렵지 않게 짐작할 수 있었다. 강호에 애처가로 소문이 난 남궁도의 비사를 말이다.

"에휴……."

"남궁 형은 검왕 선배님의 말씀의 의미를 압니까?"

남궁천기의 한숨 소리에 고거원이 물었다. 그리고 남궁천기의 입에서 오래전 이야기가 흘러나왔다. 남궁도는 자신의 이야기가 아들에 의해 알려짐에도 전혀 제지하지 않았다. 단지 자신과 같은 애처가가 무림에 한 명 더 생긴 것에 기분이 좋았다.

'호호호. 앞으로 동병상련의 정을 나눌 사람이 하나 늘었군 그래. 뇌룡신검 이 친구야, 여자는 첫날밤에 확실히 휘어잡아야 하는 게야. 크크크. 하지만 그 몸으로는 힘들 게야.'

남궁천기의 이야기가 계속될수록 남궁도의 미소는 점점 음침해졌다. 그리고 임계화와 구양 등의 얼굴에는 자꾸만 웃음이 떠올랐다.

"물……."

승후는 목이 타는 듯한 갈증에 눈을 떴다. 아롱이는 촛불에 사물이 흔들렸다. 그리고 머리에서 느껴지는 두통에 미간을 모았다.

"오라버니, 여기 물이요."

"응? 응. 고맙구나."

승후는 사발에 든 물을 시원스레 들이켰다. 그러나 한 대접 가득 물을 들이켰지만 갈증은 쉽게 가시지 않았다.

"에휴… 머리야……."

승후는 머리를 감싸 쥐며 침상에 걸터앉았다. 갈증이 가시자 잠시 잊고 있던 두통이 밀려왔다.

"그러게 무슨 술을 그렇게 마셔요."

"그러게 말이다. 응?"

그제야 승후는 지금 자신이 누군가와 같이 있다는 사실을 알았다. 촛불에 일렁이는 붉은 예복, 그리고 하얀 면사로 얼굴을 가리고 있는 모습에 그 주인공이 누구인지 승후는 금방 알아볼 수 있었다.

"우, 운화……."

"휴… 어떻게 초야에 신부를 이렇게 세워둘 수 있는 거죠."

사운화의 목소리가 퉁명스러웠다. 아마도 승후가 깨어나 머리에 쓰고 있던 관과 예복을 벗겨주기를 기다리고 있었던 모양이다.

"하하, 그냥 네가 벗고……."

"뭐라구요!"

승후의 말에 사운화의 입에서 기어코 화난 음성이 터져 나왔다. 승후는 사운화의 화내는 모습에 깜짝 놀랐다. 단 한 번도 승후 자신에게는 화내는 모습을 보이지 않았기에 지금 사운화의 모습은 승후에게 실로 충격이었다.

'어떻게… 운화가……'

"언제까지 그러고 있을 거예요. 힘들단 말이에요."

사운화의 재촉에 승후는 황급히 사운화가 쓰고 있던 관을 내렸다. 그리고 면사를 걷었다. 매서운 눈을 하고 있는 사운화와 시선이 마주치자 승후는 자신도 모르게 사운화의 시선을 피했다. 그러는 한편 사운화의 옷고름을 풀어 내리기 시작했다.

"하하, 미안… 검왕 선배님이 자꾸 술을 권해서……."

"오라버니는 그럼 검왕 선배님과 혼인한 거예요, 아니면 저랑 한 거예요?"

"그, 그야……."

"무려 네 시진이나 혼자 이러고 있었단 말이에요."

기어코 사운화는 울먹이기 시작했다. 조금 전까지 화를 내던 사운화가 갑자기 눈물을 보이자 승후는 당황했다. 첫날밤부터 신부를 울리는 자신이 너무도 못나게 느껴졌다.

"자, 자. 오늘은 우리 두 사람에게 좋은 날이지 않니. 그만 그치려무나. 내 앞으로 다시는 술을 마시지 않을 테니."

"흥! 그런 무책임한 약속을 어떻게 믿으란 말이에요."

한번 토라진 사운화는 승후의 노력에도 쉽사리 이전처럼 돌아오지 않았다. 이에 승후는 당황했다. 그때 승후의 머리 속에 떠오른 이야기가 있었다. 조금 전 남궁도가 자신의 경험을 자랑스레 이야기한 것이 생각난 것이다.

'여자는 말이야, 첫날밤에 확실히 휘어잡아야 하네. 오늘 밤 자네도 힘을 한번 발휘해 보게.'

남궁도의 말을 떠올린 승후는 얼굴을 붉혔다. 다행히 어둠 속이라 승후는 남궁도의 말을 떠올리고도 침착할 수 있었다. 그러나 승후는 몰랐다. 남궁도가 한 이야기가 실제는 그 반대라는 사실을 말이다.

"운화야, 이번 한 번만 용서해 주려무나. 앞으로는 절대 이런 일이 없을 테니……."

승후는 슬쩍 사운화의 어깨를 감싸 안았다. 사운화가 흠칫한 것이 느껴졌다. 승후는 안도의 미소를 지었다.

"……."

"운화야?"

승후는 자신의 말에 아무런 말도 없는 사운화를 조심스레 살폈다. 사운화가 웃음을 참고 있는 것이 보였다. 승후는 사운화의 갑작스런 변화에 어리둥절했다. 그러나 오래지 않아 그동안 사운화가 자신을 놀린 것이라는 것을 승후는 직감할 수 있었다. 아마도 승후가 술이 취해 들어오자 누군가 남편을 휘어잡기 위해서는 이렇게 하라고 말해 준 모양이었다.

'그렇단 말이지.'

"운화야?"

승후가 한껏 목소리를 깔고 사운화를 불렀다. 그러자 사운화가 당황한 음성으로 대답했다.

"예? 오라버… 풋."

사운화는 분위기를 잡는 승후를 바라보다 웃음을 터뜨리고 말았다.

승후의 얼굴에 있는 멍 자국과 지금 승후의 행동이 너무도 어울리지 않았던 것이다.

"에? 아니, 갑자기 왜?"

"푸풋. 오라버니 얼굴에 멍 자국이……."

승후의 얼굴이 와락 일그러졌다. 혼례가 있기 바로 전날까지 대련을 빙자한 구타를 한 공공신승에게 화가 난 것이다.

'제기랄! 뭐가 신승이야! 염불을 외는 깡패구만.'

"푸풋."

아직도 웃음을 참지 못하는 사운화가 승후는 갑자기 미워졌다. 공공신승과의 대련 때 죽도록 고생한 자신을 몰라주었기 때문이다.

"운화, 너."

승후가 사운화를 와락 덮쳤다. 승후의 갑작스런 행동에 사운화는 깜짝 놀랐다.

"오라… 흡."

승후의 입술이 사운화의 입술을 훔쳤다. 짙은 주향에 사운화는 잠시 미간을 찌푸렸다. 그러나 승후는 사운화의 입술에서 달콤함을 느꼈다. 승후의 거친 행동에 잠시 몸부림치던 사운화가 조용해졌다. 그리고 승후의 행동 역시 조심스러워졌고 부드러워졌다.

간간이 들려오는 신음 소리가 오늘 두 사람에게 아주 특별한 날이었음을 말해 주었다.

第五章
납치

"흠… 그러니까 문 아저씨께서 이 서찰을 저에게 전해라 했다는 말씀입니까?"

승후는 문일상이 자신에게 보낸 서찰을 내려놓으며 임계화에게 말했다.

"그렇습니다."

"흠… 칠정산이 화산에까지 침투했다니… 솔직히 의외군요. 그럼 지난 사천혈사 때 화산이 움직이지 않은 것도 다 칠정산 때문이겠군요."

승후의 말에 임계화는 굳은 얼굴로 머리를 끄덕였다.

"알겠습니다. 일이 급하니 서둘러야겠군요."

"그리해 주신다면 정말 고맙겠습니다."

"무슨 말씀을. 칠정산도 일종의 독이기 때문에 오랫동안 방치하는 것은 그다지 좋은 일은 아닙니다. 오늘 당장이라도 출발하고 싶지만, 준비해야 할 일도 있고 하니 내일 일찍 출발하도록 하겠습니다."

"예. 그럼, 저는 그리 알고 준비하도록 하겠습니다."

임계화가 나간 후 승후는 생각에 잠겼다. 생각보다 '회'의 능력이 대단했다. 화산파의 수뇌를 중독시킬 수 있는 그들의 능력에 두려움마저 들었다. 사천혈사에 이은 화산파, 그리고 신녀문… 그리고 '회'가 어느 문파에 지금과 같이 손을 뻗고 있을지 짐작할 수 없었다.

"그나저나 어찌한다. 이 상황에서 나는 어떻게 해야 할까……."

돌이켜 생각해 보면 이곳 중원에 오고 나서부터 계속 마교의 후예들과 부딪쳐 왔다. 만약 앞으로도 그러하다면 어떻게 해야 할까. 아니, 혹시 승후 자신이 이곳에 오게 된 것이 마교의 발호를 막아주길 바라는 두 노인의 간절한 바람이 아니었을까. 그러나 그렇게 생각하기에는 마교와 힘의 차이가 너무 컸다. 승후는 혼자였고 마교는 비록 둘로 나누어져 있었지만, 단체였다. 승후가 아무리 뛰어나다고 해도 혼자서 단체를 상대할 수는 없는 일이었다. 더욱이 마교에는 승후보다 뛰어난 실력을 가진 알려지지 않은 고수들이 많이 있을 것이 분명했다. 승후는 자신의 의지와는 상관없이 점점 무림에 깊숙이 빠져들고 있는 자신의 모습이 느껴졌다.

"사, 상공."

앞으로의 일과 자신에 대해 생각하던 승후는 문밖에서 들려온 목소리에 피식 웃음을 흘렸다. 항상 오라버니라 부르던 호칭이 갑자기 고쳐지기란 쉽지 않은 일이었다. 사실, 승후는 호칭이야 별로 중요하다 생각하지 않았다. 그러나 신녀문의 어른들은 그런 승후와 사운화를 나무랐기에 할 수 없이 승후와 사운화는 어른들이 보는 앞에서는 서로를 공대해야 했다. 사운화의 어색한 호칭을 보아하니 아마도 문파의 어른과 함께 승후를 찾아온 모양이었다.

"들어오세요, 부인."

승후는 자신의 말에 낯이 간지러웠다. 그러나 애써 그러한 표정을 감추었다. 만약 공공신승이 본다면 그런 자신을 놀려델 것이 분명했기 때문이다.

"아니, 저를 부르시지 않구요."

승후는 진묘랑과 주혜의 방문이 뜻밖이었다. 신녀문의 장문인이 직접 자신을 찾았다는 것에 당황한 것이다.

"신승께서도 자네를 찾기 위해 직접 움직이시는데 내가 그럴 수 있나?"

"신승 어른께서도 오셨습니까?"

진묘랑과 주혜의 뒤를 따라 공공신승이 방으로 들어왔다. 승후는 공공신승의 출현이 그다지 달갑지 않았다. 이제는 상황이 역전되어 자신이 말로나 무공으로나 당하는 횟수가 늘었기 때문이다.

"그래, 내일 떠난다고?"

"예, 그렇게 되었습니다."

"무슨 급한 일이라도 있는 겐가?"

공공신승의 말에 대답하는 승후를 향해 주혜가 물었다. 오랜만에 만난 사운화와 조금 더 시간을 보내고 싶었던 것이다.

"예. 화산에도 칠정산에 중독된 환자가 있나 봅니다."

"그런!"

승후의 말에 진묘랑과 주혜, 그리고 사운화가 깜짝 놀란 표정을 지었다. 그러나 공공신승은 담담한 얼굴로 승후를 바라볼 뿐이었다.

"칠정산이야 네놈이 치료할 수 있는 문제이고, 뭔가 다른 문제가 더 있는 게냐?"

공공신승의 말에 승후는 놀란 표정을 지었다. 그러나 곧 피식 웃음을 흘렸다.

"신승 어른께서는 보기보다 눈치가 빠르십니다."

승후의 말에 공공신승의 하얀 백미가 잠시 꿈틀댔다. 그러나 이제 이 정도의 도발은 가볍게 무시할 수 있는 경지에 이른 공공신승이었다. 그리고 승후의 안색이 어두운 것도 궁금했다.

"말해 보거라."

"예. 칠정산을 사용하는 적의 정체를 알고 있습니다."

"음?"

"뭐라!"

승후의 말에 공공신승과 주혜는 놀란 눈으로 승후를 바라보았다. 그러나 칠정산에 중독된 경험이 있는 진묘랑은 착 가라앉은 음성으로 승후에게 물었다.

"그럼, 왜 지금까지 아무런 말도 하지 않고 있었던 겐가?"

"그게… 신녀문에 도착하고 나서부터는 정신이 하나도 없었습니다. 그리고 아직 확신이 서지 않았고 말입니다. 오늘 화산파의 이야기와 그동안 제가 겪었던 일들을 떠올리며 하나씩 맞추어보니 하나의 단체가 떠올랐습니다. 사실, 진작에 예상하기 했습니다만."

"그래, 그곳이 어딘가?"

"마교의 후예입니다."

"마교!"

진묘랑과 주혜가 믿을 수 없다는 얼굴로 승후를 바라보았다. 백 년 전의 정사대전 이후 그동안 마교의 후예로 보이는 어떤 단체도 보지 못했다. 그리고 백여 년이나 지속된 무림의 평화에 무림은 은연중 마교의 몰락을 인정하는 분위기였다. 그런데 지금 승후의 말은 지금까지 평화를 구가하던 무림에 마교에 의한 혈풍이 불어올 징조가 있음을 말하는 것이었다.

"확실한 것이냐?"

공공신승이 승후에게 재차 확인했다. 이에 승후는 처음 용문방에 있었던 일부터 이야기하기 시작했다. 승후의 이야기가 시작될수록 사람들의 얼굴에 놀람이 떠나지 않았다. 용문방과 같은 거대방파가 마교에 의해 수뇌가 제압될 동안 눈치를 채지 못했다는 사실이 믿어지지 않던 것이다. 그리고 마령인의 이야기와 사천혈사에 숨겨진 이야기에 이르러서는 공공신승마저 놀라움에 입을 다물지 못했다. 마지막으로 신녀문과 화산파의 중독에 이르러 승후의 긴 이야기가 끝이 났다. 승후의 이야기를 들은 진묘랑과 주혜는 할 말을 잃었다. 승후의 말이 모두 사실이라면 정말 큰일이었다. 마교가 발호한다면 또다시 많은 사람들이 목숨을 잃고 피를 흘릴 것이기에 마음이 답답해졌다.

"너의 말대로라면 마교가 세 편으로 나누어져 있다는 말이냐?"

"예. 그런 거 같습니다. 하나, 흑천회와 '회'는 그 뿌리가 마교인 것만 같을 뿐 목적은 다른 것 같았습니다."

"그게 무슨 말인가? 목적이 다르다니? 마교의 목적은 단 하나가 아닌가?"

진묘랑이 이해가 되지 않는다는 얼굴로 승후에게 반문했다.

"그렇습니다. 그렇지만 제가 알기로는 이전의 마교에 조금 문제가 있었던 듯싶습니다."

"문제?"

"예. 지금 제가 하는 이야기는 개방의 소진걸 장로께 들은 이야기입니다."

"선풍?"

"그렇습니다, 장문인. 지금부터 오십여 년 전에도 정사대전이 일어날 뻔한 일이 있었다고 합니다."

"어떻게……."

진묘랑과 주혜는 승후의 말에 믿을 수 없다는 얼굴을 했다. 그러나 공공신승만이 머리를 끄덕이고 있었다. 오십여 년 전의 사건을 알고 있는 사람은 이 자리에 공공신승뿐이었다.

"아마도 신승 어른께서는 그때의 사정을 대략이나마 짐작하고 계셨을 겁니다."

"그때 분명 그러한 조짐이 있긴 했지. 하나 어떤 일이 계기가 되어 마교가 발호 직전에 모습을 감추었는지 난 알지 못하네."

공공신승의 말이 끝나고 모두 승후의 얼굴을 바라보았다.

"정사대전이 일어나지 않은 이유는 마교 내의 내분이 있었기 때문입니다. 당시 마교에는 무림의 일통을 원하는 주전파와 시기가 이르니 신중해야 한다는 파로 나뉘어 있었습니다. 그때 일통을 주장하던 이들의 후예가 바로 지금의 '회'입니다. 그리고 신중론을 주장하던 후예가 용문방의 일을 일으켰던 흑천회이구요. 조금 전 장문인이 말씀하신 대로 마교의 목적은 어디까지나 강호의 일통에 있습니다. 그리고 그것은 지금의 '회'도 마찬가지입니다. 반면 흑천회는 마교를 흡수하려는 것 같습니다."

"흡수? 그건 또 무슨 말인가?"

주혜가 이해가 안 된다는 듯 승후를 향해 물었다.

"장담할 수는 없습니다만, 흑천회는 마교를 예전으로 돌리려는 것 같았습니다."

"예전이라……."

"예. 순수하게 힘을 추구하던 옛날로 돌아가려고 하는 것이죠."

"흠… 결코 두 무리가 섞이기는 힘들겠군."

"아마도 그럴 겁니다. 그래서 세력이 부족한 흑천회가 용문방을 얻으려고 한 것 같습니다."

"그래, 어느 정도 이해가 되는군. 흠. 녀석, 색만 밝히는 줄 알았더니 그 정도까지 예측을 해내다니 제법이군 그래."

기분 좋게 잘 나가던 승후에게 공공신승이 시비를 걸었다.

"아니, 왜 자꾸 색마라 그러십니까. 저처럼 일편단심……."

"그럼, 네 녀석은 화산의 그 아이를 포기할 테냐? 그리고 남창에 있는 아이들의 어미는?"

공공신승의 날카로운 반격에 승후는 일순 할 말을 잃었다.

"그래요, 전 색마입니다. 무림에서 제일가는 색마! 됐습니까!"

"그래, 됐다, 이놈아. 색마가 자랑이냐. 그리고 어디다 소리를 지르는 게냐!"

공공신승은 매번 바락바락 대드는 승후를 노려보며 호통 쳤다. 그리고 승후는 곧이어 들려온 공공신승의 말에 슬그머니 시선을 피하고 말았다.

"화산으로 떠나기 전에 대련을 한 번 더 할까?"

"끙."

"호호호."

승후와 공공신승의 모습에 세 여인은 웃음을 터뜨렸다. 승후와 함께 있을 때면 신승으로서 근엄한 모습은 찾아볼 수 없는 공공신승이 그렇게 보기 싫지 않았던 것이다.

"한데, 사위."

"예."

여전히 못마땅한 기색을 하고 있는 승후를 주혜가 부드러운 음성으로 불렀다.

"자네는 조금 전 마교가 세 조각이 나 있다고 하지 않았나?"

주혜의 말에 승후는 머리를 끄덕이며 말했다." 예. 현제 '회' 내부에는 회주와 태상의 양대 세력 간 다툼이 있다고 합니다. 그래서 아직 '회'의 힘을 한 곳으로 집결하지 못하고 있는 상황입니다."

"불행 중 다행이군."

주혜의 다행이라는 말에도 누구 하나 밝은 얼굴을 한 사람은 없었다. 언제든 '회'의 내부가 정리되어 결집된 힘을 표출하게 된다면 무림은 또 한 번의 정사대전을 치르어야 할 것이었다.

"혹시, 다른 문파들도 우리나 화산파와 같은 일을 겪고 있는 것이 아

닐까요?'

그동안 이야기를 듣고만 있던 사운화가 처음으로 말문을 열었다. 그렇지 않아도 편치 않던 마음이 사운화의 말에 더욱 무거웠다.

모두 승후가 마교에 대해 이야기를 할 때부터 사천혈사에도 불구하고 움직임이 없는 오파일방에 의심을 하고 있었다. 하지만 그것이 만약 사실이라면 무림은 대혼란이 일어날 수밖에 없었다. 오파일방의 수뇌가 만약 사운화의 말처럼 중독되었다면 마교가 어렵지 않게 일통할 수도 있는 일이었다. 좌중은 사운화의 말이 단순히 기우이기를 간절히 바랐다. 하지만 지금의 상황으로 봐서는 꼭 그러지 말라는 법도 없었다. 사천의 혈사와 같은 무림의 판도를 바꿀 만한 큰 사건이 벌어졌음에도 나머지 오파일방과 사대세가는 전혀 움직이지 않은 사실이 사운화의 말에 힘을 실어주었다.

"일단 신녀문이라도 대비를 해두어야지요. 저도 저 나름대로 준비를 할 것입니다. 신승 어른께서도 소. 림. 에 돌아가셔서 그러한 사실을 알리셔야겠죠."

승후가 마지막 소림을 강조하자 공공신승은 은근히 신경이 쓰였다. 이번 일을 빌미로 자신을 소림으로 돌려보내려고 하는 것 같았기 때문이다. 그러나 공공신승은 승후의 이런 행동에 승후가 대견하게 느껴지기도 했다. 만약 승후를 제외한 다른 무림인이 마교의 발호를 알았다면 자신에게 도움을 청했을 것이다. 비록 승후가 자신을 떼어놓으려는 이유가 다른 곳에 있을 테지만, 그래도 자신의 도움 없이도 마교의 발호에 대한 준비를 할 수 있다는 자신감으로 느껴져 승후가 지금 조금, 아주 조금 달라 보였다. 그러나 공공신승은 당분간은 소림으로 돌아갈 생각이 없었다. 속세에 나와 이미 평정이 흐트러진 것, 얼마간 승후를 따라다녀 볼 생각이었던 것이다. 그리고 승후와 말다툼하는 것도 재미가 있었고, 승후의 성장을 빌미로 대련을 하는 것도 재미있는 일이었다.

"소림의 일은 내가 알아서 하마. 그나저나 내일 화산으로 떠난다고."

"예."

"그럼 나도 준비를 해둬야겠군."

공공신승이 자리에서 일어나며 한 말에 승후는 깜짝 놀랐다. 신녀문의 일만 해결되면 당연히 소림으로 돌아갈 것이라 여겼던 공공신승이 찰거머리처럼 자신에게 달라붙는 것이 싫었던 것이다.

"아니, 그럼! 소림에는 누가 소식을 전한다는 말입니까?"

공공신승의 말에 승후는 울상이 되었다. 공공신승의 모습으로 봐서는 당분간 자신에게서 떨어질 것 같지 않았기 때문이다.

"소식이야 신녀문의 아이들을 이용해도 되고… 아, 검왕이 있었군. 그야말로 든든한 심부름꾼이 아니냐."

검왕 남궁도를 한낱 심부름꾼으로 만들어 버린 공공신승의 말에 좌중은 할 말을 잃었다. 그러나 공공신승의 이러한 행동도 은연중 자신의 말과 행동에 영향을 받은 것임을 승후 본인은 몰랐다.

'제기랄! 나는 냄새나는 노인네가 싫단 말야!'

'흐흐 요놈아, 네놈은 절대 내 손에서 벗어나지 못한다.'

서로 전혀 짐작하지 못한 생각을 하는 공공신승과 승후였다.

"왕 아저씨, 안녕하세요?"

정신없이 만두를 빚고 있던 왕일은 갑자기 들려온 귀여운 목소리에 잠시 일손을 멈췄다. 왕일의 얼굴에 자신도 모르게 미소가 떠올랐다. 두 목소리의 주인공을 어렵지 않게 예상할 수 있었던 것이다.

"어이쿠! 우리 작은 아가씨들 오랜만입니다. 저는 아가씨들이 제가 만든 만두가 맛이 없어 다른 곳으로 간 줄 알았습니다."

왕일의 너스레에 이영과 석초혜가 당황했다. 아이들의 이런 변화에 왕일은 터져 나오는 웃음을 간신히 참았다.

"아니에요. 아빠랑 사천에 다녀오느라 며칠 전에 집에 돌아왔단 말이에요."

왕일의 일부러 만들어낸 서운하다는 표정에 석초혜가 황급히 변명 아닌 변명을 했다. 사실, 왕일은 석초혜가 이야기하지 않더라도 이영과 석초혜가 남창을 떠난 사천행 표행에 함께한 사실을 잘 알고 있었다. 그리고 이영과 석초혜가 남창을 떠난 사이 남창표국의 공격이 있었다는 사실도 소문을 들어 이미 알고 있었다. 석가장에 불이 치솟던 그날 밤 왕일은 이영과 석초혜가 남창을 떠난 것이 정말이지 다행이라고 생각했었다.

"아이고, 우리 아가씨들 언제 남창에 돌아오셨습니까?"

왕일의 가게 맞은편의 객잔 주인인 추팔이 이영과 석초혜를 알아보고는 한달음에 아이들을 향해 다가왔다. 추팔의 얼굴에는 왕일과 같은 반가움이 가득했다.

"헤헤, 추 아저씨, 안녕하세요."

이영과 석초혜의 인사에 추팔의 입이 귀에 걸렸다. 아들만 칠 형제를 둔 추팔이었기에 이영과 석초혜의 귀여운 모습은 눈에 넣어도 아프지 않을 것 같았다. 추팔은 이영과 석초혜의 깜찍한 인사를 받을 때면 자신도 딸을 하나 키우고 싶다는 욕망을 지울 수 없었다. 하지만 추팔의 즐거웠던 마음은 왕일의 말에 눈 녹듯 사라졌다.

"자, 자. 아가씨들, 어서 들어오세요. 제가 금방 쪄낸 만두를 아가씨들 돌아온 기념으로 드리겠습니다. 그리고 추팔 자네는 비.싼. 오리구이나 팔러 가보라구."

"정말요?"

"뭐라!"

왕일의 말에 이영과 추팔이 동시에 말했다. 그러나 이미 왕일의 귀에는 추팔의 분노에 찬 음성은 들리지 않았다. 공짜로 만두를 주겠다는 자신의 말에 반색하는 이영의 모습이 너무도 귀여웠기 때문이다. 이미 이영의 이런 반응을 예상하고 있었지만, 머리 속으로 생각한 것과 직접 보는 것은 그 차이가 상당히 컸다. 좋아서 폴짝폴짝 뛰며 박수를 치는 이영의 모습에 왕일은 자신이 만두 장사를 한다는 사실이 이 순간만큼은 행복했다. 소문에 승후를 만나기 전 이영은 힘겨운 생활을 했다고 했다. 그런 이영에게 가장 좋은 음식이란 것이 고작 만두였다는 사실이 왕염을 가슴 아프게 했다. 그리고 다른 한편으로 자신의 만두가 이영이 얼굴에 미소 짓게 만들 수 있다는 것이 흐뭇했다.

"영아야, 공짜는 안 돼."

금방이라도 왕일을 따를 것 같은 이영의 행동을 석초혜가 제지했다. 석초혜의 말에 추팔이 반색했다.

"그럼요, 공짜는 안 되고말고요. 공짜를 좋아하면 대머리가 됩니다.

돼요."

추팔의 말을 들은 왕일이 추팔을 매섭게 쏘아보았다. 그러나 왕일이 그랬던 것처럼 추팔 역시 왕일의 시선 따위는 신경 쓰지도 않았다. 어서 이영과 석초혜를 자신의 객잔으로 데려갈 생각을 하고 있었다. 그러나 품속에서 동전을 주섬주섬 꺼내놓는 석초혜의 행동에 왕일과 추팔은 어리둥절한 표정을 지었다.

"아저씨, 여기요."

석초혜가 꺼낸 것은 구리 동전 팔 문이었다. 만두 두 개의 값이었다.

왕일은 석초혜가 내놓은 구리 동전의 의미를 잘 알았다. 석초혜는 만두 값을 치러야 한다는 결심이었던 것이다. 왕일은 순간 석초혜의 구리 동전을 받아야 하는지를 망설였다. 아마도 석초혜는 구리 동전을 얻기 위해서 꽤 많은 심부름을 했을 것이다. 왕일과 추팔은 이영과 석초혜가 석가장 어른들의 심부름을 하고 그때마다 구리 동전을 받는다는 사실을 이영의 이야기를 통해 알고 있었다. 입술을 앙다물고 구리 동전을 내미는 석초혜의 행동에 자신의 행동을 결코 양보할 수 없다는 귀여운 고집이 느껴졌다.

"하하. 알겠습니다, 아가씨. 제가 오늘은 아가씨들이 다시 이 왕일의 만두가게를 찾아준 특별한 날이기도 하고 하니 만두를 동전 이 문에 드리겠습니다."

왕일의 말에 잠시 생각하던 석초혜가 머리를 끄덕였다. 자신은 만두 값을 치렀기에 결코 공짜로 얻어먹는 것과는 다르다고 생각한 것이다.

"추 아저씨네 가게는 나중에 아빠가 오면 들를게요."

추팔은 이영의 말에 입맛을 다셨다. 이영의 머리 속에는 추팔의 가게는 비싼(?) 오리구이를 먹는 곳이라고 이미 각인되어 있었던 것이다.

"아, 아가씨. 저도 동전 이문에 오리구이를……"

그러나 추팔이 미처 말을 끝맺기도 전에 이영과 석초혜는 왕일의 재촉에 왕일의 가게 안으로 들어가 버렸다. 추팔의 안타까운 마음만 왕일의 가게 앞에서 맴돌았다.

"…그래서 남창표국에서는 어떻게 할 생각이죠?"

소난영의 차가운 음성에 송기룡이 흠칫했다.

송기룡은 처음 피해 보상을 협의하기 위해 대륙표국의 대표로 승후가 아닌 소난영이 모습을 보였을 때 속으로 득의의 미소를 지었다. 소난영의 심성이 여리다는 것을 너무도 잘 알고 있었기에 자신의 뜻대로 일을 처리할 수 있을 것이라 생각했다. 단지 소난영과 함께한 문성왕과 자미군주가 신경이 쓰일 뿐이었다.

'문성왕의 존재를 믿고 있는 것인가? 그래 봐야 네년은 내 손바닥 안이다.'

음흉한 미소를 지으며 소난영을 바라보는 송기룡의 시선에 자미군주 주벽금의 눈썹이 치켜 올라갔다. 그리고 문성왕 역시 송기룡의 지금 행동이 마음에 들지 않는지 주름진 이마를 찌푸렸다.

"흠, 흠."

송기룡과 함께한 칠패가 그런 송기룡에게 주의를 줬다. 송기룡은 조심스레 문성왕의 눈치를 살피며 재차 소난영의 얼굴을 바라보았다. 그러나 조금 전과는 달리 지금 소난영의 얼굴에는 어떤 동요도 없었다. 예상 밖인 소난영의 모습에 송기룡은 의아해했다.

'흥! 네년이 허장성세를 펴고 있는 것 같다만 어림도 없다.'

송기룡은 지금 소난영의 모습을 단순한 허장성세라 생각하며 퉁명스런 말투로 말했다.

"전각 두 채의 파손과 불행을 당한 석가장 가솔들의 보상금으로 황금 오천 냥을 드리겠습니다."

"오천 냥……."

소난영은 송기룡의 말에 처음으로 송기룡의 모습을 빤히 바라보았다. 송기룡은 소난영의 시선을 피하지 않았다. 그러나 곧 소난영의 눈 속에 떠오른 경멸의 빛에 순간 목구멍에서 울컥 치밀어 오른 반감이 있었다.

황금 오천 냥이면 결코 적은 액수가 아니었다. 그러나 송기룡이 말한 오천 냥이 남창표국에 의해 목숨을 잃은 석가장의 가솔들을 되살릴 수는 없는 일이었다. 파손된 전각의 가치가 어떠하든 사람의 목숨에 비할 바는 아니었다. 아마도 승후 역시도 자신의 생각과 같을 것이라고 소난영은 생각했다. 그리고 사람의 목숨을 황금 몇 냥으로 대신하려는 송기룡의 행동에 화가 났다.

"불가합니다."

소난영이 싸늘한 음성으로 말했다. 송기룡은 소난영의 반응이 뜻밖이었는지 그동안 미소를 짓고 있던 얼굴을 일그러뜨렸다. 그리고는 몸을 앞으로 숙였다. 소난영의 의도를 알아보기 위함이었다.

"황금 오천 냥이 비록 큰 액수이긴 합니다만, 남창표국의 인물들에게 목숨을 잃은 석가장 가솔들의 목숨을 되살릴 수는 없습니다."

"하고 싶은 말이 뭐요!"

송기룡은 고작 하인들의 목숨에 집착하는 소난영을 이해할 수 없었다. 죽은 하인들의 자리야 다시 돈으로 사들이면 되는 것이었기 때문이다.

"황금 일만 냥과……."

쾅!

"뭐요! 황금 일만 냥! 황금 일만 냥이 어디 아이 이름이오!"

송기룡은 소난영의 요구에 불같이 화를 냈다. 황금 일만 냥이면 남창표국의 일 년 수입을 넘어서는 금액이었다. 칠패는 송기룡의 격한 반응에 머릴 저었다. 처음부터 지금과 같은 반응을 보이면 이번 협상에 결코 이롭지 않을 것이었다. 더구나 이번 일의 잘못은 명백히 남창표국에 있었다. 증인과 증거 역시 명백한 상황이었다. 남창의 여론조차 좋지 않은 상황이었기에 남창표국으로서는 현재 소난영의 어떤 요구도 받아들여야 할 판이었다.

"아직, 내 요구는 끝나지 않았어요."

소난영은 담담한 얼굴로 송기룡의 분노로 이글거리는 눈을 응시했다. 송기룡은 소난영의 차갑게 가라앉은 눈을 바라보고는 갑자기 등골이 서늘했다. 지금 소난영이 독한 마음을 먹고 있다는 사실을 뒤늦게 눈치 챈 것이다.

"남창표국이 독점하고 있는 이호충 상단의 표물 운송을 우리에게 넘기세요."

"뭐, 뭐요!"

송기룡은 소난영의 요구에 어이가 없다는 얼굴을 했다. 이호충 상단은 남창에서도 제일 규모가 큰 상단이었다. 아니, 중원에서도 손꼽히는 상단이 이호충 상단이었다. 그러하기에 남창표국의 오늘이 있기까지 이호충 상단의 도움이 상당히 컸었다. 이호충 상단의 표물 운송만으로도 남창표국의 한 해 수입의 사 할을 차지할 정도였다. 그런 알짜배기 상단을 넘기라니 송기룡으로서는 절대 받아들일 수 없는 일이었던 것이다.

"불가하오!"

송기룡을 대신해 그동안 줄곧 침묵을 지키고 있던 남창표국의 대표 두 칠패가 단호하게 말했다. 만약 이호충 상단을 잃게 된다면 남창표국의 기반이 흔들리게 되는 일이었다. 지금도 대류표국으로 인해 적지 않은 상단을 잃은 상황이었기에 이호충 상단은 절대로 포기할 수 없었다.

소난영은 칠패의 그런 단호한 의지를 읽을 수 있었다. 하지만 이대로 물러나기에는 석가장 식솔들의 영혼이 너무도 억울해할 것 같았다. 지금 당장 자신의 힘으로는 초향과 식솔들의 죽음을 위로할 수 없었지만, 어렵게 찾아온 호기로 최대한 남창표국에게 타격을 줄 생각이었다. 그리고 승후가 돌아온다면 반드시 초향과 석가장의 식솔들의 복수를 해줄 것이라 믿어 의심치 않았다.

"그럼, 할 수 없군요. 남창표국과의 협상은 없던 일로 하겠습니다. 하지만."

소난영은 말을 끊으며 송기룡을 노려보았다. 무공을 익히지 않은 소난영이었지만, 그 눈빛만은 칠패마저도 오싹하게 만들었다. 그리고 아직 끝나지 않은 소난영의 뒷말이 걱정되었다.

"정식으로 관부에 남창표국의 습격과 살인, 방화를 고발하겠어요."

쿵!

소난영의 말에 송기룡과 칠패는 심장이 떨어지는 충격을 느꼈다. 칠패는 급히 문성왕을 살폈다. 칠패는 문성왕의 표정에서 어떤 감정도 읽을 수 없었다. 그러나 문성왕과 같이 자리한 자미군주 주벽금이 소난영의 말에 동조해 머리를 끄덕이는 모습이 보였다.

'처음부터 이럴 작정이었는가?'

칠패는 일이 상당히 어려워졌음을 알았다. 지금 소난영의 모습은 애초에 이호충 상단에는 관심이 없는 듯했다. 남창표국이 받아들일 수 없는 조건을 제시함으로써 이번 일을 관부에서 해결할 수 있는 명분을 얻기 위한 속셈으로 보여졌다. 남창표국으로서는 소난영의 요구를 받아들일 수도, 그렇다고 거부할 수도 없는 난감한 상황이었다. 칠패는 소난영이 두려워졌다. 그리고 무공을 익히지 않은 여인도 충분히 두려움을 줄 수 있다는 것을 지금 이 순간 느낄 수 있었다.

"조, 좋소. 이호충 상단을 넘기겠소. 하나 황금 일만 냥은 너무 많소!"

"소국주!"

소난영의 요구에 승낙하는 송기룡의 말에 칠패는 당황한 목소리로 소리쳤다. 그러나 칠패로서도 현재의 상황을 벗어날 방법이 떠오르지 않았다. 그리고 지금의 상황을 이토록 어렵게 만든 문성왕 주천운의 존재가 원망스러웠다.

남창의 관부는 오랜 세월 동안 남창표국이 틀어쥐고 있었다. 수십 년간 남창에 뿌리를 두고 있는 남창표국이었기에 남창의 관부에 뿌린 자금만 하더라도 그 액수가 상당했다. 그러나 문성왕이 남창에 나타남으로 해서 남창의 관부가 잔뜩 움츠려 있었다. 당금 황제의 하나뿐인 숙부를 거슬릴 배짱이 있는 관원은 없었던 것이다. 그것도 명백한 증거와 증인을 두고서 말이다.

칠패는 두 눈을 감고 말았다. 남창표국의 쇄락이 머리 속에 그려졌다. 남창표국주 송청과 함께한 이십여 년의 세월이 주마등처럼 머리 속을 스쳐 지나갔다.

[어차피 다음 달이면 이호충 상단과 계약 기간이 끝나지 않소. 일 년 뒤 다시 찾아오면 될 뿐.]

칠패의 암담해하는 모습에 송기룡이 전음을 전했다. 그러나 송기룡의 전음을 들은 칠패는 얼굴을 사정없이 구겼다. 송기룡의 말처럼 이호충 상단과는 올해 계약이 끝이 난다. 하지만 이호충 상단과는 암묵적으로 평생의 동반자라는 생각을 표국의 수뇌나 이호충 상단이 하고 있었다. 그런데 이번 송기룡의 승낙은 남창표국과 이호충 상단과의 단단한 결속을 깨는 것이었다. 한 번 무너진 신뢰는 다시 회복하는 것이 어려운 것이 상계의 생리였다. 더욱이 아직 남창표국과 대륙표국의 눈치를 보며 저울질하고 있는 중소상단이 이번 송기룡의 결정으로 대륙표국 쪽으로 돌아설 가능성이 높았다. 이 모든 것이 단지 자신의 생각이고 우려이길 바랐지만, 칠패는 자꾸만 자신의 우려대로 일이 벌어질 것 같은 느낌이 들었다.

'경험이 너무 부족해……'

칠패는 그동안 자신이 송기룡에게 관심을 두지 않은 것을 후회했다. 하나뿐인 남창표국의 후계자를 단지 자신의 마음에 들지 않는 부분이 있다고 소원했던 것이 지금의 결과를 낳고 있었다. 칠패는 송청을 대할 면목이 서지 않았다.

"그럼 여기 합의서에 서명하세요. 보상금으로 황금 일만 냥이 많다고 하니 오천 냥으로 하지요. 그리고 이 합의서의 증인은 문성왕 전하와 자미군주님으로 하겠습니다."

천태명이 건넨 문서를 다시 송기룡의 앞에 내밀며 소난영이 말했다. 소난영의 말에 송기룡은 마치 일이 이렇게 될 것을 예상이라도 한 것 같은 소난영과 천태명의 모습에 인상을 구겼다. 소난영이 아니라 자신이 소난영의 손바닥에서 허둥대고 있었다는 생각을 지을 수 없었던 것이다. 송기룡은 누구에게인지 모를 짜증이 담긴 행동으로 남창표국의 낙관과 수결을 써 넣었다.

"그럼 빠른 시일 내에 배상금과 이호충 상단의 건을 처리해 주시길 바랍니다."

"알겠소!"

송기룡은 소난영의 말에 차갑게 대꾸하고는 석가장을 떠났다. 그런 송기룡의 뒤로 칠패가 허탈한 걸음으로 뒤따랐다.

"와! 언니, 하얀 호랑이다."

왕일이 싸준 만두를 가슴에 안은 이영이 우리에 든 백호를 발견했다. 그동안 이야기로만 듣던 백호의 모습에 호기심이 동한 이영이 석초혜의 손을 잡아끌었다.

"정말!"

온통 새하얀 털을 하고 있는 백호가 아이들의 눈에는 너무도 이쁘게 느껴졌다. 그러나 곧 우리 속에 죽은 듯이 엎드려만 있는 백호가 사람들의 집적거림에도 미동도 보이지 않자 그만 불쌍해졌다.

"백호야, 백호야."

이영이 백호의 우리에 바싹 다가갔다. 그런 이영의 행동에 석초혜가 깜짝 놀라 이영을 붙잡았다.

"영아야, 위험해."

"응? 하지만 불쌍한걸."

이영의 눈에 어느새 눈물이 고여 있었다. 그리고 아직도 백호를 향해 집적거리는 어른들을 향해 볼을 부풀렸다.

"그러지 말아요. 백호가 싫어한다 말이에요."

작은 체구의 이영이 외치자 백호를 괴롭히던 사내들이 이영을 바라보았다. 작은 여자 아이가 볼을 부풀린 채 자신들을 막아서는 모습에 사내들은 어이없어했다.

"꼬마야, 어른들의 일에 참견하는 것이 아니란다."

이영의 행동이 못마땅했던지 사내 몇이 짐짓 이영을 나무랐다.

"어른들이 왜 죄없는 백호를 괴롭혀요. 으아앙!"

이영이 갑자기 울어버리자 다시 백호를 괴롭히려던 사내들이 당황했다. 그리고 이영의 울음소리에 주변의 사람들이 몰려들기 시작했다. 점점 사람들이 몰려들자 몇몇 사내는 황급히 자리를 떴다.

"쳇! 재수없는 꼬마 같으니라구. 퉤!"

이영을 보며 침을 뱉는 사내의 모습에 시장의 상인들이 버럭 화를 냈다.

"뭐! 재수가 없어! 상춘 네놈이 뭘 잘했다고 석가장의 아가씨에게 침을 뱉는단 말이냐!"

상춘이라 불린 사내는 상인의 말에 당황했다. 눈앞의 꼬마가 석가장의 금지옥엽일 줄은 상상도 못했던 것이다.

"여보시오. 여기 대륙표국의 표사 분 안 계시오!"

이영과 석초혜를 알아본 사람들이 대륙표국의 표사를 찾는 듯한 행동을 보였다. 상춘은 상인의 말에 당황해 어찌할 줄 몰랐다. 대륙표국의 표사들이라면 자신과 같은 무공을 모르는 파락호는 한주먹감도 되지 않을 것이 분명했다.

"아니, 내가 뭘 어쨌다고……."

상춘은 말꼬리를 흐리며 급히 자리를 떴다. 그런 상춘의 모습에 시장의 상인들과 사람들이 웃음을 터뜨렸다.

"하하하. 아가씨들, 백호에게는 너무 가까이 가지 말아요. 이놈이 지금은 이렇게 불쌍해 보여도 여러 사람을 해쳤답니다."

상인의 말에 이영과 석초혜가 놀란 얼굴을 했다. 저렇듯 힘없이 축 처져 있는 백호가 사람들을 해쳤다는 사실이 믿어지지 않았던 것이다.

"영아야, 그만 가자."

상인들의 말에 겁을 먹은 석초혜가 이영을 잡아끌었다. 이영도 상인의 말이 충격이었는지 백호의 우리에서 주춤주춤 물러났다. 이런 아이들의 모습이 귀여웠던지 시장의 사람들은 이영과 석초혜의 모습에서 눈을 떼지 못했다. 그런 사람들 중에 조금 전부터 이영과 석초혜의 뒤를 따른 사람들이 있었다. 시장의 상인들로 가장을 하긴 했지만, 날카로운 눈매가 결코 평범한 상인이 아님을 보여주었다.

크왕!

그동안 죽은 듯이 엎드려 있던 백호가 갑자기 벌떡 일어나 날카로운 울음을 울었다. 그 소리에 깜짝 놀란 이영과 석초혜는 그만 자리에 털썩 주저앉고 말았다. 그리고 백호의 눈은 이영과 석초혜를 줄곧 바라보고 있는 날카로운 눈매의 사람들을 노려보며 '으르릉' 거렸다. 백호에게서 뿜어져 나오는 산중 제왕의 기세에 사람들은 주춤주춤 뒤로 물러났다. 그러나 중년 무사로 보이는 사내는 백호의 기세를 정면으로 받고도 아무렇지 않게 이영과 석초혜를 향해 다가가고 있었다. 사내가 점점 아이들에게 가까워지자 백호는 좁은 우리의 구석으로 물러나며 경계의 눈을 했다.

"아이야, 그만 일어나자꾸나."

백호를 바라보며 덜덜 떨고 있던 이영과 석초혜에게 다가온 중년 문사는 아이들을 일으켜 세우며 아이들이 눈치 채지 못하게 내력을 흘려주었다. 중년 문사의 내력이 효험이 있었던지 이영과 석초혜는 빠르게 마음의 안정을 찾았다.

"고맙습니다."

이영이 재빨리 중년 문사를 향해 인사했다. 그런 이영이 귀여웠던지 중년 문사가 머리를 쓰다듬었다.

"영아야, 다른 구경 가자."

중년 문사가 이영만 귀여워하는 것에 샘이라도 났는지 석초혜가 이영을 재촉했다. 그리고 이영의 손을 잡아끈 석초혜는 사람들 틈으로 사라졌다. 그런 아이들을 보며 중년 문사가 굳은 얼굴을 하며 중얼거렸다.

"곧, 다시 만나게 될 거다."

"언니, 왜 그래?"

석초혜가 조금 전부터 계속 뒤를 힐끔거리며 뛰어가자 이영이 가쁜 숨을 몰아쉬며 그 이유를 물었다. 그러나 석초혜는 이영의 물음에 대답은 하지 않고 계속 뒤만 살폈다.

"아이, 대체 왜 그래."

"응… 그 아저씨 눈이 이상해서……."

"응? 뭐가?"

"그 아저씨가 영아를 볼 때 눈이 파랬어."

"응? 난 모르겠는데."

석초혜의 말에 이영은 작은 머리를 갸웃거렸다.

"아냐, 진짜야… 아저씨가 그런 아저씨들 조심하랬잖아. 영아와 같이 귀여운 아이들을 잡아가는 나쁜 아저씨들이라고."

석초혜가 짐짓 심각한 얼굴을 해 보이며 말했다. 그리고 석초혜의 심각한 말과 행동에 이영의 얼굴도 덩달아 심각해졌다.

"그럼, 그만 돌아갈까?"

아직 시장 구경을 채 시작도 하지 못했기에 이영은 많이 아쉬웠다.

"내일 할아버지들이랑 같이 오자. 나쁜 아저씨들은 할아버지들이 혼내줄 테니까."

"응! 그래."

석초혜의 말에 이영은 집으로 돌아갈 결심을 했다. 이영의 손을 잡은 석초혜가 발걸음을 재촉했다.

"호오. 녀석들 제법 눈치가 있는데."

조금 전 석초혜의 머리를 쓰다듬던 중년 문사의 얼굴에 짙은 미소가 떠올랐다. 분명 환하게 웃고 있었지만 중년 문사의 미소는 섬뜩했다. 그러나 중년 문사의 미소는 나타날 때보다 빠르게 사라졌다. 중년인의 이런 변화를 아무도 눈치 챈 사람은 없었다.

"이한(李韓)!"

"예, 대주."

중년 문사에게 이한이란 불린 상인 복장을 한 사내가 대답했다.

"적당한 시기에 아이들을 납치하도록. 난 그곳에서 기다리고 있겠다."

"……."

"왜 대답이 없는 것인가?"

"아, 아닙니다."

"설마, 실수는 하지 않겠지?"

"절대 그럴 리는 없습니다."

"그래, 그래야지."

중년 문사는 이한이라 불린 사내의 어깨를 가볍게 한번 두드려 주고는 걸음을 옮겼다. 그 방향은 이영과 석초혜가 뛰어간 곳과 반대 방향이었다.

"언니, 저기 불쌍한 사람이 있어."

이영의 가리킨 곳에 낡고 해어진 옷을 입은 사내가 벽에 등을 기댄 채 앉아 있었다. 그리고 그런 사내에게 무언가를 먹이기 위해 애쓰고 있는 여자 아이의 모습이 이영의 눈에 들어왔다. 병이라도 들었는지 사내의 얼굴은 무척이나 창백했다.

"아저씨, 이거라도 드셔보세요."

석초혜의 또래로 보이는 여자 아이가 남자를 향해 어디서 얻어왔는지 식은 밥을 먹이려 애쓰고 있었다. 여자 아이나 남자의 행색은 너무도 볼품이 없었기에 지나는 사람들마다 두 사람의 모습에 눈살을 찌푸렸다.

"저, 이거……."

이영이 가슴에 안고 있던 만두를 여자 아이에게 내밀었다. 여자 아이는 갑자기 들려온 목소리에 흠칫 놀랐다. 그러나 곧 목소리의 주인공이 자신과 같은 아이인 것을 알고는 고개를 돌려 이영을 바라보았다.

며칠을 씻지 않았는지 여자 아이의 몸에는 고약한 냄새가 났다. 게다가 여자 아이의 왼팔은 보기 흉하게 뒤틀려 있었다. 많이 아팠을 텐데도 용케 지금까지 잘 견디고 있는 모습이 이영은 내심 대단하다고 생각했다. 이영은 아픈 것을 무지 싫어했다.

"나, 거지 아냐."

이영에게 말하는 여자 아이의 목소리에는 힘이 없었다. 그러나 두 눈은 빛났다. 이영은 여자 아이에게 자신의 호의를 어떻게 설명해야 할지 알지 못했다. 이영은 지금 커다란 결심을 하고 호의를 베풀고 있는 것인데 자신의 마음을 몰라주는 여자 아이가 괜히 미워지기 시작했다. 그러나 다행히도 이영의 곤란한 마음을 석초혜가 해결해 주었다.

"상한 밥은 아픈 사람에게 안 좋아."

석초혜가 여자 아이가 쥐고 있는 주먹밥을 가리켰다. 석초혜의 말에 여자 아이는 자신의 손에 쥔 주먹밥을 바라보았다. 그렇게 한참을 주먹밥을 바라보던 여자 아이는 눈물을 흘리고 말았다. 그동안 아저씨의 병이 더욱 깊어진 것이 자신의 탓만 같았기 때문이다.

"울지 마. 너희 아저씨 우리 집에 데려가자. 그럼, 우리 할아버지가 고쳐 주실 거야."

이영의 말에 여자 아이가 이영의 얼굴을 빤히 바라보았다. 지금까지 누구에게도 호의를 받아본 적이 없었다. 낙양을 떠나 지금 이곳에 도착할 때까지 어디를 가나 거지 취급을 받았다. 몇 번이나 파락호들에게 죽음의 위험을 겪기도 했었다. 그랬기에 내심 이영의 말을 따르고 싶었다. 그러나 깨끗한 옷을 입고 또 자신처럼 더럽지 않은 얼굴을 하고 있는 이영과 석초혜의 모습에 괜한 거부감이 들었다. 하지만 여자 아이의 주저도 그리 오래가지 못했다.

"너희 아저씨 빨리 치료해야 해."

석초혜가 벽에 기대어 힘겹게 앉아 있는 사내의 앞에 쪼그리고 앉아 말했다. 조심스레 사내의 여기저기를 만져 보던 석초혜가 어느 순간 놀란 표정을 했다. 그리고 자신의 입에서 흘러나오려는 신음을 작은 손으로 급히 막았다. 사내의 가슴이 썩어 구더기가 생겨 있었던 것이다. 그리고 사내의 몸에 검에 의한 상처가 너무도 많았다. 그러나 이영의 눈은 사내의 그런 상처보다 살아서 꿈틀거리는 구더기의 모습에서 눈을 떼지 못했다.

"빠, 빨리 집에 가자. 이 아저씨 너무 아플 거야."

석초혜가 여자 아이의 팔을 잡아끌었다. 석초혜의 갑작스런 행동에 여자 아이는 중심을 잃고 힘없이 바닥에 쓰러졌다. 그런 여자 아이를 이영이 급히 부축했다. 이영의 콧속으로 악취가 밀려왔다. 그러나 너무도 불쌍해 보이는 여자 아이와 남자를 외면할 수 없어 꾹 참았다.

"앗! 표사 아저씨들이다."

인상을 찌푸리며 여자 아이를 부축하고 있던 이영이 대륙표국의 표사들을 발견했다. 어디 표행을 다녀오는지 서로 이야기를 나누며 다가오는 표사들의 모습이 이영은 지금 너무도 반가웠다.

"아저씨!"

이영이 표차의 제일 앞에서 걸어오고 있는 범풍을 알아보고 외쳤다.

범풍은 대륙표국의 사조 조장이었다. 처음 대륙표국이 설립되었을 때부터 표사로 참여하였기에 범풍의 사조는 대륙표국 내에서도 제법 경험이 많은 조였다. 이제는 스물이 넘는 조가 생겼지만, 범풍의 사조를 비롯해 일, 이, 삼조는 대륙표국의 설립과 함께하고 있었다. 비록 다른 조들과 시기상 그렇게 차이가 많이 나지는 않았지만, 이들 네 조의 자부심은 대단했다. 그랬기에 표행에 임하는 자세는 다른 조들에 비할 바가 아니었다.

범풍은 처음 석가장의 호위무사로 들어왔다. 대륙표국 설립과 때를 같이해 표사가 되었다. 호위무사 때보다 표사 일을 하는 것이 조금 위험하긴 했지만, 그 대우는 호위무사에 비할 바가 아니었다. 더구나 일류는 아니지만 무공도 배웠고, 또 검진도 배웠다. 비록 표물의 안전을 위한 것이었지만 범풍 자신이 강해진 것도 부인할 수 없는 사실이었다.

범풍은 표행을 나설 때나 표행을 무사히 마치고 돌아올 때 자신을 바라보는 시선을 느끼면 일부러 가슴을 폈다. 사람들의 주목을 받아본 일이 없던 범풍이었지만, 표행의 맨 선두에 설 때면 내심 우쭐한 마음이 들었던 것이다.

멀리 석가장이 보였다. 남창표국의 습격으로 인해 전각이 불타고 석가장의 가솔들이 목숨을 잃은 사실이 떠올라 범풍의 얼굴이 어두워졌다.

"죽일 남창표국 놈들."

범풍은 그날의 일만 생각하면 치밀어 오르는 살기를 참을 수 없었다. 자신이 눈도장 찍어두었던 초향의 죽음을 눈앞에서 똑똑히 보았다. 비록 초향의 목숨을 앗아간 낭인을 자신의 검으로 베었지만, 그렇다고 죽은 초향이 다시 살아오는 것은 아니었다. 범풍은 미처 초향에게 전해주지 못했던 가슴속 노리개를 쓰다듬었다. 진작 초향에게 청혼하지 않은 것이 후회되었다. 소난영의 시비라는 것과 석가장의 혈육인 이영의 유모라는 사실에 주눅이 든 때문에 범풍은 초향에게 고백하는 것을 자꾸만 미루었던 것이다.

'내가 너무 소심했어……'

범풍은 자신의 소심함을 질책했다. 하지만 이젠 고백할 상대도 사라지고 없었다. 범풍의 마음은 무언가에 뚫린 듯 휑하니 가슴이 시렸다. 그런 범풍의 귀로 익숙한 목소리가 들려왔다. 이영이 무언가를 품에 안고는 반가운 얼굴로 범풍을 향해 손을 흔들고 있었다. 범풍의 얼굴에 어느덧 무겁던 마음은 사라지고 입가에 미소가 떠올랐다. 이영이 품에 안고 있는 것의 정체를 범풍은 어렵지 않게 짐작할 수 있었다.

'후후후. 고작 만두를 저렇게 좋아하다니.'

범풍은 이영이 석가장에 오기 전까지 힘든 생활을 한 것을 잘 알았다. 그리고 보면 이영과 소난영의 생활이 힘들었던 것도 남창표국의 소국주 송기룡 때문이었다. 범풍은 이영의 환한 웃음에 잠시 잊었던 분노가 슬금슬금 머리 속에서 자라나는 것을 느꼈다.

"아저씨, 빨리."

이영의 재촉이 아니더라도 범풍은 이미 걸음을 빨리하고 있었다. 이영과 가까워질수록 범풍은 이영이 자신을 찾는 이유를 어렵지 않게 짐작할 수 있었기 때문이다.

"아가씨들, 어떻게 된 겁니까?"

범풍이 다가오자 이영은 안도의 한숨을 쉬었다. 아이답지 않은 행동에 평소 같으면 웃음을 지었을 테지만, 범풍의 눈에 보인 사내와 여자 아이의 상세가 제법 중해 보였다.

"범 아저씨, 여기 아저씨 가슴에……."

벽에 비스듬히 기대어 있는 사내의 가슴을 가리키는 석초혜의 눈에 눈물이 고여 있었다. 범풍은 석초혜가 가리킨 사내의 가슴을 바라보고는 인상을 찌푸렸다. 상처를 제대로 치료하지 않아 살이 썩어 들어가고 있었다. 그리고 그 부위가 사혈을 가까스로 벗어나고 있었다. 범풍은 직감적으로 사내가 무림인에 의해 상처를 입었음을 알았다. 사내는 범풍의 계속되는 손길에도 전혀 미동이 없었다. 어찌 보면 이미 죽은 사람처럼 보였지만, 분명 맥은 뛰고 있었다.

"아저씨, 얘도 봐줘요. 힘이 없나 봐요. 팔도……."

이영이 가리킨 여자 아이도 결코 사내보다 나은 형편은 아니었다. 범풍은 여자 아이의 팔이 뒤틀려 있는 모습에 여자 아이에게까지 잔혹한 출수를 한 무림인에게 화가 났다.

"아이야, 이름이 어떻게 되느냐?"

범풍의 물음에 여자 아이는 겁먹은 얼굴로 범풍의 손에서 벗어나려고 했다. 잔뜩 겁먹은 여자 아이의 눈망울이 순간 초향의 얼굴과 겹쳐 보였다.

'썩을!'

범풍은 속에서 절로 욕지거리가 튀어나왔다.

여자 아이를 달랜 것은 범풍이 아닌 석초혜였다.

"괜찮아, 괜찮아. 우리 범 아저씨는 좋은 사람이야. 아이도 좋아해."

석초혜의 말에 범풍은 머쓱했다. 석초혜가 말한 것처럼 자신이 착하다고 생각해 본 적은 한 번도 없었다. 그리고 이영과 석초혜를 제외한 아이들은 범풍의 눈에 들어오지 않았다. 그런 범풍의 마음을 알 리 없는 석초혜는 자신의 눈으로 본 것만으로 범풍을 그렇게 평한 것이다. 범풍은 석초혜의 말에 이유도 없이 얼굴이 붉어졌다. 그리고 석초혜의 이런 말은 여자 아이에게 적지 않은 마음의 안정을 준 모양이었다.

"묘, 묘하……."

여자 아이는 들릴 듯 말 듯한 목소리로 자신을 묘하라고 말했다.

'이거 참. 아이들끼리는 서로가 통하는 것이 있는 건가.'

너무도 어이없이 마음을 여는 묘하의 모습이 조금 이해가 되지 않는 범풍이었다.

"이봐! 여기 환자들 좀 표차에 실어."

어느새 범풍의 뒤에 다가와 있는 자신의 조원을 보며 범풍이 다그쳤다.

"범 아저씨, 나도 탈래."

이영이 자신도 표차를 타고 싶었던지 범풍에게 보챘다. 이영의 모습에 범풍은 미소 지으며 이영을 표차에 올려주었다. 그리고 석초혜 역시 이영의 옆에 나란히 앉혀주었다.

"자, 서둘러."

표행을 마치고 석가장으로 돌아가는 범풍의 발걸음이 처음으로 빨랐다. 표차에 실린 환자의 상세가 가볍지 않음을 떠올랐던 것이다.

"미안하지만, 더 이상 가지 못한다."

막 표차를 출발하려던 범풍 일행 앞에 흑색 무복에 얼굴 역시 검은색 복면을 한 다섯 명이 나타났다. 범풍을 비롯한 표사들은 갑작스런 적의 출현에 조금 당황했다. 인적이 조금 뜸하긴 했지만, 이곳은 남창의 중심에서 그다지 멀리 떨어져 있지 않았다. 더욱이 대륙표국의 안방이랄 수 있는 남창에서, 그것도 백주대낮에 공격해 오는 적들의 정신상태가 궁금해졌다.

"웬 놈들이냐!"

범풍이 앞으로 나서며 소리쳤다. 그리고 범풍이 앞으로 나선 순간 표사들의 움직임이 표차를 중심으로 흩어졌다. 그동안 표행을 통해 자연히 몸에 밴 행동이었다.

"우리가 누구인지는 네놈이 알 필요는 없다. 목숨이 아깝다면 아이들을 순순히 내놓아라."

범풍은 복면인의 말에 어이가 없었다. 무림인이 분명한 복면인들의 고작 어린아이나 납치하려는 듯한 행동에 화가 나기 시작했다.

"개소리! 언제부터 무림인들이 어린아이들을 납치하고 다녔는지는 몰라도 너희들은 상대를 잘못 만났다."

"흥! 과연 네놈의 말만큼이나 실력이 있는지 모르겠군."

"고작 아이를 납치해 목적을 이루려는 놈들보다야 낫지 않겠나?"

범풍의 비아냥에 복면인의 안면이 일그러졌다. 그리고 곧 복면인의 분노의 일갈이 터져 나왔다.

"쳐라!"

범풍의 말에 분노한 흑의인들이 일제히 달려들었다. 범풍은 흑의인들의 기세가 평범하지 않음을 알고는 안색을 굳혔다.

"삼재진을 펼친다. 발(發)!"

범풍의 신호에 범풍을 비롯한 열두 명의 표사가 사방으로 흩어지기 시작했다. 범풍과 표사들의 이런 움직임에 흑의인들은 당황했다. 표사들이 조직적으로 대항해 올 줄은 예상하지 못했던 것이다. 그저 숫자를 믿고 대항해 올 것이라 생각했기에 어느 정도 방심한 면도 있었다. 그러나 흑의인들은 곧 지금과는 또 다른 당혹감을 느껴야 했다. 표사들의 지금 움직임으로 표차를 지키는 표사는 한 명도 남지 않았기 때문이다. 그리고 범풍의 신호가 있자마자 쟁자수들과 짐꾼들은 이미 줄행랑은 놓고 있었다. 흑의인들은 마치 표차를 두고 도망을 하는 듯한 표사들의 모습에 그만 어이가 없었다. 그리고 그때였다.

"추(追)!"

갑자기 비어버린 표차 앞에서 당황하던 흑의인들의 행동을 범풍은 놓치지 않았다. 사방으로 흩어졌던 표사들의 검이 범풍의 말과 함께 흑의인들을 날카롭게 죄어왔다. 갑작스런 변화에 흑의인들이 눈에 띄게 당황하기 시작했다.

차차창!

흑의인들의 검과 표사들의 검이 부딪쳤다. 범풍은 이 한 번의 격돌로 흑의인들의 내력이 결코 평범하지 않음을 알았다. 범풍의 얼굴이 굳었다. 대낮에 대담하게 아이들을 납치하려는 자들이었기에 어느 정도 적이 강할 것이라 예상은 했지만, 지금 흑의인들의 강함은 범풍의 예상과는 많은 차이가 있었다. 처음 삼재진에 당황했던 흑의인들이 어느새 침착하게 공격해 오기 시작했다. 범풍은 흑의인들의 모습에 이를 물었다.

"회(回)!"

범풍이 검진을 변화시켰다. 범풍의 외침에 작은 삼재진이 넷이 생기며 흑의인들의 주위를 무섭게 회전하며 압박했다. 흑의인들은 반격을 하려던 찰나에 이루어진 검진의 변화에 또다시 수세에 몰렸다. 시간이 흐를수록 무거워지는 검에 흑의인들은 낮은 신음을 흘렸다. 그리고 지금까지 한 번도 겪어보지 못한 낯선 검진에 정신을 차릴 수 없었다.

"망(亡)!"

촘촘하게 압박하던 검진이 일순 느슨해졌다. 그러나 흑의인들은 마음을 놓지 않았다. 이미 범풍의 명령에 의해 펼쳐지는 검진의 위력이 예사롭지 않음을 느꼈기 때문이다.

좌라라락.

열두 개의 검이 일제히 흑의인들을 향해 날아들었다. 그동안 수비에 치중해 있던 것과는 달리 이번 공격은 수비는 도외시한 오로지 날카로운 공격만을 담고 있었다.

"큭!"

"으윽!"

표사들의 검에 두 명의 흑의인이 상처를 입었다. 그러나 표사들 역시 다섯이나 중한 부상을 입었다. 얼굴이 창백한 것이 가볍지 않은 내상을 입은 모양이었다.

'조금만 참아……'

"회……."

범풍은 검진의 마지막을 펼칠 준비를 했다. 그러나 그동안 범풍을 중심으로 펼치는 검진을 살피고 있던 이한이 이번 검진의 약점을 알아챘다. 이에 검진의 변화가 심상치 않음을 느끼고 범풍을 향해 공격했다.

쐐애액!

"컥!"

범풍은 가슴에서 느껴지는 화끈한 고통에 얼굴을 일그러뜨렸다. 이한의 검이 가슴을 관통한 것이 보였다. 초향의 죽음이 떠올랐다. 초향 역시 가슴이 꿰뚫려 목숨을 잃었었다.

"크억! 회!"

범풍은 마지막 외침을 힘겹게 겨우 마칠 수 있었다. 그러나 범풍의 행동은 자신의 부상을 더욱 악화시켰다. 목구멍에서부터 치밀어 올라오는 화끈한 기운을 범풍은 고통스런 비명을 지르며 토했다. 붉은 핏덩어리를 토한 범풍의 신형이 천천히 바닥으로 쓰러졌다.

"범 아저씨!"

이영과 석초혜가 놀란 눈으로 범풍을 불렀다. 그러나 범풍은 이영과 석초혜의 울음 섞인 목소리를 듣지 못했다. 범풍은 가물거리는 의식 속에도 노리개를 넣어둔 가슴으로 손을 가져갔다. 노리개를 쓰다듬던 범풍의 얼굴에 미소가 떠올랐다. 아마도 범풍은 자신이 마음에 품었던 초향과 만나고 있으리라.

범풍의 죽음을 본 표사들의 눈이 붉게 변했다. 그리고 마지막 범풍의 외침에 검진을 급격하게 변화시켰다. 이미 범풍을 제외한 다섯 명의 표사가 부상을 입었기에 검진은 많이 흐트러져 있었다. 그러나 이미 죽음을 결심한 열한 명의 표사의 검은 흑의인들이라 해도 결코 가벼이 대할 수 없었다.

"죽어!"

서걱.

소름 끼치는 소리가 들려왔다. 이미 부상을 입었던 다섯 명의 표사가 목숨을 잃고 바닥에 아무렇게나 무너져 내렸다. 그 모습에 표차에 있던 이영과 석초혜의 얼굴이 하얗게 질렸다. 그동안 자신들을 대할 때면 언제나 웃는 얼굴이던 표사 아저씨들의 죽음에 충격을 받은 것이다. 그러나 표사들이 당하기만 한 것도 아니었다. 흑의인들 중 세 명도 표사들의 악착같은 저항에 목숨을 잃어야 했던 것이다.

"도대체가 표사가 맞긴 한 건가."

이한은 흑영을 셋이나 잃은 상황이 믿어지지 않았다. 적은 고작 간신히 이류를 벗어난 표사들이었다. 아무리 표사들이 수적으로 흑영들보다 많았다곤 하지만, 흑영을 셋이나 잃을 상황은 결코 아니었다. 방금 벌어진 현실을 직접 눈으로 보았음에도 믿어지지 않았다. 그리고 이한을 제외한 나머지 흑영들의 부상 역시 가볍지 않았다. 이한은 부상을 입었음에도 끝까지 표차를 떠나지 않는 표사들의 모습에 혀를 찼다. 그 정신만은 칭찬해 줄 만했던 것이다. 그러나 이한은 표사들을 노려보며 싸늘한 살기를 흘렸다. 흑영을 셋이나 잃은 질책은 피할 수 없었기에 미리 분풀이라도 해두어야 덜 억울할 것 같았기 때문이다.

쐐애액!

이한의 검이 무서운 속도로 표차를 등지고 있는 표사를 향해 날아갔다. 그때였다.

땅!

이한은 검은 쥔 손에서 느껴지는 고통에 눈을 부릅떴다. 그리고 자신의 검과 부딪쳐 바닥에 나뒹굴고 있는 눈에 익은 호로병의 모습에 당황했다. 어느 날 갑자기 '회'에서 사라진 존재들이 생각난 것이다.

"이한! 이놈!"

아니나 다를까, 이한은 자신의 예상과 같이 남북쌍마의 출현에 긴장했다. 그러나 다행히 아직 남북쌍마와의 거리는 제법 있었다. 남북쌍마와 싸운다면 패하는 것은 분명 자신이었다. 지금 남북쌍마의 모습으로 보아 표차 위에서 놀란 모습을 하고 있는 아이들과 보통 사이가 아닌 듯했다. 아이들을 납치하기로 한 이상 아이들을 인질로 삼는 것도 그다지 나쁜 방법은 아니라고 생각했다.

"아이들을 잡아!"

이한의 명령에 흑영들이 움직였다. 흑영들의 신형이 움직이는 것을 확인한 이한은 느긋한 자세로 남북쌍마가 도착하기를 기다렸다. 그러나 곧이어 들려온 목소리에 이한은 경악했다.

"사령인(死靈印)!"

"크헉!"

전혀 예상치 못했던 공격에 흑의인들은 즉사했다. 지금 눈앞의 현실을 믿을 수 없었다. 사령인은 분명 사령마검 좌승염의 무공이었다. 흑영들의 가슴에 나 있는 죽음의 인장이 조금 전 부랑자로 여겼던 사내가 좌승염임을 확실히 알려주었다. 이한은 검을 짚은 채 가쁜 숨을 몰아쉬고 있는 좌승염의 모습에서 예전 사령마검의 모습을 알아볼 수 없었다. 이미 초점을 잃고 있는 좌승염의 눈과 온몸에서 검붉은 피가 흐르는 나병 환자와도 같은 모습에서 예전의 모습을 알아보기란 힘들었던 것이다. 그러나 방금 펼쳐 보인 사령인은 누구도 흉내 낼 수 없는 사령마검 좌승염의 독문무공임이 분명했다.

"대단한 생명력이군."

전혀 예상하지 못한 좌승염의 출현에 이한은 당황하고 있었다. 그러는 한편 좌승염의 놀라운 생명력에 감탄했다.

이미 좌승염은 '회'에서 지워진 존재였다. 좌승염을 제거하기 위해 회주 직속의 혈수마대(血手魔隊)가 동원되어 천라지망을 펼쳤었다. 아무도 좌승염의 죽음을 의심하지 않았고, 혈수마대가 움직인 그때 '회'의 모두가 침묵했다. 그만큼 회주 직속의 혈수마대는 개개인의 무력이 뛰어났다. 그런 혈수마대의 천라지망을 뚫고도 지금 좌승염은 살아 있었다. 이한은 그 점이 이해가 되지 않았지만, 좌승염의 수급이면 오늘 흑영을 잃은 자신의 죄가 상쇄될 것이라는 확신에 지금 좌승염의 출현이 오히려 고마웠다. 더불어 그동안 그 흔적조차 알 수 없었던 남북쌍마의 정보까지 더하면 아마도 적지 않은 포상을 받을 것이 분명했다. 제정신이 아닌 좌승염을 상대로 수급을 취하는 것은 이한에게 그다지 어렵지 않은 일이었다.

이한은 남북쌍마가 지척에 이른 것을 발견하고는 급히 신형을 날렸다. 그리고 서로 부둥켜안은 채 떨고 있는 이영과 석초혜 중 누구를 데려가야 할지 잠시 갈등했다. 그러나 그 갈등은 오래가지 않았다. 이영이 승후의 친딸이라는 것을 이미 정보로 알았기 때문이다. 이한의 우수가 이영을 향했다. 이영의 얼굴이 새파랗게 변했다.

"안 돼!"

이한의 우수가 이영의 몸에 닿으려는 찰나에 석초혜가 이영을 옆으로 밀쳐 냈다. 갑작스런 이영의 행동에 당황한 이한이 재차 이영을 잡아채려 할 때 좌승염의 검이 움직였다. 초점이 잡히지 않은 좌승염의 눈이었지만, 그의 검은 분명 적을 알아보았다.

"사령인!"

좌승염의 검이 이한을 향해 쇄도했다. 이한은 다급히 검을 들어 막았다. 그러나 이한은 아이를 납치해야 된다는 조급한 마음과 정신의 분산으로 좌승염의 검을 완벽히 막아내지 못했다. 다시 들 수조차 없을 것 같던 좌승염의 검은 이한의 생각과는 달리 무거웠다. 이한은 자신의 방심을 후회했다. 좌승염의 검이 닿은 어깨에서 화끈한 통증이 밀려왔다.

챙!

좌승염의 검을 이한은 전력을 다해 쳐냈다. 좌승염의 손에서 검이 떨어졌다. 힐끗 묘하의 안전을 확인한 좌승염은 입가에 미소를 지으며 그대로 쓰러졌다.

"아저씨!"

묘하가 급히 좌승염을 안았다. 그러나 심신이 지쳐 있던 묘하는 어른인 좌승염의 무게를 감당할 수 없었다. 묘하가 좌승염을 안은 채 엉덩방아를 찧어야 했다. 그러나 이 순간 엉덩이의 고통보다는 좌승염의 안위가 걱정되었다. 묘하의 두 눈에서 쉴 새 없이 눈물이 흘렀다.

이한은 자신의 계획을 망친 석초혜를 무섭게 노려보았다. 아이라고 가벼이 여겼던 석초혜 때문에 이한 자신은 부상을 입었고 또, 이영의 납치마저 힘들어졌다. 석초혜에 의해 이영은 저만치 밀쳐져 있었던 것이다.

"이한! 어딜 도망가는 게냐!"

북마 유향의 손톱이 이한의 뒷덜미를 덮쳤다. 이한은 북마 유향이 자신의 바로 등 뒤에 도착한 것을 알아차리고는 급히 경공을 펼쳤다.

창!

찌이익!

한 손으로는 좌승염의 검을 밀어내고 다른 한 손으로는 석초혜를 가슴에 안았다. 그러나 북마 유향의 손톱을 피할 수 없었다. 등골을 훑고 지나간 자리에 화끈한 통증이 밀려왔다. 등골의 통증에 이한의 신형이 잠시 비틀거렸다. 이한은 이를 악물었다.

"이놈!!!"

이한이 석초혜를 납치해 가자 북마 유향이 분노했다. 북마 유향은 경공을 극성으로 펼쳤다. 그러나 사람들이 많은 곳만 골라 도망가는 이한에 의해 거리가 점점 벌어졌다. 북마 유향은 지금 분노로 인해 이한이 등천비마 장막(張鄭)의 제자라는 사실을 잊고 있었다. 등천비마의 경공은 전 무림에서도 그 적수를 찾아보길 힘든 빼어난 절기였다. 그랬기에 등천비마의 제자 역시 경공 하나만큼은 등천비마에 못지않았던 것이다.

"유향, 이제 그만 쫓게."

남마 풍치가 급히 북마 유향을 만류했다. 그러나 북마 유향의 붉어져 있는 눈시울을 바라보고는 입을 다물 수밖에 없었다. 강호에 북마라 불리우던 그의 지기가 울음을 참고 있는 것이었다. 남마 풍치는 입술을 깨물었다.

"유향, 곧 '회'에서 연락이 올 걸세. 그때 대책을 세워도 늦지 않아."

"하지만 초혜 그 어린 것이……."

북마 유향의 목소리에 물기가 묻어 있었다. 북마 유향은 석초혜가 앞으로 겪게 될 고초를 생각하며 입술을 깨물었다. 어찌나 세게 깨물었던지 북마 유향의 입술에서 붉은 피가 흐르고 있었다. 북마 유향은 한동안 이한이 사라진 방향을 뚫어져라 노려보았다. 남마 풍치 역시 분노했지만, '회'의 무서움을 누구보다도 잘 아는 그들이었기에 섣부른 추격을 할 수 없었다.

"돌아가세. 돌아가서 연락을 기다리세. 그리고 무산으로 떠났던 애송이 녀석에게도 기별을 넣고."

남마 풍치의 말에 북마 유향은 머리를 끄덕였다. 그러나 쉽게 발걸음을 떼지는 못했다.

"혜아야, 조금만 참으려무나. 이 할아비가 반드시 구해줄 테니."

북마 유향은 이한이 사라진 방향을 노려보며 두 주먹을 으스러져라 움켜쥐었다. 날카로운 손톱이 손바닥과 손등을 뚫고 있었지만, 북마 유향은 그런 고통은 전혀 느껴지지 않았다. 아니, 자신의 그런 고통은 앞으로 어린 석초혜가 겪을 일에 비하면 아무것도 아니라고 생각했다.

"뭐라고요!"

아이들과 표국의 사조가 습격을 받고 있다는 말에 소난영은 크게 당황했다. 남창표국의 습격으로 그동안 고난을 함께한 시비 초향이 목숨을 잃었다. 만약 이영마저 잃게 된다면 소난영은 세상을 살아갈 이유가 없었다.

"자세히 말해 보게."

주천운이 당황해 허둥대는 소난영을 대신해 외총관 천태명을 향해 물었다.

"죄송한 말씀입니다만, 왕야, 저 역시 아직 자세한 사정을 알지 못합니다. 사조와 함께 떠났던 쟁자수와 일꾼들이 급히 전해온 이야기인지라… 대신 쌍마 어른들께서 이야기를 듣자마자 달려가셨으니 큰일은 없을 겁니다."

처음 천태명의 말에 인상을 찌푸렸던 주천운은 남북쌍마가 아이들을 구하러 갔다는 말에 내심 안도했다. 남북쌍마의 무공을 직접 겪어보지는 않았지만, 승후가 아이들의 보호자로 믿고 맡길 정도면 그들을 믿어야 한다고 생각한 것이다.

"할아버지, 누나들에게 안 좋은 일 생긴 거예요?"

어른들의 눈치를 살피고 있던 주소강이 금방이라도 눈물을 흘릴 것 같은 표정을 하고 주천운을 바라보았다.

"아니다. 곧 무사히 돌아올 거란다."

"정말요?"

"그래, 걱정 말아라."

주소강은 누이들을 따라나서지 않은 것을 후회했다. 이영이 자신을 놀렸더라도 분명 이영과 석초혜를 따라야 했다고 생각했다. 그럼 주소강의 호위들이 이영과 석초혜를 안전하게 구했을 것이라고 생각했다. 주소강은 자꾸만 나오려는 눈물을 참기 위해 작은 주먹을 말아 쥐었다.

"무슨 일입니까? 아이들이 습격을 받고 있다니요?"

관사성이 뒤늦게 연락을 받고 소난영을 찾아왔다.

"아직 어떠한 일이 생겼는지 알 수 없습니다. 지금은 기다려……."

천태명은 자신의 말을 끝맺지 못했다. 갑자기 이영의 서러운 울음소리가 들려왔던 것이다.

"으아앙! 엄마아!"

소난영을 찾으며 울음을 터뜨리는 이영을 팽대악이 안고 들어왔다. 이영의 모습에 소난영은 버선발로 이영을 향해 달려갔다.

"영아야!"

"엄마아……."

이영은 소난영의 품에 안기자 더욱 서럽게 울었다. 소난영은 오늘 일로 놀랐을 이영의 작은 등을 쓰다듬었다. 소난영은 이어 들려온 교영의 말에 흠칫 얼굴을 굳혔다.

"팽 대협. 초혜가 보이지 않는군요."

교영이 굳은 얼굴로 팽대악을 바라보며 말했다. 교영의 질문을 받은 팽대악의 얼굴은 심하게 일그러졌다.

"설마!"

유소경과 유소미가 팽대악의 심상치 않은 반응에 끔찍한 상상을 하며 비명을 질렀다. 이에 팽대악은 급히 손을 가로저었다.

"아닙니다. 초혜가 정체를 모를 적에게 납치가 되긴 했지만……."

납치라는 말에 유소경의 얼굴이 싸늘히 식었다. 비록 그녀가 단 한 번도 납치를 당한 적은 없었지만, 몇 번이나 납치를 당할 뻔한 경험이 있었기에 아무것도 모르는 아이를 납치하는 인물을 결코 용서할 수 없었다.

"엄마… 초혜 언니가……."

이영의 입에서 흘러나온 말은 모여 있는 사람들을 깜짝 놀라게 만들었다. 이영을 구하기 위해 희생한 석초혜가 너무도 장했던 것이다. 그러나 단 한 사람 석 총관만은 석초혜의 납치 소식에 넋을 놓고 있었다.

"아가씨……."

석 총관의 혼잣말이 사람들의 가슴을 날카롭게 후벼 팠다.

"석 총관님, 혜는 무사할 겁니다. 그리고 반드시 구해낼 거예요."

"부인, 꼭 우리 아가씨를……."

소난영에게 당부를 하던 석 총관은 충격을 이기지 못하고 쓰러지고 말았다.

"석 총관님! 석 총관님!"

소난영이 급히 석 총관을 불렀지만, 석 총관은 깨어나지 않았다. 교영이 급히 다가와 석 총관을 진맥했다.

"충격으로 잠시 실신한 거예요, 언니. 너무 걱정 마세요."

"그래… 누가 석 총관님을 방으로 모셔주세요."

소난영의 말에 천태명이 시비들에게 손짓했다. 시비들의 손에 의해 노구의 석 총관이 들려 나가는 모습이 결코 남의 일 같지가 않았다. 석초혜의 행동이 아니었으면 아마도 석 총관과 같이 실신을 할 사람은 소난영 자신이 될 수도 있었기 때문이다.

"부상자가 많다고 들었어요, 팽 대협."

"예. 여섯 명의 표사가 중상을 입었습니다."

"그럼 나머지 여섯 명은 어떻게 되었죠? 무사한가요?"

소난영의 다급한 물음에 팽대악은 얼굴을 굳힌 채 머리를 저었다.

"그럼."

"예. 범풍 조장을 비롯한 사조의 다섯 명의 표사가 목숨을 잃었습니다."

"어떻게……."

팽대악의 말에 소난영은 눈물을 흘렸다. 열두 명의 표사는 이영과 석초혜를 지키기 위해 목숨을 걸었을 것이 분명했다. 이영을 자신의 품으로 무사히 돌려보내 준 것은 고마웠지만, 이영 하나를 살리기 위해 죽어간 여섯 명의 표사와 그 가족들에게 그 죄를 어떻게 갚아야 할지 암담했다.

"영아야… 이 일을 어떡하니……."

이영은 소난영의 물먹은 음성에 더욱 울음을 터뜨렸다. 소난영의 슬픔과 이영의 울음을 바라보는 사람들의 마음도 너무도 아팠다.

"헉, 헉… 제기랄!"

이한은 폐가 터질 것 같은 고통에도 경공을 풀 수가 없었다. 아직도 남북쌍마가 자신의 뒤를 쫓고 있을 것만 같았다. 이한을 뒤쫓는 북마 유향의 살기는 이한으로서는 처음 겪는 공포였다. 남북쌍마를 무시하는 마음을 가지고 있던 이한이었지만, 지금은 그런 생각을 머리 속에서 완벽히 지워 버렸다.

"윽."

북마 유향에 의해 입은 등의 상처가 제법 중했다. 움직일 때마다 느껴지는 고통에 당장이라도 멈추고 싶었다. 이한은 자신을 이렇게 만든 모든 일의 원흉인 석초혜를 노려보았다. 얼굴이 하얗게 질린 채 축 늘어져 있는 석초혜가 불쌍해 보일 법도 하건만 석초혜를 노려보는 이한의 눈에는 살기가 번들거렸다.

"이한, 어찌 된 일이냐?"

갑자기 들려온 익숙한 목소리에 이한은 석초혜에게서 시선을 뗐다. 그리고 이한과 추살대(追殺隊)의 대주 경노백(景滄白)이 만나기로 했던 관제묘가 눈앞에 나타났다. 평소 싸늘한 말투와 자인한 손속으로 두려움의 대상인 경노백이 이 순간만큼은 너무도 반가웠다. 이제 남북쌍마가 자신의 뒤에 나타난다 하더라도 마음을 놓을 수 있었다.

털썩.

이한은 경노백을 발견하고는 털썩 자리에 주저앉았다. 그리고 자신의 옆으로 석초혜 역시 아무렇게나 내려놓았다. 그런 이한의 모습에 경노백은 얼굴을 찌푸렸다. 평소의 경노백이었다면 이한의 이런 행동에 화를 냈을 테지만, 지금 이한의 행색은 말이 아니었다. 경노백은 힐끗 석초혜를 바라보고는 이한이 숨을 고를 여유를 주었다.

스스스슥.

관제묘를 둘러싸고 있던 숲에 검은 그림자들이 어른거렸다. 이한은 그 그림자의 주인공들이 추살대의 인영임을 짐작할 수 있었다. 이한의 낭패한 모습을 본 경노백이 어떤 명령을 한 모양이었다.

"죄송합니다. 이 아이밖에 데려올 수 없었습니다."

이한은 경노백에게 말하며 머리를 떨구었다. 자신의 방심으로 인한 실패였기 때문이다.

"흑영들은?"

"죄송합니다."

이한의 말에 경노백은 순간 치솟는 살기를 억누르지 못했다. 경노백에게서 폭사되는 살기에 이한은 자신도 모르게 뒤로 주춤 물러났다.

"말하라."

경노백의 음성은 감정이 담겨 있지 않았다. 지금 무섭게 내뿜고 있는 경노백의 살기와는 전혀 상반된 기운에 이한은 더욱 몸이 움츠러들었다.

"겨우 표사 나부랭이에게 흑영들을 잃었다는 말을 할 생각이냐."

이한은 머리를 푹 숙였다. 대륙표국 표사들의 검진을 얕본 결과 두 명의 흑영이 목숨을 잃었던 것이 떠올랐다. 하지만 이한은 그러한 사실을 경노백에게 말할 수 없었다. 그랬다간 정말로 자신의 목이 달아날 수도 있기 때문이다.

"좌, 좌승염의 방해가……."

"갈! 감히 네놈이 나에게 거짓을 고하는 것이냐!"

경노백의 분노를 정면으로 받은 이한의 이마에 식은땀이 맺혔다. 경노백이 내뿜는 살기를 견뎌내기 위해 이한은 이를 물었다.

"제가 어찌 대주께 거짓을 고하겠습니까. 사실입니다."

이한은 좌승염의 검에 부상을 입은 어깨를 내보였다.

"음……."

경노백은 이한의 오른쪽 어깨의 부상을 보며 신음을 흘렸다. 분명 좌승염의 독문무공인 사령인이 분명했다. 이한의 부상을 바라보는 경노백의 눈이 파랗게 변했다. 석초혜가 꺼려했던 기운이 나타난 것이다.

"그리고 남북쌍마가 대륙표국에 몸을 숨기고 있었습니다."

"뭣이! 남북쌍마가?"

"예, 그렇습니다."

경노백의 반문에 이한은 허리를 숙였다. 지금의 반문으로 이한은 경노백이 조금 놀라고 있음을 알았다. 이 정도면 일의 실패와 자신이 알아온 정보와 공과가 상쇄가 될 것이라 생각했다.

"뜻밖의 정보이긴 하군. 그럼 이한 너의 실패는 덮어두도록 하지. 그러나! 내게 두 번의 용서를 바라지는 마라."

경노백은 바닥에 쓰러져 있는 석초혜를 안아 들고는 관제묘로 향했다. 경노백이 관제묘 안으로 완전히 사라지자 이한은 안도의 한숨을 쉬었다. 이한에게는 오늘 여러 번 지옥을 경함한 하루였다.

"맛있게 드십쇼!"

점소이가 펼쳐 놓은 요리의 바다에 좌중은 할 말을 잃었다. 무려 여덟 가지가 넘는 요리에 모두 승후의 얼굴만 바라보았다. 더욱이 승후는 백화주와 죽엽청의 미주까지 주문했기에 일행이 앉은 식탁에 퍼진 요리의 향기로운 내음과 달콤한 주향에 모두 입 안에 고인 침을 삼켰다. 그러나 누구 하나 선뜻 요리에 손을 대는 사람이 없었다. 그것은 승후가 주문한 요리에 문제가 있었던 것이다.

돼지고기를 부드럽게 다져 완자 모양으로 만들어 튀긴 남전환자(南煎丸子), 송이와 새우, 그리고 닭고기를 다져 만든 대소송고(袋燒松菇), 송나라 시대 소동파가 즐겨 먹었다는 동파육(東坡肉), 동파육과 같은 돼지고기가 주 재료인 연화탕(蓮花湯), 역시 돼지고기에 목이버섯, 그리고 죽순으로 만든 목서육(木犀肉), 달걀부침의 부용해(芙蓉蟹), 무려 여섯 가지나 되는 요리의 재료에 모두 고기가 들어가는 것이 문제였다. 그리고 공공신승의 앞에는 소면 한 그릇과 소채 한 접시만이 놓여 있을 뿐이었다. 화려한 요리에 어울리지 않게 공공신승의 앞은 초라했다. 좌중은 이 상황을 공공신승이 과연 어떻게 받아들일지가 걱정스러웠다.

'먹는 걸 가지고 이러는 게 좀 그렇지만… 흥! 영감탱이, 고생 좀 해 보쇼!'

승후 역시 내심 공공신승이 못 먹는 요리만 주문한 게 마음에 걸렸다. 그러나 신녀문에서 당한 일을 어떻게든 복수하고 싶었기에 조금 치사하지만 음식으로 공공신승에게 도발을 걸고 있었다. 승후는 이번은 자신의 승리를 믿어 의심치 않았다.

"요리의 양이 너무 과한 게 아니냐?"

공공신승의 말에 승후를 제외한 모두가 머리를 끄덕였다. 사실 이 여섯 가지 요리는 가격도 비쌌지만 양도 상당했다. 화산의 사형제와 승후, 그리고 사운화가 이 모든 요리를 먹기에는 조금 벅차 보였다. 그러나 승후는 자신의 예상과는 전혀 다른 공공신승의 반응에 내심 당황했다. 당장이라도 불호령이 떨어질 것이라고 생각했었기에 승후는 그에 대한 대비는 어느 정도 하고 있었다. 하지만 공공신승의 반응은 승후의 머리 속을 헝클어놓기에 충분했다.

"뭐, 양이 조금 많긴 하지만, 먼 길을 오고 했으니 적당한 영양 보충이 필요하지 않겠습니까? 그리고 내일이면 화산에 도착할 텐데 성스러운 도문에서 술판을 벌일 수도 없는 노릇이구요."

승후 딴에는 아주 정중히 설명을 했다. 그리고 자신의 오늘 행동이 절대 사심(?)이 있어서가 아님을 항변했다. 그런 승후의 모습에 공공신승의 입술이 미려한 곡선을 그렸다. 승후의 행동에 미소 짓고 있는 것이었다. 승후의 불안감이 더욱 커졌다.

"하긴, 밤일(?)을 열심히 하려면 영양 보충은 해두어야겠지."

"푸확."

"콜록."

공공신승의 말에 고거원이 미시던 찻물을 밖으로 내뿜었다. 그리고 사운화와 문예설은 공공신승의 말에 부끄러워 어쩔 줄 몰랐다. 그리고 그 원망은 고스란히 승후에게 향했다. 승후를 흘겨보는 사운호와 문예설, 그리고 왕염의 시선은 왜 쓸데없는 문제를 자꾸만 일으키느냐는 질책의 빛을 담고 있었다. 그러나 승후는 여전히 공공신승이 말한 그 밤일이라는 것에 정신적 공황을 벗어나지 못했다.

'바, 밤일… 도대체 소림의 신승이란 양반이……'

승후는 점점 노련해지는 공공신승의 대응에 이제 두 손을 들었다. 이제는 더 이상 공공신승과 말다툼할 엄두가 나지 않았다. 하지만 아무리 생각을 해도 일행 중 여인이 세 명이나 있는 앞에서 밤일 운운하는 공공신승이 못마땅했다.

"에휴… 식사나 하시지요."

승후는 힘없이 주문한 요리들을 먹기 시작했다. 그러나 승후는 지금 어떤 요리를 먹어도 그 요리 맛을 제대로 느낄 수가 없었다. 입으로 가져가는 모든 요리가 지독히도 썼던 것이다.

"손님, 주문하신 과청아(鍋睛兒)가 나왔… 앗!"

이영이 좋아하던 만두가 생각나 승후는 만두와 비슷하게 생긴 과청아를 주문했었다. 그런데 과청아를 나르던 여자 아이가 그만 실수로 승후에게 그릇을 엎지르고 말았다. 그렇지 않아도 불편한 마음에 여자 아이마저 사고를 치자 승후의 얼굴이 절로 찌푸려졌다.

쨍그랑!

과청아를 담았던 접시가 바닥에 떨어졌다. 여자 아이는 자신이 저지른 실수를 알고는 얼굴이 사색이 되어버렸다.

"음……."

승후는 잔뜩 얼어 있는 여자 아이를 보며 자신이 너무 인상을 찌푸리고 있다고 생각했다. 그렇지 않고는 여자 아이가 저렇듯 겁을 집어먹지는 않을 것이었다.

"아이야, 어디 다친 곳은 없느냐?"

"예?"

여자 아이는 승후의 말이 뜻밖이었는지 놀란 눈을 동그랗게 떴다. 그 모습이 마치 이영이나 석초혜가 잘못을 하다가 승후에게 들켰을 때와 같은 모습이어서 승후는 미소를 지었다. 비록 지금 승후의 눈앞의 여자 아이가 이영이나 석초혜 또래보다는 조금 컸지만, 그래도 어려 보이기는 마찬가지였다. 어린 나이에 이렇듯 큰 객잔에서 일을 한다는 사실이 대견하면서도 또 한편으로는 아이가 가엽기도 했다.

"형제가 어찌 되느냐?"

"도, 동생이……."

"어이쿠! 대협 어른, 죄송합니다. 내 이것을!"

뒤늦게 달려온 점소이가 급히 승후에게 허리를 굽히며 사죄했다. 그리고 승후의 앞에 잔뜩 얼어 있는 여자 아이를 향해 눈을 부라렸다. 점소이의 화난 모습에 그렇지 않아도 자신의 실수로 잔뜩 얼어 있던 아이는 금방이라도 눈물을 흘릴 것 같은 얼굴을 했다.

"되었네. 내 더 이상 이 아이가 한 잘못을 트집 잡지 않을 터이니 그만 내려가 보게. 아, 그리고 시원한 물 한 잔 가져다 주게."

"예? 예."

점소이는 승후의 말에 어리둥절했다. 승후가 입고 있는 옷은 얼핏 보아도 자신은 꿈에도 입어보지 못할 비단옷이 분명해 보였다. 그런 비단옷에 음식을 엎질렀으니 당장 불호령이 떨어지더라도 이상할 것이 없었다. 점소이는 어제 자신이 용꿈이라도 꾼 것이 아닌지 잠시 생각에 잠겼다. 무림인에게 실수를 하고도 아무런 일 없이 끝나기는 이번이 처음이었던 것이다. 그리고 승후의 생각이 바뀌기 전에 재빨리 이층에서 물러났다. 잠시 아이를 끌고 갈까 생각을 했지만, 눈앞의 승후는 아이에게 무언가 물어볼 말이 있는 모양이었다. 이에 점소이는 불똥이 자신에게 튀지 않게 재빠르게 물러났다.

"그래, 동생이 몇이라고?"

점소이가 물러나자 승후는 다시 아이를 향해 물었다.

"두, 두 명이요……."

"그래? 그럼, 부모님은?"

"엄마······."

엄마를 이야기하고 한참이 지나도 아이의 입에서 아버지에 대한 말은 나오지 않았다. 승후는 아이의 행동에서 대강의 상황을 짐작할 수 있었다.

"아버지는 안 계시느냐?"

아이는 승후의 말에 대답하지 않고 머리만 끄덕여 보였다.

"오라버니, 아이에게 왜 자꾸 그런 이야기를 묻고 그래요?"

잔뜩 긴장한 채 승후의 물음에 간신히 대답하는 아이가 불쌍했던지 문예설이 승후를 쏘아보며 말했다. 하지만 승후는 문예설의 말에는 대답하지 않고 계속 아이만을 바라볼 뿐이었다. 그런 승후의 행동이 못마땅했던지 문예설의 입술을 삐죽 내밀었다.

"자, 이것은 아저씨가 네가 대견해서 주는 선물이다. 다음부터는 오늘처럼 음식을 엎지르지 않도록 조심하도록 해라."

아이는 승후가 쥐어준 은자 반 냥에 두 눈을 휘둥그레 떴다. 아이에겐 승후의 다음 말이 전혀 들리지 않았다. 생전 처음 만져 본 거액에 아이의 작은 가슴이 거세게 요동치고 있었던 것이다.

"그만 내려가 보거라."

멀뚱히 자신을 바라보고 있는 아이의 머리를 쓰다듬어 주자 아이는 한참이 지나서야 종종걸음으로 이층을 내려갔다. 그러나 곧 다시 올라와 승후를 향해 꾸벅 절을 해 보였다. 아이의 그런 모습에 승후는 웃음을 흘렸다. 조금 전 공공신승에게 당한 기억은 벌써 승후의 머리 속에 남아 있지 않았다.

"쳇! 오라버니는 아이들을 너무 좋아해요."

문예설이 승후가 못마땅한지 양 볼을 부풀렸다. 그런 문예설을 향해 왕염이 조용히 속삭였다.

"흠… 그래서 승 대협이 설아를 좋아하는 것 아니겠니."

왕염의 말에 잠시 어리둥절했던 문예설은 곧 그 의미를 깨닫고는 얼굴에 빨개졌다. 자신을 아이 취급하는 왕염의 말에 화가 난 것이다.

"사저!"

"호호호."

"하하하."

문예설의 반응에 모두 웃음을 터뜨렸다. 문예설과 왕염으로 인해 식사 분위기가 한결 부드러워졌다. 승후 역시 왕염과 문예설의 모습에 미소를 짓다 문득 아이가 엎지르고 아직 회수하지 못한 접시를 바라보았다. 바닥에 떨어지면서 깨어졌는지 접시가 세 조각 나 있었다. 승후는 혹시나 모를 사고를 막기 위해 허리를 숙여 깨어진 접시 조각을 모았다.

"아니, 대협 어르신! 그만두십시오. 그 일은 제가 해야 할 일입니다요."

승후에 의해 물을 가지러 간 점소이가 이층으로 올라오며 승후가 하는 행동을 발견하고는 질겁했다. 후다닥 승후를 향해 달려온 점소이는 급히 승후에게서 깨어진 접시 조각을 빼앗았다. 그러나 점소이의 갑작스런 행동에 승후의 손이 깨어진 접시에 베어지고 말았다. 그 모습에 점소이의 얼굴이 사색이 되었다. 그 순간 승후의 얼굴 역시 굳었다. 깨어진 접시가 손에 베이는 순간 가슴 한 켠에서 날카로운 통증이 밀려왔던 것이다. 가슴을 후벼 파는 듯한 통증에 승후는 갑자기 남창에 있을 아이들의 안위가 걱정되기 시작했다. 손끝을 타고 흘러내리는 붉은 피가 너무도 불길했다.

『총표두』 6권에 계속…

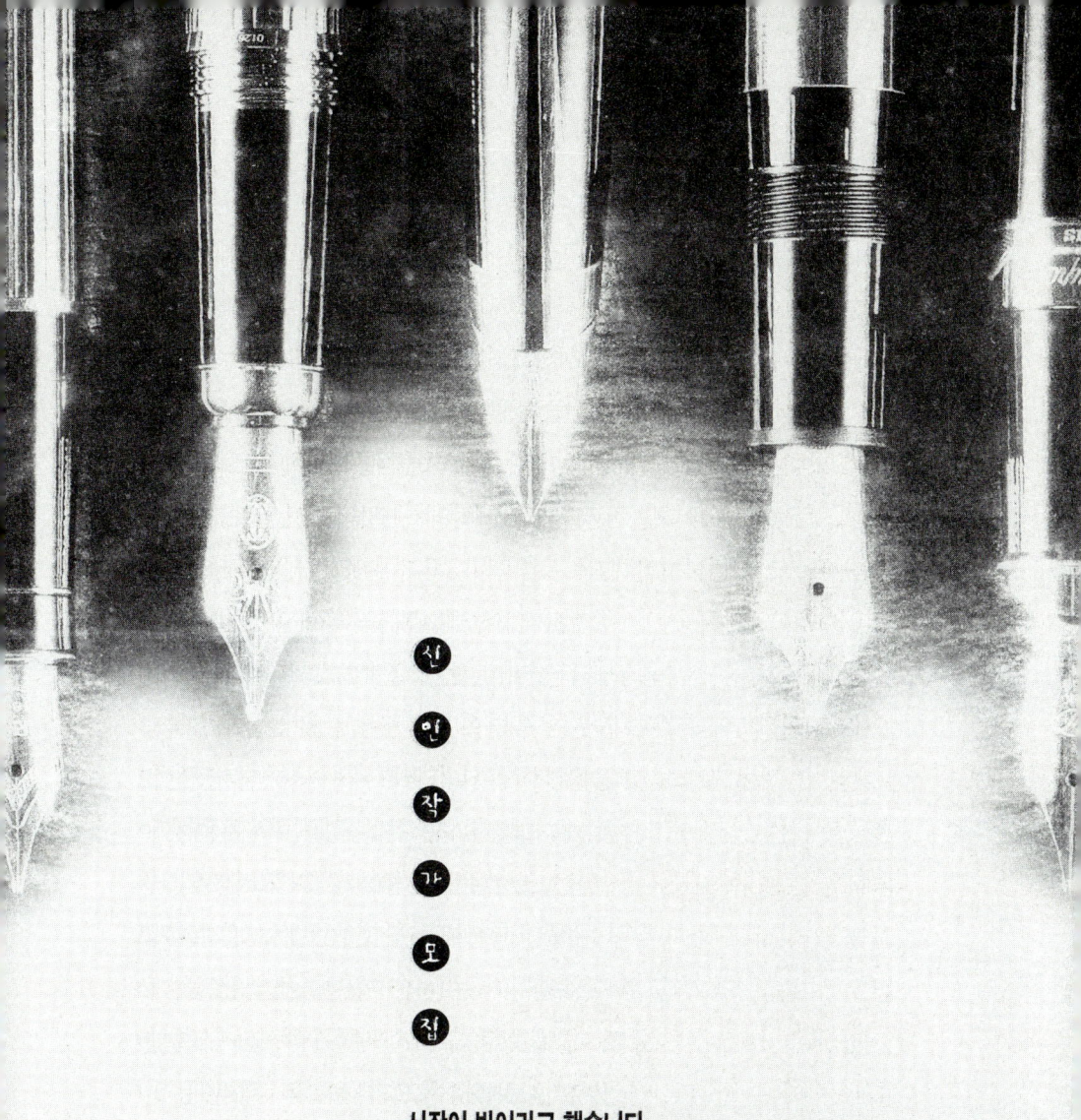

신인작가모집

시작이 반이라고 했습니다.
작가의 길에 대한 보이지 않는 벽을 과감히 깨뜨리십시오!
청어람은 작가 지망생 여러분들의
멋진 방향타가 되어드리겠습니다.

저희 도서출판 청어람에서는
소설 신인 작가분들을 모집합니다.
판타지와 무협을 사랑하시는 분들의 많은 참여를 바랍니다.
소정의 원고(A4용지 150매)를 메일이나 우편으로 보내주시면
검토 후 출판 여부를 알려드리겠습니다.

주소:경기도 부천시 원미구 심곡1동 350-1 남성B/D 3F 우편번호420-011
TEL:032-656-4452 · **FAX**:032-656-4453
http://www.chungeoram.com
e-mail:chungeoram@chungeoram.com